窖
夜惶惶系列
夫縝 著
远方出版社

图书在版编目（CIP）数据

穴十日／夫缜著．－呼和浩特：远方出版社，2007.1
ISBN 7-80723-181-5

I.穴... II.夫... III.长篇小说－中国－当代 IV.I247.5

中国版本图书馆CIP数据核字（2006）第158439号

穴十日

作　　者：夫　缜
策划编辑：方　伟
责任编辑　张　旭　文　欢

出版发行：远方出版社
社　　址：呼和浩特市乌兰察布东路666号
邮政编码：010010
承印单位：北京佳信达艺术印刷有限公司
经销单位：新华书店
纸张规格：890毫米×1280毫米　1/32
印　　张：6.75
字　　数：150千字
版　　次：2006年12月第1版
印　　次：2006年12月第1次印刷
标准书号：ISBN 7-80723-181-5
定　　价：18.00元

目录 Contents

第一章 黑暗之手

这是一个普通的雨夜，单身汉毛流像往常一样跑出去喝酒，一直喝到凌晨两点才醉醺醺地回来。

虽然脑袋晕乎乎的，可他还是敏锐地觉察到身边有一丝诡秘的异样，具体是什么他说不上来，就是一种莫名其妙的直觉。其实从今天晚上开始，他一直有这种感觉——明明是大夏天，他却总觉得后脊梁阵阵发凉，似乎有一个阴郁诡诈的鬼魅就藏在离他不远的角落里，正撕开夜幕的一角，得意地瞅着自己的猎物，发出低沉浑浊的嗄嗄冷笑。

刚走近小区外的小林子旁，他突然隐隐约约听到一波接一波的呜咽声！声音不大，气息也很微弱，像婴儿哭累时发出的哽咽，断断续续，若有若无，还有些许怨毒、伤痛、绝望，仿佛一股阴气从幽深的湖底最深处荡漾开来，混合在水面的瘴气中蜿蜒而上，直刺人的神经。

毛流大惊失色，忙侧耳细听，那怪声居然就是从小林子里发出来的！他连忙紧跑几步，拐个弯，转过了那片林子。再回头一看，除了雨点落地时发出的细碎的淅淅沥沥声，一切都很正常，并没有什么诡异。他心里一个劲骂自己多疑，纯粹庸人自扰。

其实毛流今晚原本心情很好，好到可以放下手里的活计跑去跟几位朋友喝酒狂欢。大家从饭馆喝到酒吧，再喝到路边大排挡。先是白酒，后来换成红酒，接下去又是啤酒，直喝到口齿不清、浑身发软。尽兴之余，他总觉得浑身不自在，心情躁动不安，潜意识里总觉得黑暗的地方埋伏着一个巨大的危险，单等合适的时机再下手。

到了凌晨一点多，这种怪异的感觉越来越清晰，越来越逼近，似乎即刻就要发作。毛流恐慌不已，只好提前告辞回家，希望能躲过去。

可是，刚一走进社区大门，他就立即感觉到周围有什么东西很不对劲，越往前走，这种从未有过的蹊跷的感觉越来越明显了。直到听到那怪声时，他确信无疑，一定是哪里出了问题。

可到底是什么呢？他一边摇晃着身体往公寓走，一边费力地琢磨。

突然，他脚下平白无故地打了个踉跄，一股阴冷的寒风拔地而起，带着不祥的气息，裹着雨点迎面向他扑来。毛流仿佛被人点了穴道，双脚傻傻地钉在原地，无法再向前跨出一步。

恍惚间，他隐约看到一团朦胧的影子从眼前轻轻飘过，淡淡的，模糊得看不清形状——既像是人，又好像只是一件不慎飘落的衣裙。随之而来的还有一丝丝异样的香味，说不清是脂粉还是香水，很古怪，闻过之后觉得神志恍惚，身体却更加僵硬。

他壮着胆子，借着路灯仔细一看，夜色中除了雨丝不断地飘落，什么异样都没有；再使劲嗅嗅鼻子，除了雨的味道，什么也没闻见。他失魂落魄地晃了晃脑袋，疑心自己喝酒太多，眼前出现了幻觉。

转过花坛，可以看到公寓楼外的路灯在雨中孤独地亮着，昏黄的光线让毛流感到几分温暖，他加紧脚步，继续往前走。

可是，刚转过那片草坪，他忽然又听到一声若有若无的呜咽，那声音细碎，微弱，悲切中透着几许绝望。一股难以抵挡的寒气再次从他的后背窜起，迅速漫延到四肢百骸，他头皮一阵发麻，全身的汗毛也一齐竖起，禁不住浑身战栗。

然而，等他站住脚，试图仔细聆听时，那声音却又没了。

俄而，仿佛有衣衫般轻柔的东西轻轻拂过他的手边，发出轻得几乎听不见的歙嗦声。刚才那股怪怪的香味再次钻入鼻孔，有点像迷幻剂，令他头脑发懵。

毛流极力躲开那气味，不顾一切地回头看去，只见四下里一片漆黑寂寥，除了风雨声，除了树枝摇曳，并没有一个人影。

他僵硬地站在原地，呼吸声变得愈加粗重起来，浑身的血液急剧奔流，后脊梁如电流般掠过阵阵寒意，也分辨不清到底是因为冷还是害怕。

在这个心理作用的影响下，周围这片熟悉的楼群在他眼里也变成了鬼影魑魅，于漆黑中透着阴森可憎的邪气。

这种被窥视的感觉非但极不舒服，更令毛流胆战心惊，他不得不搬出无数“无神论思想”来教育自己，又故意回忆起以往的高兴事，好转移一下注意力，这才折回身往公寓走去。

好容易到了门口，他马上就明白自己今天有多倒霉：电梯居然坏了。安装在墙上的电梯指示灯红荧荧地，上面醒目地标示着：“停止运行”。

“看来又得爬楼梯啦。”毛流打着酒嗝，不满地嘟囔了一句，却也无可奈何。

其实平时他挺喜欢爬楼梯的，虽然住在十三楼，可还是经常乐此不疲地爬上爬下，一是为了锻炼身体，二是喜欢楼道中有时会突然闪现又迅速消失的诡秘气氛。

可今天，他一点也不想爬，总觉得那黑压压的楼道里似乎藏匿着什么麻烦，虽然说不出清，却当真存在。

可是，已经这么晚了，除了爬楼梯，还有什么别的办法可以上楼呢？

毛流无奈，抬头望了望黑洞洞的大楼，只好强打精神，憋足劲开始爬。

楼道里漆黑一片，没有丝毫光亮。他跺了一下脚，发现墙上的声控灯没有像往常一样亮起来，便又拍了拍巴掌。灯还是没有亮，也许是坏了。

毛流不无懊恼地埋怨了一声，刚要抬脚跨上楼梯，忽然听见前面响起了女式高跟鞋的啪嗒声。

“嗒——嗒嗒——嗒——”

女人似乎怕惊醒了熟睡的邻居，脚步声细碎、缓慢，而且非常轻微。

这么晚了还有同路人，尽管是女性，可还是令毛流顿时胆壮了许多，紧跑几步，希望能跟上她。

可一直追到三楼，却并没有看到一个人影，他驻足细听，楼道里静悄悄地，高跟鞋的声音不知什么时候已经消失了。

外面的雨声有点大，飒飒地落在树叶上，冷风裹住雨滴，簌簌乱响着从楼道的窗口钻进来，零星的雨点落在毛流的脸上。他有点清醒，心想自己一定是喝多了，大脑一发昏，小脑就空前活跃，幻想丰富，错把雨声当成人的脚步声了。

他抹了一把脸，无意中又感到额前居然轻轻飘过一团云雾似的东西，虽然看不清，却分明可以感觉到。

就在他发愣的当儿，一缕灯光忽然从上面的五楼或是六楼倾泻下来。

望着这点希望之光，毛流大喜过望，他赶紧拍手跺脚，希望灯都亮起来。谁知被他这一闹腾，上面的灯忽然灭了。

少顷，毛流感觉有个身影蹑手蹑脚地从自己背后走了上来。他僵硬地站在台阶上，感觉到那是一个模糊的人影，朦胧如烟，一股淡得几乎闻不到的脂粉味随之钻入他的鼻孔。

单凭这一点，他可以肯定那是个女人，更何况紧接着还有凉凉的裙袂拂过了他的手。

与刚才不同的是，这次的气味虽然很好闻，却更令他头晕。毛流紧张得直冒冷汗，死死地抓住栏杆，嘴唇随着喉结一齐颤抖着问："谁？"

那女人的身影没有停留，也没有回答他，竟然扭动着，在楼梯口飞快地打了个旋，倏地不见了。

毛流屏住呼吸，哆嗦着从衣兜里摸出打火机，打了好几次才点燃。他捂住火苗，紧跑几步追上前，想看看到底是什么人。

他跃上台阶，借着微弱的灯光亮一看，过道上空荡荡地，什么也没有。

他正在狐疑，不料身后突然又响起一声隐隐约约的呜咽声，低低的，有点沉闷，像是啼哭，又像是叹息。

毛流猛一回头，发现楼梯的扶手上居然有一团黑糊糊的东西！上面还闪着亮晶晶的微光。

他赶忙举起火机照过去，可还没等看清楚，眼前再次旋起一股阴风，那团黑东西呼——地从扶梯上一跃而起，"喵——喵"尖叫着，飞快地窜了。

"讨厌的老野猫！"

毛流忿忿地骂了一句，酒醒了许多。难怪人说不做亏心事，半夜不怕鬼敲门。肯定是自己心里有鬼，再加上酒精让人晕头转向，过分紧张，变得疑神疑鬼，才会招致这一连串的诡异。

这么一想，他便宽慰自己，认定今夜的异样感觉一定是由本能导致，既然无法验证，也只能归结为心理问题。

他打开手机，借助微弱的荧光刚要上楼。奇怪的是，这时楼道上的灯居然全亮了，照得四下里像白昼一样。毛流放下悬了半晚上的心，抬着发软的腿脚继续往上爬。

可让他感到不安的是，无论他走得慢或是快，总能听到一个高跟鞋声不疾不徐地跟在后面，他走它也走，他停它也停，角落里不时还发出衣裙摩擦的唏嗦声。

有好几次，毛流满心恐惧地忍不住猛地回头去看——可身后除了灯光如炬，什么活物也没有。

然而等他再往前走，依然能够听见高跟鞋以及衣裙摩擦的声响，甚至依稀还有萦绕不绝的脂粉味。虽然他根本不信世上真的有鬼，可今天晚上，他是真的怕了。

终于到了十三楼，毛流站在自己再熟悉不过的家门前，还是感到几分恐慌。他拿出钥匙，故意在门上弄出很大声响，希望邻居能够听到。

打开房门后，他破例没有径直踏进去，而是站在门外，先伸手进去打开了灯。

雪亮的日光灯顷刻间照亮了房间里的每一个角落，除了那个紧锁的小暗房，屋子里一切照常，看不出任何异样。毛流放了心，换上拖鞋进了屋。

为了压惊，他从冰箱里取出了一瓶啤酒。虽然从晚饭开始，他已经喝了不少酒，脑袋有点迷糊，可还得喝。

此刻，这场夏末的大雨正下得紧，风声在树梢间发出一波又一波凄凉的呜咽，使这个原本普通的雨夜显得愈加湿冷而诡秘。

往常在这种日子里，毛流的情绪非但丝毫不会受影响，反而出奇地好——外面越是阴郁、呆滞、令人心脏不舒服，他就会觉得愈发愉悦，思维也比往常更活跃。换言之，这种天气更容易让他兴奋。

如果不是因为刚才那番令人恶心的遭遇，毛流一定不愿意浪费这个难得的夜晚。他会盘腿坐在床上，将手提电脑放在腿上，开始又一个令他浑身细胞都异常兴奋的夜生活。

他喜欢关上房间里所有的大灯，只亮着一盏玩偶造型的小台灯——他讨厌一切太过明亮，觉得还是暧昧的光线比较有情调。

瞧瞧这幸福的时刻吧：台灯发出一团让人迷醉的粉红，与电脑显示器上蓝荧荧的光互相辉映，迷离而又神秘，令他情绪高涨，凭空多了几分想像力。他会全力在网上冲浪，不时还拿起手边的“雪花”啤酒喝一口，权当自己是纵情山水、放浪形骸的E时代田园隐士。

可今天晚上，他不可能再有这么爽的情绪了。

歪在沙发上酝酿了半天，毛流还是没有丝毫睡意。很显然，刚才的遭遇已经深深地刺激了他，今晚注定无法安眠。他把电视机、音响、电脑全都打开，让屋子里充满声响，仿佛这样才可以好受点。可是，尽管四下里是一片喧哗的人声和音乐声，他心中那团狐疑和忧惧非但没有减轻，反而更加浓重了。这滋味很像他在晚饭时不小心吞下的那根鱼刺，到现在还坚韧地黏在嗓子眼里，不上也不下，让他既不能着急，更不敢恼怒。

他坐到电脑前，打算浏览今天的新闻，以便分散一下注意力。

忽然，网页上啪地自动弹出了一个对话框，接着，一个美女的头像清晰地闪现在毛流面前。镜头中的她妩媚地笑了笑，摆出一个让人血脉贲张的动作。毛流忘记了害怕，痴痴地看着美女的表演，神情激动不已。

就在他调好摄像头的高低，准备跳一场愉快的指尖舞的时候，"咿吱——呀！"电脑的音箱里突然发出了一声尖锐的鸣叫，刺耳的声音在静谧的雨夜里显得尤其瘆人。正沉浸在感官情绪中的毛流吃了一惊，刚刚有点平息的恐惧就像池塘里的烂泥遭到石头的突然打击，再次腾空而起，迅速弥漫了整个胸腔。他吓得浑身一哆嗦，整个人顿时僵在那里。

等看清楚那不过是QQ群上线的提示铃声时，他恨恨地咽下一口唾沫，点了一下QQ群的对话框。

随着鼠标的点击，音箱里先是传出一段刺耳的乐曲声，接着，一张闪烁着绿光的帖子如幽灵的影子，无声无息地飘到他的眼前。帖子上画着一个狰狞的魔鬼面具，令人恶心欲吐，旁边还有一行血红的大字格外醒目。随着画面不断变大，那行字一边扭转跳跃，一边顺势展开，它们得意洋洋、胸有成竹，而且颇有风度，像极了那些站在舞台上存心摆布观众、把对方的惊叫当作褒奖的魔术师。

这种用实物吓唬人的玩意毛流见得多了，他丝毫也不害怕，还故意瞪大眼睛，看着血色的字在不断变化图案和形状，好容易才看清楚上面写的是：

黑暗之手，牵引我们潜入城市那诡异的禁区。

他轻轻念叨着这句话，觉得既好奇，又有点莫名的不舒服。

字迹很快消失了，作为背景的墨绿色魔鬼面具僵硬地忽闪着，慢慢扩大，最后充斥了整个屏幕。画面渐渐变成白色，一片黑色的字迅速闪现出来。毛流探身细看，发觉这并不是肆意攻入的电子小广告，而是一张极具诱惑力的“英雄帖”：

城市探险协会急寻探秘者！

朋友，你算得上是一位疯狂的城市探险者吗？你想自己亲手拍摄一部耸人听闻、神秘刺激的地穴电影吗？

你知道离城地下有许多错综复杂的地穴吗？你想在那个无人踏入的地下兵工厂中领略探险的刺激吗？你想知道那荒废的、阴风惨惨的地穴里曾经发生过什么吗？

一次连发尖都能体会到的颤栗之旅。

“黑灯”城市探险协会力邀富于冒险精神的勇敢者一同前往，拍摄国内首部地穴电影，有兴趣者请于9月11日下午4点在离城五角星宾馆聚会。

消息来自专门为探险者提供最新信息的“卜卜探险网”，这是毛流经常留恋忘返的网站之一。他忍不住拍拍大腿，兴奋地一口喝干了“雪花”啤酒，猛地从床上翻身跃起，将刚才的恐惧忘到了九霄云外。

啤酒瓶被打落在地，在滑溜溜的地板上滚动起来，发出咔啷咔啷的噪音。望着酒瓶在地板上洩出丝丝缕缕的残酒，毛流突然发现一直卡在嗓子眼里的鱼刺不见了。

毛流是个自由摄影师，除了偶尔参与一些小众电影的拍摄，他的正经行当则是为几家网站和时尚杂志配一些风景和人物图片，生活还过得去。虽然外表散漫，可他工作起来却相当认真，所以很讨客户欢喜。不过，平时除了扛着相机、DV到处跑，他更热衷于做的事其实是城市探险。

仔细算起来，从小就喜欢钻进各种黑洞里探秘的毛流虽然才23岁，却早已是一位铁杆UE迷了。

在那些不知道城市探险为何物的菜鸟朋友面前，他常常自吹是“骨灰级”探险发烧友——因为他已经钻过大小近百座建筑废墟和防空洞。

与其他同行一样，他把探险的目标建筑锁定在城市的B面——那些几乎被遗忘的断城墙、战后遗留下的碉堡、兵工厂、教堂、历史悠久却无人光顾的旧式小洋楼。

一开始只是因为找不到心仪的女朋友闲得发慌，所以才钻进黑洞和废墟里找刺激，可后来他渐渐对这个行当入了迷。平日里除了工作就是四处探险，像耗子一样到处乱钻，连那些最近十几年才被废弃的旧工厂也不放过。而那些有着巨大分布网络的地下排水管道、地下蒸汽通道、防空洞、以及地铁隧道，则是他最向往的地方。

在他的心目中，这些潮湿、荒僻的地穴永远具有挑战性，更是可以肆意胡思乱想的好地方。

想想吧，在一个漫长、潮湿而又无比昏暗的地道里，什么都有可能遇到，什么事都有可能发生；谁也不知道下一个出口会通向哪里，谁也无法预料即将出现的是什么。

他喜欢的正是在这种幽闭空间里"吓死人不偿命"的刺激。

看到这个帖子，已经好几个月没有钻过地道，去感受非凡刺激的毛流马上来了兴致。

他看看日历，今天是八月九日，离聚会还有两天时间。他脑子里突然冒出一个想法："干嘛不提前去，先探个虚实呢？"

这个念头折磨了毛流大半个晚上，刚才的恐惧已经彻底消失，由兴奋取而代之，很快爬满了他的思维。他再也躺不住了，索性起床开始收拾行装。

他打开存放专业用具的衣柜，逐一将黄色的连体防水服、手套、头盔、护膝、护肘、超能电筒、备用电池及灯泡，还有绳索、联络用的哨子、防水粉笔等专业探险用品捣腾出来，还特意检查了头盔上的头灯是否完好。

这套行头看似不起眼，却足足花了他两万多块，也是他所有家当中最值钱的。

整理好物品，下来就该考虑订票。

原本他打算在网上预定机票，可就在准备敲下"确定"键时，他转念一想：坐飞机有什么意思呢？一个大活人被装在一个巨大的鸟形铁皮盒子里，高高地漂浮在白茫茫的云层中，什么也看不到，整个旅途短暂而无趣，严重窒息人的想像力。想到这里，他断然放弃了坐飞机这种既浪费钱又没创意的旅行工具，预定了一张开往离城的火车票。

一直折腾到凌晨四点，毛流这才疲惫不堪地躺到床上睡觉。

不知过了多少时候，一阵剧烈的头痛突然将他从睡梦中弄醒，他精神恍惚地想要睁开眼，可眼皮却像被胶粘住了，怎么也睁不开。

他正在惊疑，却感到有一双魔爪正拼命压住他的胸口，下手非常狠，力量强大到几乎令他窒息而死。

他拼命踢腾着双脚试图反抗，这时，忽然听到“吱呀——”一声，好像是卧室的门被人推开了。

魔爪迅速消失，毛流总算逃出死路，他猛地睁开眼睛。只见卧室里一片朦胧，虽没有灯光，但依稀能够看到房门关得好好的，并没有被打开。

他怔怔地望着那扇门，分不清这到底是梦魇还是真实。

突然，透过门下的缝隙，他看到一个人影倒映在房间外的地板上。紧接着，卧室里居然响起一阵细碎的脚步声，而且是高跟鞋。

“嗒——嗒——嗒——”

随着声音，一个窈窕的背影飘然穿过毛流的床尾，径直停在了窗前。

借着窗外透进来的微弱光线，毛流看到那是个女人。

她穿着长裙，侧脸对着他。女人低垂着造型完美的脑袋，几缕卷发没有束紧，顺着脖子蜿蜒垂下，看上去很美。

她的出现让毛流充满烟酒味的房间里立即蔓延起一股恬淡如水的清香——不是香水，也不是脂粉，却香气宜人，闻之令人倾倒。

“你是谁？”

这一次，毛流不再害怕，壮着胆子问了一声。

听到他的问话，女人没有回答，而是徐徐拉开窗帘，纤细的手指用力推开窗户，身子轻盈地一跃。还没等毛流反应过来，她已经高高地站在了窗台上。

毛流吓坏了，连忙叫道：“小心！”

女人不理他，而是义无返顾地纵身跳了下去。

这可是十三楼，跳下去会没命的。毛流再也忍不住了，掀开被子冲向窗口。

只听“砰——”的一声，他的脑袋结结实实撞在窗户玻璃上，疼得直咧嘴。他顾不得揉脑袋，连忙手忙脚乱地打开台灯。

灯光在房间里布下一片雪白，他定睛一看，只见房门紧闭，窗帘纹丝未动。他不放心地走过去一瞧，窗户也关得好好的，哪里有什么跳楼的女人。

"讨厌，我怎么会做这么恶心的梦！"

毛流骂了自己一句，躺回床上关掉灯继续睡。不料刚躺下一会儿，就见一个面容模糊的人影又出现在房间里。

毛流哆嗦着缩成一团，呆呆地看那人影步履飘逸地走到床的另外一边，居然坐了下来。它抱起床上放着的另一只备用枕头，使劲揉搓几下，又放回原地。紧接着，它伸出长长的手臂，拉开被子，慢慢抬起了腿脚。

"它该不会是要睡在这里吧？"

那些曾经烂熟于心的鬼故事开始在毛流的大脑中酝酿发酵，然后四处汩汩漫溢，很快控制了他的思维。他脸色蜡黄，浑身乱抖，惊得险些跌落床下，满头大汗瞬间蒸发得一滴也没有。他精神极度紧张，下意识地使劲憋住气，喉头却仍然控制不住地响了一声。

沉闷而低微的声响惊动了人影，它刷地站起来，白花花的影子左右闪动几下，突然又不见了。

毛流吓坏了，双手哆嗦着打开床头灯一看，除了他自己，屋子里什么人影也没有！他简直快要疯了，可又无计可施，只好疑心自己是在做了一场奇特的梦。

因为担心再被噩梦叨扰，他只好吞下一片安定，倒头接着又睡。

第二天早上一睁眼，毛流习惯性地看看四周，赫然发现床头那只原本平整饱满的备用枕头竟被揉得凌乱不堪，中间有一个深深的坑，洁白柔软的棉布上面居然有两根长长的发丝！

他壮着胆子拈起一根，发丝长而柔软，富有弹性。闻一闻，居然有一股淡淡的香水味。

难道有个卷发女人昨夜曾躺在这张床上与自己共枕？毛流惊出一头冷汗，身上立即蹦出芝麻粒般大小的鸡皮疙瘩。他忍不住骂自己到底中什么邪了，整个晚上一会梦见有人跳楼，一会梦到与女人共枕。简直恐怖至极。

就在他懊恼不已的当儿，门外突然响起了一阵剧烈的敲门声。

毛流再也控制不住自己脆弱的心理防线了。

出于惯性的自卫意识，他迅速环顾房内，希望能够找到一件防身的东西。老天助人，电脑桌上居然有一把水果刀，虽然有点小，但也勉强算是武器。

这会儿，敲门声更加急迫了，他顾不得多想，一把操起桌上的水果刀，蹑手蹑脚走到门前，鼓起勇气问："谁？"

外面的人不回答，仍然坚持不懈地按门铃。毛流不耐烦了，大声嚷道："谁呀？"

敲门声停了，一个男子粗声粗气地回答："送票的！"

可以肯定的是，这是个活人。毛流不再害怕，他飞快地穿上牛仔裤，胡乱往身上套了件T恤，抖着双手费劲地拧开门锁。

只见寂静幽暗的楼道上站着一位身材结实的快递小哥，他穿着干净整洁的工作服，精神抖擞，一脸认真劲，十有八九是个干兼职的学生。

"您好，我是来给您送票的。"

"大晚上的，还让不让人睡觉啊？"毛流埋怨道。

快递小哥忍不住笑了："什么大晚上？天都亮了！"

毛流回头看看墙上的挂钟，确实已经是早上七点了。他拍拍脑门，讪笑着问："什么票？"

"您昨天晚上没有预定一张火车票吗？"

毛流这才明白过来，不好意思地笑道："是我！是我！你们可真神速啊。"

快递小哥取出装票的信封给他，又拿过单据说："您签个字吧。"

趁毛流低头签单子的空儿，快递小哥冷不丁说道："大哥，您胆子真大呀。"

毛流莫名其妙地看了他一眼，问这话什么意思。

"外面管你们这里叫'死亡小区'，你不知道吗？光去年就有六个人从这栋大楼跳了下去，怪不得一进来就觉得瘆得慌。"

"胡说。我都搬来半年多了，咋不知道呢？"

"真的。昨天晚上，你们这儿又有个女的跳楼自杀啦。"

"死、人、了？"毛流控制不住地打个冷战，连喉结都跟着颤。

“看来您是真不知道啊。我刚才上来时，一堆人正围在楼前的草坪边看热闹呢。警察也来了。”小哥指了指楼上，“听说那女人是昨天晚上两点多从20层高的楼上跳下来的，脸朝下，人已经摔扁了，真惨。”

毛流瞪了他一眼，不肯相信。

“不信您自己去看吧。不过，这会儿警察可能已经把尸体拉走了。”小哥说着，麻利地收拾好其余的包裹，转身走了。

毛流连忙跑回房间，打开窗户往下看。楼下果然罕见地聚集了很多人，警车和110急救车的车灯来回闪烁，一群护士和警察来回奔跑，不停有人在拍照，嚷嚷，嘈杂的声浪一波接一波传了上来。

毛流肢体僵硬地趴在窗台上，昨夜的惊魂一幕又在眼前浮现，他心头凛然一跳，下意识地探出脑袋朝楼顶看了一眼。

此刻雨早已经停了，但天气还很阴，潮湿中透出一种腐烂的阴险。围成半圆形的高楼沉默地矗立在阴云惨淡的天空下，气势威严地俯视着他，仿佛随时就要当头压下来。

突然，一只黑色的鸟不知从什么地方窜了出来，斜斜地飞向这边。大约飞到第二十层的高度时，黑鸟突然像触电一样蹦了起来，惊慌地拍打着翅膀四处横冲直撞，一边发出尖利的一声惨叫。

毛流觉得后脊梁冷飕飕的，浑身爆起一层鸡皮疙瘩，连忙缩回脑袋，啪地关上了窗户。

“哇呀！这房子不能住了，必须走，赶紧走！”

他惊魂未定地在房间里兜了几个圈，决定还是马上离开比较好。他拿出电话，拨通了好朋友夏至的号码。

夏至是他的大学同学，不知中了什么邪，曾经一心想当警察，可最终没能如愿以偿，无奈只好在《法制晚报》当了一名记者，还聊以自慰地说自己总算是和警察沾了一点点边。

电话响了好半天，那一头的夏至才接起来，睡意朦胧地哼唧道：“干嘛呀？这么一大早？”

“电话里说不清，我这就去你那儿。”临挂电话前，毛流特意叮嘱道，“把你的妞儿赶走，别让我碰上了，不方便。”

夏至嘟囔一句，挂了电话。

毛流背着相机和DV，拉起旅行包来到楼道出口，惊讶地发现电梯口的显示灯照常运行着。

怎么回事？毛流正感到奇怪，电梯门突然大开，电梯女工笑吟吟地坐在里面，态度谦恭地打着招呼：“早啊！”

毛流来不及多想，钻进了电梯，一边问道：“电梯不是坏了吗？怎么这么快就修好了？”

“没有的事，电梯一直好好的呀。”

“昨天夜里两点多我回来，电梯明明是坏的嘛！”

“哦，那我就不清楚了，我今早六点才接的班。”女工说着，突然瞪大眼睛问道：“昨天夜里两点？那个女人就是那个时候跳楼的，你没有看到吧？”

“啊？”毛流意识到自己说漏了嘴，连忙改口道，“说错了，是十二点。嘿嘿。”

女工放心了，抚着自己的胸口，神秘兮兮地说：“我见过那女的。”

毛流吓得后退一步，狐疑地看着女工，只听她接着说道：“人长得挺漂亮的，一头长长的卷发，我就一直想烫成她那样的，所以记得很清楚。”

回想起自己枕头上散落的卷发，毛流顿时毛骨悚然，实在后悔坐这电梯了，恨不得马上离去。

女工似乎没有注意到他的不安，兀自絮叨道：“这个地方太邪性了，这个月我就换地方。”

毛流手脚冰凉彻骨，机械地点头，心里忽然有点难过——也许昨夜那女人在临死前真的与自己有过邂逅，只可惜他喝得太迷糊，受了酒精的蛊惑，神经过敏，净忙着害怕，眼睁睁地看着她跳下去——那不过是个梦，至多算是一个过于真实的梦而已，毛流自我安慰着。

走出灯火通明、一切正常的电梯，听到开梯女工在身后对他说再见，毛流不由嗤笑自己昨夜太胆小了，纯粹是自己吓自己。

虽然今天的天色还是不太好，一种不知是烟雾还是湿气的东西悬浮在天地间，空气沉滞，憋闷，沉甸甸地压在脑门上，让人总忍不住想撕破喉咙喊上几嗓子，企望换来片刻的新鲜和轻松，但毛流还是感动得想哭：生平第一次，他喜欢上了通透、喧闹的白天。

楼下的警车、120急救车以及围观的人们已经没了踪影，那片草坪被昨夜的雨水冲刷得纤尘不染，已有毫不知情的小猫小狗在草丛中撒欢、打斗。自戕者的鲜血并没有留下太明显的痕迹，虽然从被压倒的草丛上可以看出一个隐约的人形，但几乎不可辨认，除非仔细观察，一般人根本发现不了任何异常。

毛流忍不住又叹息了几声，再次替死者惋惜。

赶到夏至家时，毛流见他已经洗漱完毕，正对着镜子在梳理那一头长过脖子的乱毛。

夏至有个嗜好，心情好时就开始蓄发。他的头发最长时有一尺多，油乎乎地遮住了半边脸，还自称这叫"乱发遮颜过闹市"。蓄发时他一定不留须，总将一脸络腮胡子刮得比灯泡还干净。

可万一哪天心情不爽（例如蒙受某个女人的恶性刺激或他所买的股票突然暴跌），他就会马上改变形像，立即钻进理发馆剪掉长发，剃一个瓦光锃亮的光头。并且从此不刮胡子，任胡茬疯长，直到遮住了吃饭的家伙。反正是头发、胡子只留一样，绝不兼爱，还得意地号称自己这叫"有下没上，有上没下。"

毛流骂他过于走极端，总是非此即彼，好在他这毛病总是一半年才发作一次，所以总能等到胡子和头发彼消此长地壮大起来。

此刻他正用剃刀在下巴上来回旋磨，一边斜着眼睛问毛流："又怎么了？"

"昨天晚上我家那边有人自杀了。够衰。"

"这有什么可怕的？世界上天天都会有无数的人因为想不明白而自杀。"

"你个冷血！事情哪有这么简单——"毛流一屁股坐在沙发上，哀叹道，"问题是我其实遇到她了。"

"女人？"

"嗯，昨天晚上喝完酒我回家时，就感觉院子里有什么不对劲。睡着后居然又梦见有人跳楼，结果天一亮楼下果然死了人。你说我是不是鬼上身了？"

"哦？那我们再去一趟现场？没准我能研究出点名堂来。"

"回你个头啊！"毛流一把拽住他，"那女人很阴，我可不想被她给缠上。"

"就这么一点胆儿。"夏至看看他，再看看那堆行李，才醒悟过来，万般苦恼地问，“你不会是要住我这儿吧？”

“别自作多情了，我才不住你这狗窝呢。”毛流得意地搓着手，嘻嘻笑道，“哥们又要去探险了，羡慕去吧。”

“哪里？”

“离城。有人在网上发帖子招集人去拍个探险小电影，我报名了。”

夏至习惯性地咬着大拇指，长叹一声：“唉，我要是也有你这么自由就好了。”

“那就等着我回来给你讲故事吧。”

见他不无羡慕的样儿，毛流更加得意了，呵呵呵笑得简直收不住。

“控制点儿，老去那种地方，当心把自己弄神经了——难怪没女人看上你。对了，几点的火车？”

“下午六点。”

“还早呢，等会我上班走了，你再睡一会。不过下午我可没时间送你了，今天要跟头儿外出采访。”

毛流倒头一直睡到下午四点半才醒来，匆匆吃了点东西，就背上行李离开了夏至家。

出了社区大门没走几步，阴沉了一整天的空中终于有了声响。雨点儿蹦跳着俯冲下来，没头没脑地跌落在青灰色的柏油路、暗红的地板砖以及窗户的遮阳蓬上，发出滴答或噼啪的声响。

绿化带里挤满了各色植物，才不过多半天，枝叶已经被恶心的灰尘细密地覆盖起来，雨点在上面先是砸出一个绿色的圆点，接着划出一道道绿色的线。无数雨滴迅速紧跟其后，飞快地将灰土冲走，植物们的脑门上很快闪现出翠绿的本色，腰杆挺拔，欢畅了许多。

印着美女脸的大广告牌、长颈鹿似的路灯、主路上飞快穿梭的汽车也都——被冲刷干净，整个城市在雨中迅速合成为一幅超高清晰度的画面，面孔新鲜、色彩艳丽，惹人怜爱。

“生活还是很美好的嘛。”

毛流感慨万千，脚步不停地随意看着这些平日灰秃秃的家伙在雨中焕发活泼姿态，禁不住有点嫉妒。

他看看表，放弃了拿起DV拍点有趣镜头的想法，谢绝了出租司机的盛情邀请，而是使劲拎起拉杆箱，脑袋一缩，飞快地钻进了地铁。

一向空旷的地铁里今天也显得热闹，站台上站着一群蚂蚁似的乘客。

尽管几乎每天都要彼此碰面，但这帮每天都要倚赖地铁运输线的男男女女却互不理睬，永远不会交谈一言半语，彼此相遇时甚至连眼皮也不抬。人人耳朵眼里都插着耳机，沉浸在自我里，一脸淡漠，目不斜视。

男人们大多面孔严肃，手插在裤兜里，肩头挂着或在腋下夹着款式雷同的电脑包，目光空洞地看着对面墙上的纸质美女发呆；有人则坐在长椅上，专心致志地研究满是花边新闻和小道消息的报纸、杂志。

女人们大多妆容雷同，涂抹着深紫或艳红色唇膏的嘴唇反复蠕动，不厌其烦地嚼着口香胶。她们神经质地伸长脖子望着列车即将开来的方向，粗细交错的高跟鞋的细跟微微颠起，裹着各色丝袜的小腿肚子不易觉察地抖着，泄露着内心的焦虑。

毛流提着箱子走到月台边，习惯性地望了一眼远处黑洞洞的隧道，心情莫名地激动起来。

对地穴和暗洞的热爱让他非常迷恋这种环境，在他的潜意识里，地铁就是一个变了形的子宫，里面充满了说不出来的美妙气味，温暖、湿润、暧昧却又纯净；弯曲延伸的轨道则像通往神秘王国的阳光大道，深深地吸引着他。

在晴天的日子里，站在几乎无人的、灯火通明的月台上，看看远处黑糊糊的隧道，再回头透过台阶看一眼地面上的一缕阳光，常常会有一种时空交错的飘忽感觉，灵魂在瞬间脱窍而出，他似乎变成了两个人：一个飘到有阳光的地面，进入世俗生活；另一个则会钻进充满无穷魅力的地下隧道探密。

这种非同一般的刺激令他的心情很快变得愉悦、舒服。换句话说，他实在贪恋地铁的氛围，那玩意儿总是让他非同寻常地亢奋。

此时此地，忽然间，昨天夜里的那种坏情绪不知什么时候又盘踞在脑袋里。他本想习惯性地看看通道中的铁轨，像对待老伙计似的用眼光抚摩着它们一番——尽管这些钢铁铸成的家伙光亮生硬，在他眼里却像宠物般可爱。

可今天，也许是坏情绪的骚扰吧，毛流一直不能抑制自己头脑中那个怪异得有点血腥的念头。他毫无理由地想到：假如一颗脑袋碰撞在乌黑坚硬的铁轨上，会出现怎样的结局？

尽管他一再告诫自己别胡思乱想，可思维偏偏还是固执地涌现这一念头。不到两分钟，他已经设想出几十个结果，虽然各有千秋，但血淋淋的最终惨状却不可避免。

费了半天劲，他好容易让自己的注意力离开铁轨，把目光落在月台对面的墙上。

那里挂着一幅手表的巨幅广告牌，一个身材曼妙的混血女郎表情冷漠，叉开手指横挡在漂亮的脸蛋上，只从指间露出了一双勾人魂魄的眼睛。女郎的眼神犀利尖锐，炯炯有神地与毛流对视。

毛流却对她挑逗的眼波置若罔闻，也不关心她腕上挂着的名表，而是出神地盯着旁边的广告语发呆。那句话是这样说的：

“别来找我，小心你的※※”

“※※”两个字完全被一团脏东西遮盖了，不知道究竟写的是什么。那团脏东西显然是有人搞恶作剧甩上去的，暗红色的汁液到处飞溅，有几滴甚至糊上了女郎的眼角，看上去有种滑稽而恐怖的美。

毛流念叨着这句带有些许恐吓性质的广告词，猜不透那两个被遮盖的字到底是什么，但心底里的不安感却越来越加剧。

地铁终于来了，毛流随着人群跨进车厢。

车厢里闷热而拥挤，本来就很稀薄的氧气中充满了汗味、体味、各种档次的香水和脂粉味，彼此混杂融合在一起，浓烈得让人窒息。

安装在地铁顶部的排气扇终究抵挡不了这些来势凶猛的味道，只能徒劳地呼呼响，却很难带来多少新鲜空气。

“形同虚设。”

毛流冲排气孔嘟囔了一句，转着脑袋望了一眼四周竹子般亭亭玉立的女士们，知道自己根本盼不到座位，只好挤到对面那扇始终封闭的备用门前，意志坚定地地站着。

这里是整个车厢中位置最佳的角落，既能够摆脱拥挤，还可以透过落地玻璃门浏览过道两侧满是美女胸脯的广告招贴。他把箱子放到地上，整个人懒懒地斜靠在玻璃门上，斜着眼珠子不时瞟一眼身边的女人们的脸蛋和身材，或者透过玻璃扫视窗外飞驰而过的画面上的大腿和胸脯，倒也忙得不亦乐乎。

地铁在漆黑一片的隧道中飞驰，车厢内灯火通明，让人分不清到底是白天还是黑夜。

在这个幽闭的空间里，毛流的思维变得异常活跃，他闭上眼睛，兴奋地联想起来。不知道从什么时候起，他开始喜欢上了黑夜、黑暗、黑色以及一切诸如此类的环境。正是因为有了黑夜，生活才显得神秘，值得期待。

而白天太通透了，一切都过于暴露和透明，一看便知，没有趣味。可黑夜就不同了，那浓浓的黑暗中包括了太多的秘密和未知的东西，比地中海里那位催命女妖的歌声还勾魂，让人按捺不住想要跳进去看个究竟。

几分钟后，飞驰的地铁减缓了运行速度，应该是快到下一站了。毛流依然闭着眼睛，继续自己的黑色畅想。

地铁开始在轨道上减速滑行，然后重重地呻吟了一声，彻底停了下来。毛流双目紧闭，仰起脑袋靠在玻璃上，静心感受着站台的喧闹和车厢里来来回回的混乱。

人流高速穿梭在这个幽闭的空间里制造出一阵阵巨大的声浪，轰隆轰隆地，仿佛是一群刚从地下涌动而来的幽灵在狂欢。

毛流一直不明白所谓的“春潮涌动”是什么，此刻的声浪终于让他有了一点想像的依据。

这时，有人在他耳边大喊一声，叫声凄厉高亢，惊得毛流差点没跌倒。

“一定是有什么人的脑袋撞到铁轨上了！”他睁开眼睛，下意识地双手扶住身后的玻璃门。

他环顾四周，并没有看到离奇的东西，只有一个女孩子从他身边猛地跳起来，惊慌地摇着满是发卷的脑袋喊道：“等一下！”

在车门即将关闭的一刹那，她奋不顾身地冲了出去。

不知是怎么回事，女孩跳上月台后却一下子没了方向感，站在那里左顾右盼，似乎不知道该往哪个方向走。

望着她四顾茫然、一副没睡醒的样子，毛流干笑了几声，无意识地抬头看了看正前方的车厢顶部。

就在即将收回眼神的时候，他又看到了一句话：

黑暗之手，牵引我们潜入城市那诡异的禁区。

毛流低头想了想，觉得这话很眼熟，他再次抬头，想再仔细品味一下。

谁知车厢顶部空空如也，什么字也没有。毛流不甘心，眼光继续搜寻，可对面整个厢体上除了有一张卡通警察提醒乘客“小心被窃”的警示牌以外，什么新鲜玩意儿也没有。

“奇怪，怎么回事啊？刚才明明有的嘛。”

毛流嘴里念叨了一句，脑袋摇成拨浪鼓，一脸茫然地朝四下里乱瞅。

他旁边站着一个带耳机的学生，见毛流神经兮兮的架势，似乎有些怕，他那稚嫩的眉尖在额头上疑惑地拧成一团，还将自己的身体往外移了移，躲乞丐似的。

毛流忍不住再次干笑起来。

学生有点怕了，连忙抓住自己的书包，奋力挤到另一边去了。

十五分钟后，地铁准时停靠在火车站。

在人海中奋战了半个多小时，毛流终于踏上开往离城的 T131 次列车。

他坐在过道边的小凳上，仰起脑袋眯上眼睛假装休息，暗地里却偷偷地打量起旁边几个铺位的乘客。

他的上铺是个面容青涩的女学生，端庄严谨，好像刚参观完修道院回来，矜持得有些可爱。

斜对面的上铺是一个有点草莽英雄气概的男子，约摸三十多岁，一直在低头玩手机。看到这么粗壮的哥们居然还是紧追潮流的拇指一族，让人心生敬意。

而对面床位上的女人才是整个车厢的焦点。那是一位身材高挑的少妇，脸蛋具有维族姑娘的特征，秀美精巧，艳光四射。

毛流眯起眼睛企图仔细端详她，却一直没有成功，因为对方的脸蛋始终在不停地扭动，几乎没有片刻的安静。

一个胖胖的男人坐在毛流的铺上，以军人般标准的姿势劈开两腿，手掌支撑在膝盖上，表情异常亲热地与少妇搭讪。

少妇则半躺在蒙着白色布单的窄床上，懒散地摆出一副“着衣的玛哈”的姿势，身上散发出浓烈的雌性荷尔蒙气味，连香水也遮掩不住。

女人不大说话，却被胖男人的恭维逗得不时咯咯娇笑。

毛流用眼角瞟着她香艳撩人的媚样，禁不住又开始浮想联翩，幻想这次旅途中极有可能发生的艳遇。可眼前这个胖男人却是个不小的障碍，必须想办法赶走他。

想到这里，他猛地站起身，屁股下的小凳子突然失去了压力，上下略一晃动，随即啪地一声反弹回墙上。

毛流抖抖腿，拍了拍胖男人的肩膀，轻蔑地问："喂，哥们，你几号铺呀？"

对方仰起脑袋盯了他几秒，顿悟似地反问道："这是你的床位？"

"这不是废话嘛。不是我的我能站在这儿？"毛流心里这么想着，嘴上却什么也没说，只是冷眼盯着男人。

"哦，请进！"胖男人忙欠起身，让毛流进到里面去，自己屁股一沉，又坐回原来的位置，继续和女人说笑。

毛流从母亲那里遗传了洁癖的毛病，生平最讨厌别人坐自己的床，哪怕是卧铺的床也不行。他对胖男人皱了皱眉头，不客气地说："让一让，我要睡觉了。"

"哦，好的，好的。"

胖男人对他赔个笑脸，重新站了起来。毛流看着胖男人的那双脚，预料它们即将带领主人离开风情万种的少妇，回到自己该去的地方。

"老公，坐我这儿。"

毛流的耳边忽然响起一个尖尖的嗓音，他奇怪地抬头一看，只见女人改变了"玛哈"的姿势，一手撑在枕头上，一手拍拍床。那个胖男人贼兮兮地笑着，一屁股坐在了女人的大腿边，顺势拉住她的手放在自己掌心里。

原来如此。所有的风花雪月、浪漫情怀迅速破灭，化为乌有。

毛流沮丧地差点哭了，那点色心瞬时冰销瓦解，连忙低头整理自己的床铺，动作尽可能地夸张，幅度也比较大，借以掩饰胸膛中澎湃汹涌的妒忌和遗憾。

黄昏的时候，列车缓缓开动，乘客们纷纷回到各自的铺上，或吃或睡或结伙打扑克。

对面上铺的哥们依然在昏天黑地地发短信，手机不时滴滴尖叫，让毛流不胜烦恼。

最让他难以忍受的还是那对看上去很不和谐的夫妇。此刻他们正把脑袋亲热地凑在一起吃零食，一边嗓门很大地絮叨着家长里短。

毛流觉得好没意思，就打开MP3，插上耳机，从背包里翻出一本《生存手册》，装作很认真地读了起来。

女人颇为好奇地扫了一眼他的书皮，嗲着嗓门继续和丈夫调笑。毛流忍不住又看了她一下，此刻女人正侧脸对着他，低垂着造型完美的脑袋，几缕卷发没有束紧，顺着脖子蜿蜒垂下，看上去非常迷人。

这个侧面怎么如此眼熟呢？

毛流忽然间浑身打个激灵，终于想起梦中的那个女鬼来，竟与眼见的女人是一模一样的侧脸、头发。

一转念，他意识到这纯属巧合，完全不必害怕。而且这女人虚伪做作，被光鲜皮肉包裹的内心空荡荡地，完全是一个俗物。起先还觉得那男人不配她，现在倒觉得他们简直是天造地设的一对绝配。

他根本无法静心看书，只好气恼地躺在床上，拉起毛毯从脚一直盖到脑袋，企图把自己和那对如胶似漆的夫妇隔开。但他们的声音还是透过毛毯，穿越耳机，清晰地飞进了他的耳朵。

“再给你削个苹果吧？”这是男人的声音。

“老公，我最喜欢和你在一起啦。你对我真好，就像我妈一样。”女人的语调柔媚做作，听得毛流直起鸡皮疙瘩。

“没见过把丈夫比作亲妈的，这种女人，要么是喜欢把撒娇当成武器，要么就是没品位。”

毛流捂住嘴巴无声地笑，憋得差点没闭过气去，对女人的态度已经从倾慕变成了不屑。这个念头闪过之后，毛流不由顿悟，对那两人发出的声音也就不太在乎了。

列车在被夜色笼罩的平原上全力飞驰，轮子带起的风呼呼地吹着口哨，从铁轨交接的地方偶尔发出一声咔嗒声，听上去还不错。心情恢复平静后的毛流听着这难得的伴奏，迷迷糊糊地睡了过去。

在他即将进入梦乡的时候，忽然听到了几声窃窃私语。

那声音分明是女人发出的，异常轻微，好像是贴在他耳边一边呵气一边说的，语调软如烟雾，说出的话却透着几分邪恶，声音飘忽不定，似乎有又似乎没有。

毛流费了好大的力气，仔细捕捉那私语声，好容易才听到断断续续的几个字：“……别……来……找……我……”

声音时断时续，好像鱼在水里不时需要换气一样。

早在地铁里就感受到的不安情绪立即梦魇般牢牢攥住了毛流的心，他浑身冰凉，双腿发抖，只能拼命屏住呼吸，紧紧地捏住毯子的一角。

就在那邪恶的呵气声再次响起的时候，他肩头打着哆嗦，不顾一切地掀开毛毯坐了起来。

只见四下里一派光明，车厢里依然充斥着说笑声以及方便面散发出的强烈气味。那对男女依然含情脉脉地絮叨，斜上铺的拇指好汉还在发短信。

一切正常，根本没有什么鬼魅在窃窃私语。

毛流有点惶惑，瞪大眼睛愣愣地看着他们。

见毛流哗地猛然坐起，绝配夫妇惊讶地一齐回头望着他。胖男人关切地问：“怎么？做噩梦了？”女人则对他甜甜地笑。

在这一瞬间，毛流发现女人那甜美的笑容里居然隐藏着无法言表的阴险或是血腥的东西，她将邪恶遮掩在迷人的美貌中，自认为天衣无缝，不料却被自己的声音和笑容泄露无疑。

毛流甚至怀疑刚才的怪声就来自于这个阴气很重的女人，联想到这里，他更不舒服了，摇摇头，哼了一声，又躺了下去。

从小到大，毛流最大的优点就是脑袋一挨枕头就睡，尤其是在旅途中。可今夜他怎么也睡不塌实，刚一迷糊，意识马上就变得古怪、模糊，突如其来的噩梦流星般往来穿梭，让他无法安宁，不时浑身抽搐着惊醒过来……

也不知是第几次被吓醒后，他感到周围突然静了下来，自己仿佛孤独地置身于旷野之中。一些在恐怖片中常见的灵异镜头快速闪过脑际，他吓坏了，不敢再睡，连忙费力地再次睁开眼睛。

只见车厢里一片沉寂，光线黯淡。那对腻歪的夫妻也散了，男人不知去了哪里，女人则安静地躺在床上，甚至还换上了睡衣。这让毛流稍微放心，假如她在黑暗中妆容严谨地躺着，只会增加他的恐慌。

整个车厢只亮了几盏小壁灯，昏黄的光线让人直犯困。

毛流看看表，已经十二点多了，他随意拉开白色的窗帘朝外一看，外面夜色浓重，除了列车飞驰时带起的电掣般的流光，什么也看不到。

他抬手打算放下纱帘，无意中却看到玻璃窗上居然有一行小小的字：

黑暗之手，牵引我们潜入城市那诡异的禁区。

字是用白色的颜料写的，这一次，面对突然出现的怪异，毛流似乎已经习惯了，因为他已经第三次读到这句话，所以破天荒地没有感到恐惧。

就在这时，窗外嘭地掠过一阵肃杀的气流，巨大的轰鸣声在耳边狂响，列车好像驶入了隧道。车顶的灯剧烈地闪了几下，昏黄的灯光忽明忽暗，在车厢中飘忽不定地闪烁。

毛流有点担心，正当他准备收回目光时，却发现玻璃上那行字突然变模糊了，像被一只无形的手随意乱抹。接着，玻璃上出现了一团雾蒙蒙的影子，起先很小，慢慢越来越大，也越清晰。

天啊，那是一张女人的脸！

那张脸离毛流只有区区几厘米的距离，虽然模糊，但依稀可以看出几分绰约的风姿。他甚至可以听到她的呼吸，却看不清鼻子、眼睛，只有两片猩红的唇在不住地上下舔动，美艳绝伦的嘴角甚至露出一抹阴沉的微笑。

毛流痴痴地盯住那张脸，觉得有几分面熟：她到底是那夜跳楼的女人，还是对面这个风情少妇？

这当儿，女人的脸在不断地变幻着，先是双眼紧闭，忽而又直勾勾地瞪着，嘴巴离奇地向左右咧开，看上去很恐怖。紧接着她又换成媚笑的样子，表情却更加狰狞。

突然，一个微弱的叹息声从车厢某处传来，似曾熟悉的恐惧电流般袭入毛流脆弱的神经，他呆坐在床上，僵硬地扭过头一看。

可是，背后什么也没有！

他留心看了看四周，尤其是旁边那位诡秘的少妇。

此刻她正睡得香，窗外不时掠过的光线在她脸上洒下似有似无的光晕，虽然还是那么漂亮，但再也难以吸引毛流——他甚至已经开始怕她了。

他又转回头，玻璃上干干净净，什么白字、女人的脸似乎都从未出现。他几乎要抓狂了，想喊，却忽然感到口渴得厉害，嗓子眼里窜起无数火苗，烧得他喉咙几乎要炸了。

他抖着手掀开毛毯坐了起来，准备去打水。

刚直起腰板，毛流忽然觉得脑后掠过一股阴风，带着凛凛杀机。他浑身的肌肉阵阵发紧，连忙回头看去。

只见上铺那位拇指好汉正挺直了身板，木桩般坐在床上，目光炯炯地瞪着他。

“吓死我了！”

毛流叫嚷着后退一步，压低嗓门问他：“这么晚了还不睡觉，你干嘛呢？”

那人不说话，却从喉咙里挤出冷笑两声，脑袋往后一仰，重重地倒回枕头上，径直睡了。

“梦游？”

又等了五分钟，毛流拍拍那人，见他没有丝毫反应，这才放心地走了。

打完开水回来，毛流盯住少妇的睡姿看了一眼，又悄悄探出脑袋看了看上铺的动静。见拇指好汉睡得很安稳，于是他也重新躺回床上，放心地睡了。

就在他迷迷糊糊刚要熟睡时，肩膀却被人轻轻地摇了两下。

毛流很不情愿地睁开眼睛，只见拇指好汉站在面前。

不等他开口，拇指好汉语气强硬地说：“别折腾了。我知道你也睡不着。走，陪哥们抽支烟去。”

毛流很不情愿地爬起来，晕头转向地跟着他走了。

两人来到两节车厢的交汇处，闪身躲进一个狭窄的过道里。拇指好汉从裤兜里摸出一盒烟，随手抽出一支递给毛流，又打着火递过来。毛流忙点头表示感谢，叼起烟卷凑向那团蒸腾的火苗。

拇指好汉给自己点上烟，抽了几口，然后走到窗前，望着外面的夜色发呆。

“车里太闷了。”过了一会，他忽然说道，一边甩开满是肌肉的胳臂，用力打开了窗户。

列车高速运行带起的狂风呼啸着钻进车厢，一阵寒彻骨髓的冰冷让毛流打了个冷战。他很奇怪为什么夏末的深夜居然会这么凉？于是抱住膀子嚷嚷道：“太冷了，关上吧。”

这时，他脑子里忽然闪过一个奇怪的臆想，觉得这人一定是想把他从窗户里塞出去，还会冷眼目睹他的身体在夜空中打几个旋，听他发出凄厉的惨叫，再等着看他的肉体落在铁轨上，被飞快旋转的车轮几下碾成肉酱。

这个可怕的念头让毛流觉得更加冷了，他缩起脑袋，下意识地往后退了几步，心想只要这人胆敢伸手拉他，他就一定要大喊大叫，好让人们及时赶来搭救自己。

拇指好汉丝毫不理会他的恐惧，他坚持让风继续往车厢里面灌了好一阵子，这才用宽宽的后背靠在窗户上挡住冷风，问道：“想不想去探险？”

“什么？”毛流看着眼前这个举止奇怪的人，有点不相信自己的耳朵。

“到车厢底下去看看，你一定会大开眼界的。”

到列车底部寻找乐趣，这倒是毛流从没有想过的。他马上来了兴致，问道：“可是——怎么下去呢？”

“从这儿——”那人指了指窗户，“这里可以下到车厢底部，两节车厢相连的地方有铁链子，我们可以抓住它潜到底下去。想想吧，你可以用自己的身体感受到列车前进时的特殊动感，还有风的速度。在时速180公里的火车下面体验相当于12级的大风的滋味，这可不是每个人都能够有的体验，你觉得怎么样？”

毛流并不想在这个夜间气温只有10度左右的时刻去车底冒险，可对方关于体验风速的话最终让他动心了。

这时，一个女乘务员忽然间走了过来。她体态丰腴，长着一副正气凛然的面孔，不怒自威。

过道上明明有灯，但她还是用电筒在两个男人的脸上照了一下，语气严厉地问：“你们不睡觉，跑到这里来干什么？”

毛流看看拇指好汉，对方不肯与他交换眼神，而是微微抽动了一下嘴角，对乘务员说：“我们抽支烟就走。”

“干嘛打开窗户？小心感冒了。”女士显然又发现了新问题，她果断地从他们中间插过去，奔向窗户，想要自己亲手关上它。

拇指好汉抢在她前面，飞快地拉下窗户，只听咯嗒一声，窗户关死了。

“尽快回到各人的位子上吧。”

女乘务员放心地点点头，手电筒在两人身上又晃了几下，这才转身走了。

眼看着她进了休息室，拇指好汉对毛流挤挤眼睛，轻轻地打开窗户，伸出一条腿搭在上面，上身往外一探，麻利地钻了出去。

毛流扑到窗前，伸出脑袋一看，只见那人像一个巨大的壁虎似的紧紧贴在车厢外，手指抠住翘起铁皮，脚踩在火车外侧突出的横杆上，噌噌几下就下到了车厢交接的铁链上。他摇晃了几下，随即在粗大的铁链子上站稳，还仰起脑袋对毛流招手，示意他也下来。

毛流犹豫片刻，只好学着他的样钻出车窗，踩着车厢外凹凸不平的铁皮，小心翼翼地下到铁链子上。

疯狂奔驰的列车卷起阵阵大风，吹得两人站都站不稳。毛流跟着那人钻入一节车厢的底部，这里的风稍微小了点，却更加冷。

借着远出的街灯射来的微弱光线，毛流看到车厢下的缝隙中有不少东西，最醒目的是悬空安置着的三个大型变电箱，上面用红色油漆写着什么字，他费了半天劲才看清是“*铁－Ⅱ－9”。中间还横着几条乌黑的铁管，用来连接两头的车厢。一切看上去并不神秘。

那人嘿嘿一笑，居然将头枕在一个变电箱上，屁股放在4条铁管上，腿搭在另一个变电箱上，像躺在自家后院两棵树中间的吊床上一样，美滋滋地睡起了觉。

毛流站在铁链上，呆呆地看着他，觉得这人比自己还神经。

突然，那人一跃而起，双手抱住铁管，双腿挟着冷风，朝毛流狠狠扫来。毛流猝不及防，脚下一歪，整个身体迅速朝车轮的方向倒去。

“不要啊！”

毛流失声惨叫，伸出双手到处乱抓。

忽然，有一团破布似的东西裹住了他，他奋力摔开那东西，重重地蹬了一下腿，拼命睁开了眼睛。

只见四下里一片寂静，哪里有什么狂风、速度、车底探险、遭人暗算，自己分明正躺在凉爽宜人的卧铺车上……

原来刚才的一切不过是做了个噩梦。他心有余悸地摸摸自己全身，发现脑袋、胳膊、脚都在，再看看四周暗淡的灯光，听着此起彼伏的鼾声，他哑然失笑，拍拍自己胸膛，重新躺下，想好好缓口气。

可他脑袋还没挨到枕头，忽听啪地一声，一个人影从天而降，落在他的面前。

人影手中挥舞着一个亮闪闪的东西，嘴里一个劲地嚷道："别过来！我不是，真的不是我！"

毛流此刻倒不害怕了，伸手拉住那人，问："喂，你怎么啦？"

对方猛地转过身，对着毛流厉声嚎叫："别看我！不是我干的。不是我！"

毛流被他弄的莫名其妙，忍不住小声咕哝道："神经。"

那人抬起手，唰地亮出一把匕首，对毛流嚷道："别逼我，我可不是好惹的。"说着用匕首没头没脑地朝他扎来。

毛流知道自己这次可不是在做梦，而是确实遇到了凶险。他顾不得多想，从床上一跃蹦起，冲着过道上大声喊道："快来人啊，救命！"

少妇和上铺的女生同时被惊醒了，看到眼前的情形，两人都惊呆了。愣怔片刻之后，她们捂住嘴巴，一齐啊——啊——地尖叫起来。声音极具穿透力，迅速刺破了整个车厢安谧的空气，令所有听者惶惶发抖。

"不许叫！"那人面目凶狠地朝少妇吼道，转身用匕首对准了她。

"救命啊！杀人啦！"因为极度的恐惧，女人叫得更欢了。

凄厉的惨叫惊醒了睡梦中的人们。等明白发生了什么事时，大家全乱了套，孩子哭，大人叫，整个车厢一团混乱。

女乘务员披着制服，急匆匆朝这边奔来，一边使劲吹起警报哨。那张圆圆的大脸盘看上的确有点不怒自威。

眼见刀尖就要扎进女人的胸脯，毛流连忙拉住那人的手臂使劲往后拖。对方急红了眼，挥动匕首狠命朝他脸上扎去。

毛流本能地抬起臂膀，护住自己的脑袋。一阵凉飕飕的感觉迅速从他的胳膊传了过来，麻麻的，凉意过后，居然还有点热辣辣的感觉，他觉得这感受很奇特，以前从未有过。

这时，几名乘警匆匆赶来，乘务员打开了车厢中所有的灯。一时灯火通明，乘警们群涌而上，将那人打倒在地。

毛流定睛一看，这个凶暴的家伙竟然是对面上铺的拇指好汉。

好汉果然强大，他挣扎了几下，居然从乘警们的围攻中逃脱出来，朝车门方向狂奔而去。

到了车厢交接的地方，他径直扑向窗户，迅速打开了它。

等目瞪口呆的乘警们冲上来并再次揪住他时，这家伙已经攀上车窗准备跳车了。五、六个警察一起上阵，费了好大的力气给他戴上手铐。

好汉这才老实了许多，却万分委屈地对警察嚷道："干嘛抓我？是他们的错，他们一直跟踪我，要害我，不捅死他们我就活不了啦！"

"谁跟着你啦？神经。"毛流仗着胆儿回敬了一句。

好汉恶狠狠地说："就是你！你想杀了我！"

毛流更加莫名其妙，可不等他问清楚，警察已经将那人带走了。

女乘务员关切地问毛流："你怎么样？没有受伤吧？"

毛流摸摸自己的脑袋，把手指举到灯下一看，居然一点没受伤，他不由暗自庆幸自己命大。

风情少妇却指着他，瞪大了眼睛一叠声嚷道："血！血！"

顺着她的指点，毛流抬起手腕，发现胳膊外侧被刀子豁开了一条口子，红彤彤的血肉翻开来，大幅度地向两边咧开，酷似小孩的嘴唇。暗红色的鲜血并没有喷溅而出，而是沿着伤口一团一团地慢慢涌出，已经染红了T恤衫的袖子。

毛流知道自己的血液之所以如此行动迟缓，完全是因为他喜欢吃肉，几乎不吃新鲜蔬菜，也很少喝水，所以血液才会粘稠如粥。

医生一直警告他说如果再这么嗜肉如命地吃下去，他的血管总有一天会被过分粘稠的血浆堵塞，等积累到某天，就会突然砰地一声炸裂。

毛流被医生的话吓得见肉就心惊，却没想到这个毛病今天居然救了他，使他没有失血过多，还可以继续自己的离城探险之旅。

一位业余卫生员费了好大的劲才给毛流止住血，将伤口包扎起来。

惊魂未定的风情少妇靠在丈夫的肩头，看着毛流那条被裹成粽子样的胳膊，表情天真地问道："你和他有仇？"

"上这趟火车之前，我根本没见过他。"

"那他怎么——？"这回问话的是那位天生有母爱气质的丈夫。

“撞鬼了呗。”毛流仰倒在床上，长叹一声，“我今儿算是倒了血霉啦。”

绝配夫妇怜惜地看着他，也长长地叹了口气。

约摸过了三个多小时，天亮了，一位中年乘警来找毛流谈话。他说：“我们可以初步肯定，周斌（即拇指好汉）患了严重的旅途综合症。”

“旅途综合症？还有这病？”

“这类情况在列车上经常发生，身体不好的人一旦连续在火车上持续度过四十小时，就会因为精神过度紧张，长时间休息不好引起过分疲劳，从而造成大脑缺氧，严重者就有可能出现精神错乱等心理问题。特别是有过精神病史的乘客，在夏季更容易犯病。周斌已经连续坐了三天的火车，他说晚上睡觉前，眼前总是出现幻觉，以为你是尾随而来的抢劫犯，所以出于自卫才伤了你。”

“我今天算是开了眼界了。”毛流对警察晃了晃自己缠着绷带的胳膊，打趣道。女人在一旁急切地问：“那他还会不会再犯病呀？”

“没事的。现在周斌的精神已经恢复正常，”他转向毛流，“眼下他很担心你是不是会以伤害罪控告他。”

“告他？哈！我这么忙，哪有那闲工夫跟他耗？”

“明白了。多谢您的宽容。”警察从兜里摸出一个信封，“这是他托我们交给你的，请一定收下。”

毛流看看警察诚恳的面孔，又看看边角露出的钞票，想了想，收下了那个信封。

第二章 离城之约

离城素有“魔方之城”的美誉，这不仅是因为它是一个具有神秘气质的城市，据说在它的地下，还隐藏了一个巨大的克隆世界，因而成为城市探险爱好者们的圣地。

从外表上看，整个城市更像一个巨型园林，到处都是大馒头似的山峦和翠绿的湖水。

驱车走在大街上，转个弯，会看到马路的尽头突然冒出一座山，再转个弯，马上又有一池碧绿的湖水直扑眼帘，山与水的完美结合使城市的曲线变得丰富起来。

这里的房子大多依山而建，粉刷得格外艳丽，离城人衣着朴素，却喜欢把所有灿烂的颜色都堆砌到墙壁上。据说这是由于本地气候太过湿润，常年的烟雨迷蒙让人疲惫、麻木，多用一点夸张的色调，会激发居民的热情和活力。

但毛流却有一种空落落的感受，越是逼近自己的目标，他就越是有点忧伤甚至失落。他吸了一口气，闻到空气中弥漫着挥之不去的雨雾，还混杂了一点淡淡的桂花香，细碎得几乎觉察不到。

雨丝落在手臂上，有点凉，让他的心更加沉静，出发前的激动与兴奋早已远远地扔在了脑后。

远远地看到五角星宾馆的招牌时，毛流心头沉甸甸地，有一种说不出的担心——但仅仅只是担心，他将此归咎于自己对陌生地方的一种天然抗拒。

这座宾馆外形与其他的建筑差别不大，但在色彩上却没有流俗，略显沧桑古旧，这倒适合毛流的口味。

他在不远处下了车，站在一旁仔细打量这座充满特殊气氛的建筑。

宾馆是一幢六层小楼，一点也不气派。一层有一部分是酒楼，其余的才是客房。整幢房子虽然处在闹市，但还是显得很孤独，背后紧靠一座山，山头不算高，但体积庞大，使宾馆的房子看上去像一团被巨人夹在腋下的鸟窝，稍微一使劲就可以给它捏碎。

毛流担心那座山总有一天会被雨水浸泡得发软，然后朝房子砸下来。他当然明白这种担心是多余的，却阻止不了自己古怪的思维随时进行混乱的碰撞。

再往前走，会发现宾馆位于一个大院里，院外有装饰用的矮篱笆，墙角的草丛里不时有小东西来回飞窜，山墙上爬满了不知名的植物，四周全是竹林，风一过，所有的叶子都飒飒作响。

宾馆大门色调厚重，上面有着数不清的抓挠、刻凿的痕迹。楼顶的避雷针弯弯扭扭地指向天空，细得有点让人担心。侧面的外墙上有三个奇怪的窗户（也许是排风口），　两上一下，乍一看像冤死者那圆睁的眼睛和嘴巴，平白地添了几分怪魅。

说实话，他一点也不喜欢这个聚会的地方，让人有点不舒服。可是既然来了，说什么也得坚持下去。他狠狠心，拎起行李走了进去。

宾馆大厅里面空荡荡地，气氛和天气一样阴晦、憋闷。前台的服务生掩住血红的大嘴巴在打呵欠，见有人进来，她连忙收回大嘴唇，站直了身子。

毛流转向角落里的茶座，看到那里只有一男一女两个人。

女人则站在窗边向外望，她个头很高，一套显然价格不菲的休闲装得体地包裹着年轻的躯体，为她增加了一些曲线，使得其身材显得比相貌更突出，这让身高不过173CM的毛流感到了不小的压力。

女人看上去很有主见，脸上挂着聪明女人常有的那种难以捉摸的淡漠，浑身上下更是透着一种说不出的骄横，不声不响将所有试图接近她的人拒于千里之外。

毛流再仔细一瞧，发现她的头发造型很怪异，两腮边细碎的短发四下里张扬开来，脑后却留了几缕柔顺的长发。她的容貌类型属于眼下最流行的“中性女人”：眼睛细长，鼻梁挺直，嘴唇宽厚而性感。

仅凭第一眼的感觉，毛流就强烈地预感到自己和这个女人不会成为好朋友。

她旁边的男人身躯臃肿，圆球似的肉脑袋上架了一副黑框眼镜，像个可爱的大胖熊。此刻他正坐在沙发上，手里捏了一包话梅，一边嚼，一边对那女人笑嘻嘻地说着什么。

单从这两人的装束来判断，毛流基本可以确认他们和自己是一伙的。

所以尽管不喜欢那女人，但他还是摆出一副迎接亲友团的笑脸，热情洋溢地朝他们走过去。

这时，女人也看到了毛流。

她那霸气十足的目光先是扫过他的脸，接着聚焦在他缠着绷带的手臂上，以询问的神情打量片刻后，这才转过脸对胖子努了努嘴。

"终于来了一个了！"胖子咧开大嘴笑道。

毛流冲他点点头，先朝女人伸出手，自我介绍道："我叫毛流，从北京来的。"

女人并没有与他握手，而是抱着双臂淡淡地应付道："我是ALINE，上海的。"

毛流只好尴尬地举着手转向胖子。

"欢迎你加入我们英雄的超胆尖兵探险队！"胖子热情地握住他的手使劲摇晃，一边认真地打量着毛流手臂的绷带和那件宽大如袍的上衣揶揄道，"模样挺拉风啊？不错！瞧这打扮，看样子是嘻哈一族吧？"

"什么嘻哈！我已经二十三岁，老啦，玩不动了。"

ALINE忽然讥讽地笑道："哪儿有这么老的白脸小帅哥？"

毛流脸红了，这个外号伴随他二十多年了，每次被人叫起他就感到万分羞惭，潜意识总感觉别人认为自己酷似女人。这还不算多年前每次到公共浴池洗澡时，都要被几个恬不知耻的老头纠缠的难堪经历，令他厌恶得只想毁容。现在听ALINE又这么叫，他当下就浑身不自在起来。

胖子打圆场道："从今天起，我们就是亲人了。"说着还不住地拍打他的臂膀。

听他口音像是四川人，毛流想笑，却实在受不住他的热情，那只受伤的手被拍得生疼。

胖子似乎刚刚发现了他的伤臂，忙问："你这是——？"

“路上出了点事，受了点轻伤，所以来晚了，对不起啊。”

“没什么，我们也刚到一会儿。”ALINE 忽然插嘴道。

胖子对毛流说：“安小姐是上海‘终极之旅’户外运动俱乐部的策划，专业人士呢！”

“那么这次活动一定是你策划的喽？”毛流摆出无比钦佩的样子看看ALINE，试图跟她套近乎。

“不，我也只是来参战而已。”

“那一定是你吧？”毛流把目光转向胖子，“抱歉，您贵姓？”

“我叫周赤利，你叫我老周就可以啦。”胖子摇着大脑袋笑道，“但我也只是参与者。”

“这么说组织者还没来？”

ALINE 望了望外面，又低头看看表，淡淡地说：“看样子不会再有人来了。除非太阳马上出来。”

胖子看着窗外渐渐暗淡的天色，往嘴里塞了一枚话梅，口齿不清地感叹道：“像恋人的轻愁，令我神伤。”

毛流奇怪地看看他，为这句摸不着头脑的话发呆。

ALINE 冷笑道：“没看出吧？这位先生以前可是个诗人呢！”

胖子呵呵一笑：“见笑了。我生在军人世家，骨子里就有着与生俱来的冒险精神，因为从小就喜欢钻防空洞，所以很早与废墟黑洞之类的东西建立起了一种异常亲密的关系。我喜欢城市探险的原因是为了探究‘废弃建筑中颓废的诗意美’，借以激发创作灵感，寻求灵魂的心安理得。”

毛流失声笑道：“真没看出来。据说诗人这职业现在享受文物级待遇了？”

“我早就洗手不干啦。现在我做内衣生意，”他对ALINE 呵呵一乐，“女人的钱，好赚。”

ALINE 不置可否，拿出手机看了看时间，自言自语：“已经五点半了，怎么还没人来呀？”

毛流问她：“你们公司平时也组织探险业务？”

ALINE 依然站在窗前，漫不经心地俯视着他，从鼻子里发出一声短促的笑，态度倨傲慢说：“你认为国内有多少事情是真正的正规操作的呢？

依大家现在的生活质量和水平，普通人还远远达不到肯花钱玩探险的地步。他们宁肯戴着旅行帽，傻乎乎地跟在半吊子导游的屁股后面急行军、拍照、购物，也不愿意搞点有趣味的活动。”

胖子听到这里，笑呵呵地对毛流说：“瞧见没有？这位还是新世纪的女愤青呢。少见。”

毛流对ALINE说：“这你就不了解了，我在网上看到很多人都很喜欢探险呢。”

“毕竟少数，而且意志还不坚定。很多人喜欢探险其实是抱着另外的目的，”ALINE用淡漠的目光在两人脸上扫了一遍，顾自说，“我敢说那甚至是邪恶的。”

毛流被她看的心里直发毛，忙说：“那你还做这行干什么？”

“从六十年代开始，国外很多大学就已经有了探险学专业，我父亲业余喜欢从事这方面的相关研究。所以我从小喜欢探险，在大学时选修了这门课，希望能把探险当成事业来做。”

“原来女人也喜欢偷窥？看来阴暗的欲望人人都有，从此我将不再自卑喽。”毛流笨拙地开了个玩笑，希望缓和一下气氛，但ALINE似乎根本不吃这一套，他只好又问：“你的意思是回来一看，国内的城市探险状况让你失望了？”

“经营、运作城市探险的商业开发业务很复杂，绝不是领着一批人在黑洞里乱钻那么简单。行动前要有翔实精确的现场资料，要向有关部门报批，要保证参与者的安全……

“最重要的是，公司要想在组织活动中赢利，还需要非常完整、繁琐的操作体系。这些都需要经验和知识的积累，但从目前的现状来看，国内的探险公司根本无法准确把握。我只能说一切都太不正规。

“实际上我们公司另有其它业务，只是希望能够把探险当作新项目来开发，所以直到现在还没有进行过一次实地探险呢。”

“那你们每天都在忙些什么？”

“为了赚钱，老板只好借着探险的名义搞拓展训练，这样一来，那些原本充满趣味的废墟和隧道就变成了游戏的道具，参加者只要按次序完成表演就可以了。而我的工作居然成了幼儿园阿姨领孩子玩过家家，毫无刺激，让人厌倦。”说到这里，她的声音又恢复了冰冷，“很多事在国内会变得非常滑稽，不是吗？”

“其实现在这行当在大陆也是刚开始流行，很多人还不知道UE到底是干什么呢。你得慢慢来。”

“所以我才请假来参加这次探险，希望能够广交朋友。说实话，回来都快一年了，我还没钻过一次废墟或者地洞呢。”

在他们说话这工夫，胖子手里的话梅已经嚼完了，他将袋子捏成一团塞进旁边的垃圾筒里，拍拍手笑道：“别急，我们这不是已经来了嘛。”

此时天色已暗，一团铁灰色的雾气渐渐从四周弥漫上来，迅速裹住了整幢房子，浓重的湿气使三人都禁不住打了个寒颤。

山头上的林木黑逡逡地高耸着，像鬼影层叠而出，风不时掠过，叶子沙沙作响，阴森森的松涛宛如阵阵人声呜咽，让人不由胡思乱想。

他们一起站在窗前，茫然地看着惨淡灰暗的街景。

这时，一辆贴着奶粉广告的公交车慢悠悠地开来，停在了马路对面，随即有几个人从车上跳下，径直朝这边走了过来。

毛流激动地叫喊：“来啦！有人来啦！”

ALINE语调轻蔑地说：“喂，看清楚点——瞧他们背的是什么东西。”

毛流仔细一看，那些家伙装扮怪异，人人都背着吉他或者是琴，看样子是一群流浪歌手。

进了宾馆大院，他们并没有来大厅，而是拐了个弯，朝右边走去。

毛流看到那边亮起了一个广告灯箱，上面写着：“地下旅社，舒适便宜。”

ALINE皱起眉头问：“这家宾馆还有地下室？”

“也许吧。唉，刚到大城市淘金的年轻人，谁没有在那种最廉价的地下旅店里蜗居过的经历呢。”看着那几个年轻人迅速钻入地下室的楼梯口，毛流感慨万千。

“哈！大城市？”胖子嗤笑道，“离城只是一个属于旧时光的小城市，没有繁华与喧闹，只有秘密，只有历史——所以我们才会千里迢迢赶来朝拜。”

“还朝拜呢，有一丁点诚心就不错了。”

就在这时，一个举止矫健的大男孩进了宾馆大门。看到他们四个，男孩似乎非常惊喜，雀跃着跑了过来。

第一次见到这个叫黄小果的男孩时，毛流震惊地几乎要将眼珠子从眼眶里跌了出来——因为黄小果长得实在太秀气，太漂亮了（虽然用这种词形容一个男孩子很不妥帖，但毛流觉得其他诸如帅啊、英俊啊之类的词都无法表达他最真实的感受）。他神情腼腆，甚至带有几分羞涩，脸蛋红扑扑地，五官精巧细腻，尤其是嘴巴，比抹了唇膏还要鲜润。更要命的是他皮肤白皙，身材颀长，如果他蓄起长发，穿上女装走在街上，几乎没人会怀疑他的性别。

望着这个比女生还像女生的大男孩，三个人都愣住了，一时不知道该怎么开口。

"嗨，你们是'黑灯'的人吗？"黄小果无邪地咧嘴一笑。

三人一齐打量他，又一齐摇头。

"哦，那我知道了，你们一定也和我一样，是因为那个帖子从五湖四海走到一起来的？" 黄小果极其自然地扮个鬼脸，"很高兴认识几位哥哥、姐姐。"

"哟，小嘴真甜。"胖子呵呵笑道。 ALINE 却突然没来由地说："你们可别小看这个孩子——"

黄小果连忙打断她："姐姐，我已经十九岁了，标准的成人。"

胖子看着他，对另外两个同伴说："看样子他是个发烧级的探洞迷，经验不比我们差。"

黄小果颇为自负地朝他们做个鬼脸，说："大陆没有专业的探洞迷，我也只是业余爱好者之一。"

ALINE 问："关于离城这地方的地下暗道，你熟悉吗？"

黄小果脸上露出一丝不易觉察的冷意，很勉强地说："那里是一段神秘古老的地穴。很刺激，可惜我也只是走马观花地翻过一些资料，没有详细研究过。"

毛流拍拍他的肩膀，赞许地笑："小子，还行呀！"

黄小果秀如翦水般的眼睛扫过三人，问："怎么就我们四个，其他人呢？"

"没了。"三个人异口同声地回答道。

黄小果耸耸肩膀，两手插在白色长裤的裤兜里，随着 MP3 的音乐线条流畅地抖起了双腿。

ALINE 看了看手机，“万一明天还没有人来，我们怎么办？”

“各回各家呗！这样损失会最小。”毛流笑嘻嘻地调侃道。

胖子从嘴里捏出一枚果核，在毛流鼻子下面晃晃，神色诡异地笑道：“我算看出来了，你小子是想把我们哄走，然后独自一个人留在这里吃独食。对不对？”

毛流恶心地躲开他的手，闪身跳到了一边。

黄小果说：“我建议我们四个组成一个探险小分队，自己干。”

胖子马上回应：“同意！就按我说的，我们的旗号就叫：超胆尖兵探险组！”

ALINE 淡淡一笑，不无担心地说：“可是，从专业角度来说，我们对这里的地形不熟悉，没有经过先期的踩点、考察和分析，盲目进去不但会浪费很多时间，也许还会有危险。”

“我现在就上网查一下，看离城当地有没有喜欢探险的网友。”

毛流的建议马上遭到 ALINE 的驳斥。她不屑地说：“省点力气吧。这里一个 UE 迷也没有——全国探险精英的人员资料都收在在我们俱乐部，一查就知。”

“我有主意了！”胖子鼓着腮帮子叫道，“我们出去打听一下，专找那些年纪大的老爷子，他们一定知道这个城市里所有的秘密。”

黄小果指着窗外笑：“快看，你们要找的人出现啦。”

ALINE 往外一看，只见宾馆对面的路灯下有一个小小的修车摊。

主人是一个留着山羊胡子的老头，正佝偻着身子慢慢地收拾东西，看样子是准备收摊回家。

胖子嘿嘿一乐：“对，找他打听绝对没错。单凭那一把可爱的白胡子我就知道，这老头绝对见多识广。”

四个人连忙跑出去，一边帮老头收拾东西，一边向他打听路径。ALINE 耐着性子一连说了两遍，才让老头明白他们要找的是那座废旧的地下兵工厂，而不是百货大楼的地下商场。

“兵工厂？你们去哪儿干什么？”老头警觉地问。

“我们就是去看看，没别的。”

“那里破破烂烂，都是没人要的垃圾，有什么好看的？”

黄小果说：“大爷，我们是搞探险的，专门找城市里那些废旧、破烂的地方去玩。”

老头摇了摇头，嘟囔道：“真搞不懂现在这些年轻人！什么都玩腻了，居然又盯上垃圾。”

ALINE 试图解释，胖子拉住她说：“你不会是要给他普及 UE 基本常识吧？”又对老头道，“大爷，您只要告诉我们兵工厂在哪儿、怎么走就可以啦。”

“找它很容易，这里有车可以直接到。不过，可别说我没警告过你们——”老头睁大血丝浑浊的眼睛，变了脸色，神秘地小声道，“那里有个疯女人，天天在里面摆弄死人呐！”

“啊？真的？”黄小果的眼里当即发出光彩，“够刺激！”

老头摇头道：“还刺激？吓都吓死了。我们这儿可是没人敢去那鬼地方，阴森森的，邪性大着呐。”说完，摇摇晃晃推着三轮车走了。

ALINE 在他身后喊：“谢谢您！”

老头走了几步又回过头说：“坐 122 路车，在信号街下车就到啦。”

ALINE 感激地对老头挥挥手，对三个同伴说：“怎么样？我们就这么定了？”

胖子拍拍大肚皮说：“我没问题。”

毛流虽然也答应了，心里却起了疙瘩。老头的话让这几天一直萦绕在他心头的不安和恐慌更加重了，甚至还多了几分忧虑——他们明天即将去探秘的地方固然吸引人，却似乎隐藏着不知名的危险和恐怖。

具体是什么，他还是说不明白，只是一种强烈的预感。

·

吃过饭，四人各自回房休息。黄小果、毛流和 ALINE 分别住三楼的 305、309、303 室，胖子嫌爬楼梯累，强烈要求住一楼。

一进门，毛流就打开电脑，打算上线查查关于离城兵工厂的资料，顺便再看看那张神秘的帖子到底是谁发的。

可是，当他再次打开“卜卜探险网”时，发现那篇帖子突然没了！无论他怎么搜索也没有结果。

毛流不甘心，一个劲在“卜卜网”的论坛上灌水，追问在线的其他同行。

令他惊讶的是，大家居然都异口同声地说根本没有看到什么召集探险的帖子。

毛流不甘心，又向几乎天天泡在论坛上的网友“笑熬糨糊”打听。

毛流：朋友，几天前这里有张召集探险的帖子，看到没?

笑熬糨糊：没见过，去哪儿探?

毛流：离城。我现在就在这儿呢！你来吗?

笑熬糨糊：羡慕！可俺没时间呀。老板狠着呢，天天加班。

这时论坛“斑竹”凑过来了，问毛流有什么事。

毛流：查找一个到离城探险的广告帖子。

斑竹：我天天在这儿趴着，从没见过什么探险广告。小子，你被人涮了。

“活见鬼！”毛流气得合上了电脑。

好好一篇帖子居然消失得无影无踪，实在是怪事。

他躺倒在床上，蓦地听到外面起风了，风声呼啸，似乎还卷起了一团团令人窒息的云堆，撕扯着掠过夜空。他拉开毛毯裹住身子，还是感觉到外面的湿气甚至穿过厚厚的玻璃和窗帘渗进了房间，冷飕飕地。

毛流暗自奇怪：分明是暑热未消的九月，怎么会突然这么冷呢?

俄而，楼下忽然响起了咣当、噗嗤的怪声，嘈杂喧闹，激烈，使人心脏发抖。

他竖起耳朵，听到那声音变化很快，一会沉闷，一会尖锐，吵得人神志发昏。他爬到地板上，再仔细一听，声音忽然没了。

他刚要起身，却听到一声非同一般的尖叫，尽管分明被压抑着，但仍然尖利刺耳，甚至有几分凄惨。

毛流打开门冲了出去，几步窜到二楼与自己同号的房间门前，刚要敲门，一个女服务生提着暖瓶从隔壁走了出来，问他：“您有什么事吗?”

“我，我找人。”

“那您一定是记错了房间号，因为这间209房根本没有客人入住。”

“哦，对不起。”毛流尴尬地对服务生笑了笑，连忙转身跑了。

他又来到一楼的109房，里面住的是胖子，他正穿着浴袍在刮胡子。

毛流往卫生间里探了探脑袋，没发现什么异常，就耸了耸肩膀，告诉他网上那篇帖子突然没了。

“什么帖子?”

“就是关于召集我们来离城拍小电影的那篇呀！”

“这有什么？”胖子放下剃须刀，摸着脸，毫不在意地对镜子里的毛流笑。

“不太对劲呀。”毛流凑近他，刚要说话，忽然又听到脚下猛然发出咣当的一声，他惊得几乎跳了起来，忙问胖子听到没有。

“什么？我只听到你在说话。”胖子抓起桌上吃剩的半包薯条，又喀嚓喀嚓嚼了起来。

“你听啊，咣当、噗嗤、咣当——就在楼下呢。”

“噗嗤？那是男人和女人的声音啊。”胖子毫无遮拦地哈哈大笑，未及咽下的薯条在舌尖来回颤。

毛流恶心得受不住了，连忙告辞要走。

“喂，听完墙根回来记得跟我分享哦。”胖子在他身后戏谑道。

毛流奔下一楼，打算再往楼下循声寻找。

再下面就是地下室了。毛流站在楼梯口，借着顶上朦胧的灯光往下看。见地下室里隐约有许多粗大的管子，锈迹班驳，看样子年头不少。

头顶的墙上横七竖八地拉着裸露的电线以及早就坏掉的灯泡。

扶梯两边的墙壁上到处都是龟裂的纹路，甚至还渗出了水滴。墙根上堆积了一米多高的白色水碱。

他小心地沿着旋转楼梯往下走，每走一步，木楼梯就咯吱作响，声音在空旷的地下显得格外闹。

下到最后一层台阶，他发现前面有道半掩的小门，上面写着“旅社”，这里应该就是地下旅馆。

他壮着胆子从低矮的门洞进去，只见狭窄的走廊里面一片漆黑，完全看不到东西了。他后悔自己刚才出来得太匆忙，没有带电筒，只好在墙上摸了摸，试图找到开关，谁知却蹭了一手的灰泥。

他骂声晦气，只好继续摸黑前进。

越往里面走，地下室里就越凉爽，黑暗给这个狭窄、阴晦、潮湿的空间中带来一股莫名的压迫感，令人窒息。

毛流小心翼翼踩着打滑的地板挪动脚步，穿过走廊，他感觉自己来到了一个转弯的地方。

前面忽然有道亮光从门缝中倾泻出来，毛流弯下腰，缩手缩脚地循着那光亮悄悄摸过去。

几乎是在一瞬间，前面遽然传来一声凄厉的叫喊，像是人声，又像是鸟鸣。毛流后来坚持认为那是乌鸦的叫声，在恐怖中传达着死亡的信息。

随着怪叫，光亮突然灭了，毛流又被抛回一片死寂的黑暗中。

他浑身一激灵，跳起来想跑，腿却软得根本挪不动。他不顾潮湿，一屁股坐在地上，大口地喘着气。忽然，左边有人仿佛在回应他似的，也气喘吁吁起来。

毛流惊得张大嘴巴，侧起耳朵再一听，四下里静悄悄地，仿佛所有有声的东西都在一瞬间被一股神秘的力量抑制住，万籁俱寂，既没有怪叫，也没有什么喘气声。

他正在惊疑，右边又穿来一声微弱得几乎听不见的呼吸。紧接着，一个高大的身影从他面前一闪而过，转过拐角跑了。

虽然什么也看不到，但他可以确定那是个女人——因为他又闻到了一丝淡淡的香水味。

那夜的恐怖经历再次浮上心头，毛流慌忙嚷道："谁在哪儿？"

只听啪嗒一声，有人在他头顶处拉动了开关。

灯亮了，发出白惨惨的光，照亮了眼前的一切。毛流被突然亮起的光线刺得眼晕，连忙站起身，脑袋里一片恍惚，茫然不知所终。

"你怎么不开灯？"

身后忽然响起一个声音，毛流回过头，只见一个约摸十八、九岁的大男孩抱着一把吉他，正好奇地望着他。

凭那后脑勺上高高扎起的金黄色的长发，毛流认出这孩子正是下午他们看到的流浪歌手中最醒目的一位。

他太瘦了，脸上颧骨突出，两颊深陷，几乎皮包骨头，而且脸色蜡黄，只有那大大的眼睛里透出一种病态的执着。

"我，我，哦，对不起。"毛流摸着自己的后脑勺讪笑，不知该怎么跟他解释。

"喝多了吧？楼道里这么黑，走路可得小心点。"大男孩也笑了，对他点点头，转身推开身后的房门进去了。

毛流留神看了看他的房间号，是009，这应该是和自己的房间垂直正对的。

“也许刚才的怪声其实是他们在弹琴唱歌呢。我可真是神经过敏。”他安慰自己几句，赶忙退出了地下室。

毛流悻悻地上了楼，没想到迎面竟遇到了ALINE。

刚要打个招呼，却发现她的手腕上缠着胶布，他忙关心地问：“你也受伤啦？”

“没。洗澡时不小心摔倒了，蹭破一点皮。”

白天一直显得霸气十足的ALINE突然有些慌乱，支吾几句，连忙用另一只手捂住受伤的手腕，低头进了自己房间。

望着她离去的身影，毛流心中动了一下，忽然觉得这高挑的背影好眼熟。

回到房间，他给夏至发了短信，详细告诉他自己明天的行程、路线和大致的返回时间。这是他外出探险时的一项基本任务，为的是以防万一。虽然和夏至离了几千里远，但这么做确实可以起到安抚的作用。

之后，他本打算再上会网，把这几天的惊魂故事写成帖子灌到论坛上去，可经过今晚这一折腾，他太累了，三两下冲完澡就歪在床上睡了。

这一觉真是睡得昏天暗地，直到被一阵尖利的怪叫声吵醒。

毛流神志不清地睁开眼睛，使劲揉了几下耳朵，总算听明白那是警笛声。他叹息道：“想不到如此偏僻的小城也不安宁呐。”

他打了个呵欠，长长地伸了个懒腰，眼睛无意间瞟了一下旁边。

就在双手将要落下的时候，他分明看到旁边那张一直空着的床位上竟然被褥凌乱，中间凹下去，有一个明显的人形。

更为夸张的是，原本饱满平整的枕头上还有一小片洼陷，显然是被脑袋压过的痕迹！

他的嘴巴几乎合不拢了，忙凑上前仔细一看，只见枕头上留下了几根头发，呈金黄色，蜷曲但相当粗硬。

天啊，难道又有人昨天晚上曾在自己身边堂而皇之地躺过？而且竟然还是男人？！他无法相信自己的眼睛，揉着晕乎乎的脑袋想了半天，却怎么也想不起昨天夜里究竟做了什么梦，而眼前这几根似曾相识的毛发又是如何现身的？

他的脑袋一下子涨得大如锅盖，也顾不得自己衣衫不整，就冲到门口喊道：“服务生！小姐！”

喊了好几声，却没有人应答。他刚要关上门去找人，却一眼瞥见一个留着齐耳短发的女服务生出现在楼梯口，忙喊道：“小姐！过来一下！”

女服务生似乎犹豫了几秒，但最终还是回头向他这边走来，一边礼貌地微笑道：“请问您需要什么？”

“你自己来看看！”

女孩站在门口，顺着毛流的指点漫不经心地扫了一眼房间里面，问：“怎么了？”

“你还问我呢！昨天晚上你们是不是又给我的房间安排了一个人？”

“这怎么可能？我们的空房间多的是，没必要这么做。”

“那你怎么解释这个——？”毛流恼火地指着凌乱的床铺上那团扭成麻花状的被子问，“我不可能一晚上睡两张床吧？”

女孩毫不介意地一笑，仰起头望着他说：“也许您昨天晚上带朋友来这里过夜——”

“胡说，我在这里根本不认识任何人！”

“您昨天夜里一定是喝多了，所以不记得。我们这儿经常发生这种事，很多客人都会带人来过夜，您不用紧张，再说我们并没有找您的麻烦呀。”女孩愈加笑得灿烂如花。

毛流又气又恼，一时不知道说什么才好。难道他昨天晚上真的偷偷溜出去，从外面带了什么流莺野花进来，一夜风流之后，第二天竟然什么都不记得了？

可即使拍破脑袋，他也只记得自己确实是上过网之后就休息了，根本没有招任何女人进来。

荒唐。这一切太荒唐了。

这时，窗外又响起了更为尖利的警笛声，女孩急切地说：“对不起，楼下出事了，我要去看看，一会回来再跟您细说。”说完撇下他就往外跑。

毛流在她身后问道：“出什么事了？”

“不大清楚，听说是死了人。”女孩边跑边说。

一听这话，毛流完全清醒过来，连忙几步跳到窗前，一把扯开帘子朝下看。

只见楼下停了两辆警车，有几个警察正紧张地朝楼上张望，一些穿白大褂的在来回奔走，远处还有一群晨练的老头老太太一边围观，一边对着毛流这个方向指指点点。

他连忙穿上衣服，抓起DV冲出房间。

刚到楼梯口，只见一个观光客模样的女孩正慌慌张张往楼上跑，毛流忙问："怎么回事？"

"二楼阳台上挂了个死人，太可怕了！"女孩尖着嗓门说。

毛流紧跑几步来到楼下，果然看到整个二楼已经被封锁了，任何人都不许上下楼。通往二楼的台阶上挤满了围观的人，大多是旅馆的住客。

毛流扫了一眼，发现胖子也混在其间，正探头探脑地张望。而那个形迹可疑的ALINE却没有出现。

毛流奋力挤进人群，凑到胖子身边，问他到底出什么事了？

"听说有人自杀了。就死在二楼。喏——"

顺着胖子的指点，毛流看到一堆警察围在209房间的门前，不许外人靠近。

209？那不是自己的楼下吗？他打了个寒战，问："什么人？"

"还没弄明白。听服务生说是个小伙子，吊在二楼的窗户外面，半个小时前才被晨练的老人们发现。"

"死了？"

"挂了大半夜，可不早没命了。"

这时，几个警察抬着一具包裹严实的尸体出来了，众人纷纷尖叫着回避开来。毛流死死盯住那裹尸袋，发现袋子上方露出了一截金黄色的毛发。

他愣住了，难道死者就是昨天晚上在地下室遇到的那个年轻的吉他手？

想想昨夜他站在那里朝自己微笑的样子，毛流很难过。一个活生生的人一夜间说没就没了？生死原来这么简单，可以随时被逾越。

胖子拉着毛流走到一边，满脸神秘地说："那人其实是在死在地下室的，后来不知怎么被移到了二楼去了。"

毛流觉得后脊梁直冒冷气，问他怎么知道的？胖子得意地说："这个可不能告诉你。”

“啪！”毛流刚要嘲弄他，肩膀上却被人重重地拍了一下。

毛流条件反射似的打个哆嗦，身体僵硬地凝固在原地。胖子被他惊恐万状的样子逗得捧腹大笑：“炸尸啦。”

毛流回头一瞧，居然是 ALINE 和黄小果。

ALINE 的嘴角荡起一抹霸道的笑，高傲的眼神在他们脸上一闪而过：“我猜你们都忘记了来离城是干什么的吧？”

四人无心再吃早饭，马上各自回房整理行装。

一进门，毛流就发现屋子里出现了异样：旁边那张刚才还凌乱不堪的床铺居然平整如新，洁白的枕头饱满圆润，上面根本没有什么毛发。他使劲揉了揉眼睛，没错，一切都很正常。

难道他半小时前看到的有人躺过的床、金黄色的毛发都是幻觉？该不会是服务生来整理过了吧？

他心怀侥幸，可回头再看看自己的床，被子扭成一团，枕头上的口水痕迹依稀可见，依然是他刚才起床时的样子——这证明服务生并没有来过。

“邪门！不是我的眼睛出了问题，就一定是撞鬼了！”

骂归骂，他最终把这归咎于自己的心理过于脆弱，所以眼前常常出现幻觉。幸亏这次探险还有三个同伴（虽然都不大讨人喜欢，但总比没有强），否则他说什么也要打道回府。

十几分钟后，四人都收拾好了各自的探险用具准备出发。为了不至于过分惹眼，他们仍然穿着便服，将连体的轻便防水外衣塞进包里，打算到目的地后再换上。

按照不成文的户外探险常规，毛流在房间里留下了一张纸条，上面清楚地写明自己的家庭住址、联系方法，来离城的事由、今天将要去的准确地点以及大致返回时间——当然是为了防止意外。

随后，他将身份证仔细地藏在身上，再带上诸如电筒、绳子、简单的食物、水、防身刀、数码相机、DV 机以及笔记本电脑之类必备的物品，心情急迫地出发了。

今天他们首先要去的地方是此次探险的第一个目的地：位于信号街

18 号的地下兵工厂。

天色还是阴沉沉地，走出宾馆大院时，毛流怔怔地看了看山墙上位于二楼的那只大“嘴巴”。

如果按照胖子的说法，那个吉他手当时一定就倒挂在“嘴巴”的露台上，瘦长的身体悬在那里，像巨兽嘴里衔着的猎物。如果真是这样，这家宾馆就更让人觉得不舒服。

坐在车上，胖子看了看三个伙伴，似乎很满意地说：“我们四个真是天作之合。我比较理性，毛流有闯劲，黄小果有经验，而你呢——”他扭过脸看着 ALINE，“你是我们此次冒险最不能缺的重要人物。”

见大家都惊奇地看着他，胖子得意地又说：“如果同行的探险者都是男人，那么阳气太盛，传说中的邪魔鬼怪就不肯出来，所以必须有女性参加。”他对 ALINE 嬉笑道，“越是有阴柔美的女人越好。你虽然有点过于阳刚，但——哈哈，聊胜于无嘛。”

ALINE 愠怒地白了胖子一眼，转眼看着车窗外的风景。

胖子笑道：“你今天应该穿红衣服，红色能勾引鬼。”

ALINE 哭笑不得地皱了一下眉头，没有理他。

毛流却来了兴趣，凑近胖子问：“真有这说法？”

“那当然。别以为鬼怪之类都是以讹传讹——其实我也不信，但还是希望能够真的遇到。所以每次行动前我都要说服一个女孩子同去，希望她们能招来邪气。”

“招到没？”

“招个 P。每次去之前那些女人都摩拳擦掌，兴致高昂，可一旦到了地方，又说什么都不肯进去。所以到现在，我连个鬼的影子也没看到。”

毛流想说自己看到鬼影了，而且还不止一个，但他嘴唇动了几下，还是决定不说为妙。

第三章　第一日

要深入离城地穴，第一站必须是那片荒芜的兵工厂旧址。

越接近那里，毛流越觉得一阵难以言说的揪心的感觉——也许是由于紧张和过度兴奋造成的错觉。

兵工厂的地面建筑是一座气势宏伟的古代角楼的废墟。它隐藏在树枝和青藤后，厚重得让人感觉有些压抑，四周大片的荒草张扬地遍地丛生，长期无人清理。

楼体由灰色的大青砖砌成，到处都是火烧刀砍的痕迹，看上去年代久远，倍受后世子孙或敌人的蹂躏。高高的城楼上有几个通风孔，它们排列出奇怪的样式，乍一看像是意味深长的天像图，再细看又觉得是一张牙舞爪的鬼脸，在坏天气的衬托下有些阴森。

这座古老建筑的造型与邻近那些新建的高楼大厦很不搭调，却恰恰凸显了它的神秘。角楼的样式很奇特，底下是宽大厚实的基座，上面是一个圆柱状城堡，像一个由大青砖箍成的桶倒扣着，密不透风，而所谓的兵工厂则建在角楼的地下。

令人奇怪的是，角楼南侧的砖缝里居然生长着一株茂密的刺槐树，在须弥台上遮盖出一大片阴凉。

毛流绕着树走了一圈，自语道："在如此之窄的砖头缝里，这位仁兄是如何长起来的呢？"

"不要小看了植物的力量，顶破脑颅都有可能，更别说小小几块砖头了。"ALINE 白了他一眼，"好了，干正事吧，我们又不是来搞生物调研的。"

胖子也数落他道："俗人！就知道关心那些次要的，还是多关注本质的东西吧。外在只是给人视觉的享受，内秀才永远值得期待。”

毛流倒也不生气，拍了拍墙上的大青砖，调侃他说：“老周，你果然有诗人气度呐。”

黄小果仰望着角楼，感慨道：“在这种建筑里，肯定隐藏着鲜为人知的秘密。”

ALINE 却说：“我也相信到这种有神秘色彩的废墟冒险才真正有趣味。毕竟它有独特的迷人之处，会带给人异样的紧张和恐惧感。”

“你怕了？”

“有点儿——但也许应该叫做敬畏。知道吗？那些被现代文明遗弃的东西也是有生命的，它们幽闭、古旧，充满神秘的故事，更值得敬畏。”

“安小姐也心存顾虑？这似乎不是一个专业 UE 人士在行动中应该有的态度吧？”

ALINE 摇头不语。胖子嘿嘿一笑，“女人就是喜欢追求细节，而我却只关注废弃建筑的原始风貌。”

四人围着角楼转了好几圈，发现所有通向地下工厂的入口都已被封死，角楼结实地矗在那里，像五指山压住了孙猴子，也拦住了他们所向往的乐趣横生的天堂大门。

“没有入口。不大可能吧？”ALINE 站在一堵被水泥、砖头封死的洞口旁，抱着臂膀审视地看着上面随意刻画的“××到此一游”的痕迹。

在她旁边的墙根下，插着一块歪斜的警示牌，上面写道“危险！勿进！”

黄小果嚼着口香胶，抬起下巴笑道：“它已经提示我们入口在哪里了。”

“你怎么知道？”

“不要忘了，对我们 UE 迷来说，那些锁门的铁链子、挂着‘严禁进入’的牌子，还有那些严词拒绝的警告，其实就是一份欢迎来访的邀请书。”说罢，他冲另外三个同伴一挥手，“跟我来！”

四人小心翼翼地沿着一条残破不堪的青砖台阶爬上角楼的基座，来到大青砖桶的底部。

仔细查找一番后，他们终于在南面发现有一处洞口，虽然没有被水泥封住，但木门上却牢牢地栓着一根粗大的铁链子，也许是时间太长了，已经和木门般配地结合在一起。锈痕洇在门板上，骄傲地向四位来访者说：“不！”

黄小果四下察看半天，指着另一边往下的台阶说：“走这里。”

大家挨个走下去，发现面前除了一堆残破的大青砖之外什么也没有。胖子颇有兴致地绕着砖堆走了一圈，呸地将口香胶吐掉，招呼毛流道：“移开砖头，试试我们今天运气如何。”

“干什么？”

“搬砖头呗。总不见得是叫你在这里找唐代某个风流公主丢下的锦帕绣巾。”

当砖堆被移到一半时，他们吃惊地发现，砖墙上居然露出了一个洞！

洞口看样子曾无数次地被暴雨冲垮，砖块碎石支离破碎地夹杂在泥土中，密密麻麻或粗或细的树根以及藤条被雨水冲刷得暴露在外面，盘根错节，互相交织着掩盖在洞口，形成了一道小小的天然屏障。

透过树根个藤条的缝隙，可以看到洞里面黑黢黢的，阴风呼呼作响，一股浓烈的湿气和霉味化成白色雾气，在洞口盘旋蒸腾。

望着这个有着致命吸引力的大洞，四个人惊喜不已。很显然，一个隐蔽而充满刺激、令人灵魂震颤的地下世界即将向他们打开。

现在他们只需悄悄溜进去，穿过漆黑的洞穴，就可以深切地感受那蔓延在腐朽中的美，在冒险中体会偷窥般令人心颤的快乐。

ALINE在胸前画着十字，兴奋地叫道：“上帝啊！嫉妒我们的好运吧。”

毛流朝胖子挤了挤眼睛，恭维他：“真行啊，哥们，那些零食没白吃。”

“这算什么？让你们吃惊的还在后面呢。”胖子得意地嘿嘿笑。

“不过，你怎么知道这里有个洞呢？”

“昨天那个老头不是说有什么疯子住在这里嘛。不管是什么人，只要是活的，总得有个出入的地方才行。况且我敢说，一定有我们的同行早就在这里捷足先登了。要不网上怎么会有号召我们来这里的广告呢。”

“可那帖子不见了，我怀疑根本就没有存在过。”

“至少我们四个都看到过，这就证明它一定存在。”

“可为什么又突然没了呢？”

“年轻人，少问点为什么，多行动才最有用。”胖子打断他，大手一挥，说，“好了，我们该朝天堂出发啦。”

ALINE连忙拦住他说："先别急。我们先把手机都关掉吧，我怕地下万一有强磁场。"

毛流顿悟似的连忙附和她道："对。探险宝典里也说过，手机在磁场强烈的地方必须关闭，只有在紧急情况下才能使用。"

"尽信书。"胖子咕哝了一句，还是掏出手机关了。

ALINE躲到另一边，翻出自己的装备穿戴整齐之后，容光焕发地出现在四个同伴面前。

只见她一袭红色的"LV"探险专用服，带头灯的专用头盔、同色的护膝、护肘、手套、NIKE专用高腰登山靴。除了超能电筒和荧光灯，她腰间还挂了一个模样新潮的灯具。毛流好奇地指着那玩意问："这是什么？"

"这是电石灯，是探险最安全的照明灯。假如洞内氧气缺乏，电石灯火苗的颜色就会发生明显变化，可以提醒我们及时退出。"ALINE低头紧紧安全带的扣子，不咸不淡地说，话语里几乎找不出什么特殊的优越感。

"我还带了原始社会的蜡烛，看来真该扔了。"毛流艳羡不已地对黄小果嘀咕道，"瞧人家那装备！看来资本主义果然好。"

胖子对ALINE开玩笑道："不要带太多东西。万一到时候你扛不动，我们可没有太多的力气帮你分担。"

"放心吧，我可是专业探洞家。"ALINE望了望漆黑的洞，又说，"希望洞里没有竖井，我今天可没有带上升器来。"

"没那么悬。"胖子说着，当下给大家做好分工：他在前面负责探路，毛流断后，黄小果与ALINE在中间，专门负责描绘洞内地形图。之后，他们就出发了。

洞口非常窄，只容一个人钻下去。

毛流一时冲动，闹着要第一个先进去，好先睹为快，抢上几个新鲜镜头，可胖子说什么都不肯，说里面太危险了，必须小心才行。毛流无奈，只好让他先进。

等ALINE和黄小果进去后，他才很沮丧地最后一个进洞。

就在毛流扯着老树根上的草藤缓缓滑进洞口的那一刹那，突然发现一个瘦小的男子从洞外悄声经过。

当意识到有人看自己时，他转过脸，漠然地扫了毛流一眼，随即安静但却飞快地飘走了，行走的模样根本不像人形……

毛流的脑袋嗡嗡直响，险些窒息过去。他顾不得多想，连忙摔开藤条，几步窜上地面，紧追过去。

可是，整个须弥台上空空如也，环顾四周，不要说什么人，就连麻雀也没飞过一只。

一股寒意冲上心头，他的额头上渗出阵阵冷汗……

这时，ALINE 在里面叫他："小毛，你怎么还不进来？"

毛流惊慌失措地答应一声，忙弯腰跳进了洞里。

四人在漆黑的洞里走了大约十米，见前面出现了一个往下延伸的梯形入口，上面搭着一块水泥板，接下去是一段青砖铺成的台阶，大约有 3 米深。

胖子伸出脚试着踩了两下，发现台阶松散摇晃，随时都有可能倒塌。

四个人万分小心地沿着台阶钻下去，看到里面是一个曲里拐弯的地洞。毛流从地上拣起一块石头，奋力扔进洞。石头飞了一段就磕在了洞壁上，发出一阵巨大的当啷啷的回音，看样子这个洞非常深。

胖子举起电筒一看，发现整个地下洞窟无比幽深，阴暗潮湿，遍地都是灰土、瓦砾，甚至还有几堆蒙满灰尘的动物粪便。成群比手指还长的蜈蚣不时现身，一些奇形怪状的小爬虫极有组织地在洞里张牙舞爪地穿行，个头巨大的蟋蟀则不住地上下蹦跳，忙着觅食。

洞里非常寂静，除了过于清楚的水滴声，耳边充斥的就是他们噼里啪啦的脚步，使人恍惚以为不小心钻进了摄人心魂的时光隧道。外面正值溽热的八月，可这里却散发着阵阵寒意，直逼肺腑。

浓重的湿气使洞壁出现不少裂缝，厚重的灰尘味夹杂着地道里特有的腐败的潮气扑面而来，空气中弥漫着一股无法逃避的压抑阴冷的气氛，强烈的湿气和霉味更是让人浑身发冷，寒意顿生。惨淡的头灯打在洞壁上，反射出微弱的蓝色光线，如同置身阴间。

黄小果掩着鼻子说："洞里虽然比较缺氧，但基本上还没有什么大问题。这证明这里一定很多年没有人进来过，那么古迹就会保存得比较完整，我们这次也许能够发现很多不被人知的东西呢。"

胖子仔细地四下察看，一面警告大家小心："在这种人迹罕见的洞穴里走动，固然是一种享受，但危险也无处不在，我们还是小心为好。"

毛流没有说话，他知道每次探险之前，大家都会担心那些与惊人发现一起到来的危险，甚至还可能是灭顶之灾，但有谁会因此而后退呢？探知未知秘密的刺激和冒险让每一个 UE 迷宁肯忘记这些麻烦，只顾往里钻。

越往里去，洞内的黑暗就更加剧几分，几乎伸手不见五指，而且也愈加寂静，连他们轻微的呼吸也显得格外粗重，气氛冷清得令人有点胆寒。四个人扶着潮湿的洞壁，在坑坑洼洼的地下通道里摸索前进。

到了第一个岔路口，毛流随意回头看看，发现这个洞穴在回首看时显得与刚才不一样。

在灯光下从正面看，前面的洞口好像如深蓝的天空般明静，可走过去反着一看却仍旧一团漆黑，阴晦幽闭，平添了一种奇怪的陌生感。

他想，假如一个习惯在黑暗中丧失方向感的人进到这条洞里，一定无法活着走出去。

这时，ALINE 忽然站住了，仿佛心有灵犀般地问他在看什么？

毛流的胡思乱想突然被她打断，有点不高兴地说："我要做个记号。"说着拿出粉笔在洞壁上胡乱画了个圈，作为返回时的路标。

ALINE 阻止他道："别乱画了，洞里这么湿，渗出来的地下水没几分钟就可以把你画的记号冲掉。"

"那总不能没有记号吧？"

ALINE 狡诘地笑了笑，从背包里摸出一个红色的小东西，啪地摁在石壁上。

"这又是什么东东？"

"我自制的发光路标。其实就是单车上用的反光器，背面贴上防水的强力胶就 OK 啦。"

"强人！果然是专业风格。"

黄小果问："还需要拉导向线吗？"

"我看就不必吧。你们说呢？"胖子头也没回地边走边说，毛流忙附和他："这么简单的洞，不值得大动干戈。还是赶路要紧。"

黄小果本想争辩几句，但看他们都无所谓的样子，也就不再勉强。

借着电筒、手灯以及头灯打出的蓝色光线，他们在狭窄的洞中并不费力地前进，只感觉洞内的环境逐渐低矮狭窄下来，刚才还宽阔无比的通道成了一道狭小的羊肠小径，曲折难行。头顶是不断滴水的坚硬穹顶，四周是潮湿的洞壁，他们只能缩起脑袋匍匐前进。

洞中愈加阴冷潮湿，呼出的气在头灯的照耀下形成了一团白雾，气氛陡然变得凝重而神秘。四人都没有说话，心里却都在猜测前面的洞穴深处究竟会突然蹦出什么惊人的东西。

可是，除了爬虫和一些蛇鼠，黑漆漆的洞里仍然平淡安宁，没有出现他们想像中的奇遇。但大家谁也不愿意就此罢手，于是又耐着性子往前溜达了好一阵子。

大约十分钟之后，面前竟有一堵石壁拦住了去路。四人悻悻地停住脚步，以为到了尽头。胖子围着石壁转了半圈，发现侧面又出现了一个岔洞，入口很小。他们鼓起勇气，尽量小心地钻了进去。

脚刚一踩到地面，明显感觉这里的地势比刚才低了许多，洞穴也时宽时窄，最窄的时候只容人侧身通过，洞顶也高低起伏，有时只能在地上爬行前进。

四人手脚并用地前进了不过数百米，眼前忽然闪出一道不断渗出流水的窄小洞穴。

胖子用电筒朝里一照，只见黑乎乎的地上有一层浅浅的积水，在灯光下反射出幽蓝的光，波光粼粼。

“一定有东西了！”

四人兴奋地相视一笑，迫不及待地相跟着钻进去一看，只见面前豁然开朗，竟然出现了一个宽敞的“大厅”，即使把所有的灯都打开，也无法照见它的边缘。

到了这里，充满诡秘的黑暗世界才慢慢露出它的风采。

这个大厅显然是几条大岔洞相会的地方，偌大的空地被乱石、瓦块、砖头占据了大部分，地上堆了一些已经断裂的石板，一块块胡乱垒在一起，大厅中央有一个大缸，缸体被石头砸破了三个大洞，里面堆满灰尘和沙土。残留的部分还用墨汁写着“抓生产、革命、打倒”等字样。

大厅四周则布满了无数通往侧面的小洞穴。不过大多数岔洞都无法进入，有的安着木门，甚至还上了锁；有的用水泥或砖头封着，还有的被彻底废弃。无论是门还是砖，上面都有一些字迹模糊的即兴涂鸦作品，由墨汁或暗红色的油漆写成，色彩黯淡陈旧，再加上被先来后到的人层层覆盖，多数已经难以辨认。倒是边框上依稀可以认出几个字，如“为天下劳苦大众服务！”之类，具有强烈的时代风格。

走了近百米，前面忽然出现一道高大的木栅栏，由数十根歪扭的木头和窄木板横七竖八地钉在一起。胖子举着电筒上下打量，发现木头差不多已经朽了，横着的木板上面不知被什么人用油漆涂抹得乱七八糟，内容已无法分辨。

拉开腐朽不堪的栅栏，前面又是一个长长的黑洞。

“如果没有意外的话，这里就应该是传说中美丽的地下兵工厂啦。”

黄小果开心地叫道。他的声音在洞内悠长地传开，又被四壁弹回，发出嗡嗡的回声。

不只是说话声，还有他们噼里啪啦的脚步声，也在这个也许N年无人出入的洞中发出巨大的回响，钟鸣般久久不散。脚步声一停下来，四周又静得吓人，可只要一走动或弄出声响，回音又大得惊人，既神秘又刺激。

毛流觉得自己的肾上腺激素正在急剧窜升，期盼和刺激让他异常兴奋。也许是地下暗道里散发的迷人魅力的作用，此刻他的心情很好，紧绷了好几天的神经也很快松弛下来。

ALINE看样子也很激动，甚至都顾不上说话，拿着电筒四处乱照，鼻子还一吸一吸地，像一只馋嘴猫走运地掉进了老鼠洞，面对到处都有的美味，兴奋地不知道该先吃哪个好。

可是，走了好长一段，除了地上散落的锈成一团的零件，洞里并没有出现他们想像中的东西。

毛流的兴致渐渐减弱，他一面不停用DV拍着洞里的风光，一面不耐烦地说：“怎么什么都没有？不管死的、活的，还是生了锈的，哪怕只来一个大家伙也好呀！”

ALINE刻薄地训斥道：“天生贱人。天下太平，你觉得乏味；可真要出了事，估计你胆子比谁都小。是不是一天不出意外你就不舒服？”

“什么？我胆儿小？”

“早上警察抬尸体出门，瞧你那小脸煞白的样子，哪像个男人样？”

“这——咳——那不过只是一种正常反应，就像男人在大街上遇到漂亮女人所起的条件反射。正常。”

胖子忍不住戏谑他道："年轻人，你总不会以为探险也是如此香艳吧？"

"别来这一套。我知道，我们这一路上极有可能会遇到缺氧、窒息、崩塌、突然坠落的石块，甚至是许多想也想不到的致命危险或者恐怖。可又能怎样呢？我们之所以探险，不就是特意来找这种刺激的嘛。"

黄小果笑："这话说的还有点意思。"

胖子用胖嘟嘟的手摸着洞壁的凿痕，又弯腰在一堆废弃的瓦砾中刨了几下，站起身拍拍手的灰，说："你们都别急，好东西在前面呢。"

前面是一个丁字形的岔路口，两边各通向另一个洞。

毛流站在交叉处，左看右看，不知该往哪边去。

胖子不知往嘴里又塞了一块什么零食，口齿含混地说："往左走。"

毛流问他为什么，胖子拍着自己的圆脑瓜訇然大笑："我习惯朝左走呗。"

他那粗大的嗓门在洞里再次掀起一圈又一圈的回声，嗡嗡地不断传递开去，在满眼漆黑的暗道里被夸张得有点吓人。

毛流捂住耳朵叫道："大哥，求你别笑了，怎么越听越像猫头鹰呀。"

"比丫头还胆小，你这么多年是怎么茁壮成长的？"

话虽这么说，胖子还是拼命止住了笑。

黄小果站在那里看了半天，说："老周说的对，我们的确应该朝左边走。"

"理由呢？"

"潜意识，完全是出于一个优秀探险家的本能。"黄小果也卖起了关子。

这时，一直在最后面磨蹭的ALINE突然指着拐角处的洞壁叫道："快看！"

两人举着电筒凑上前一看，只见土墙上隐约刻了一些神秘的符号，暗红色的油漆早已大面积剥落，字迹模糊不清。

毛流仔细辨认了半天，认出那行字大概写的是"武L9-7648"。他连忙举起DV机不停地拍，一边开玩笑道："该不会是什么咒符吧？"

ALINE小心地贴好路标，又拿出笔记本电脑，迅速记下了这串数字。

胖子说："这一定是当年工厂的工作间的编号，我们就把它当作出入的路标。"

毛流问他："照你的说法，我们似乎已经闻到了兵工厂诱人的美味？"

"应该不会太远。"

胖子忽然发现不远处的洞壁上闪着晶莹的光亮，忙惊喜地叫道："那是什么？"

毛流也看见了，他唰地冲上几步，奔到亮光跟前一看，眼前的石壁上并没有什么东西，却奇怪地闪烁着绮丽的光泽。

ALINE 不无讥讽地挖苦道："别看了，这不是什么宝贝，而是冰片。"

"什么？"

黄小果说："其实就是蛇尿的结晶体。"

"晕死。"毛流愤愤地冲冰片吐了口唾沫，"我还以为拣到宝石了。"

"一见财宝就兴奋地跑那么快，帅哥，你探险的动机不良呐。"胖子呵呵笑。

毛流也笑了："割草搂兔子，顺带的好事，谁不想啊？"

四人说笑着继续前进。洞里非常曲折，似乎有无数个岔路口，每次以为走到尽头了，谁知峰回路转，前面又会出现一条道，分别通向三个洞口，无论选择哪个都可以继续走下去。

大约过了半个多小时，转了无数个岔路口，前面突然又出现了一道门，严严实实堵住了去路。

与前面那个木栅栏不同的是，眼前是一扇巨大的铁门。潮湿的空气和地下水使铁门遭受了严重的腐蚀，上面布满斑斑铁锈，用手一碰，铁皮就像土块似的纷纷掉落。

胖子仔细察看，发现门上用暗红的油漆画了几个形状模糊的骷髅标志，还有一些口、标语，可惜早已无法辨认。他伸手推了推，门轴已经被铁锈堵死了，根本打不开。　毛流蹲下身，用匕首将门轴上的铁锈拨开，又掰开一块肥皂扔进沟槽里，洒上几滴水。

四人齐心合力，一起拽着门上的铁链子拼命往外拉。折腾了半个多小时，这才将厚重的铁门推开了一条缝，勉强可以容人侧身而过。ALINE 和毛流轻松过去，胖子足足忙乎了十多分钟，才被三个同伴拽了进去。

大门里面仍然布满主洞和无数岔洞，转过几个弯，他们总算潜入了那座被废弃多年的兵工厂的主体。

只见洞里一派残破景象，大部分厂房设施早就搬走了，只留下一些无法拆卸的东西。

洞顶裸露着出巨大的木梁，锈迹斑斑的废锅炉和管道四处延伸，两侧的壁上悬吊着粗大管道，上面布满了永远也不可能再拧动的阀门、早已生锈的机器残片，地上则是残留的已经与泥土混为一体的零件、废弃的弹坑……一切都让人浮想联翩。

从墙上模糊的字迹可以看出当年这里分别是铸造、锻轧、机加工等车间。墙壁上残留有当年工农兵挥锹劳动的浮雕画和口号、标语，以及解说地下防空知识的图片。地上散乱地扔着搪瓷碗、杯和铁锹的残片，早已裹满了泥土。

风吹过时，洞内发出阵阵呼呼的风啸声，隐约带有几分神秘色彩。这一切足以让人热血沸腾。

四人惊叹着，目不暇接地在洞内四处乱窜。毛流尤其兴奋，置身这个奇妙的洞穴，让他有一种前生后世的感觉。

不过，他的感慨很快就烟消云散了——他很快就觉察出周围有什么东西不对劲。

是什么？气味？光线？路线？都不是，这些都没有什么变化，唯一与刚才不同的是，这里的气氛突然失去了温和的一面，变得颇为诡秘，简直可以说是阴森可怖：三只电筒再加上强灯光聚在一起，将四下里照得一片通亮，在惨白中透出些许幽蓝、粉绿，烘托出阴森的氛围。周围则被巨大的阴影笼罩着，灯光有时凑巧打到白色的搪瓷残片上，突然反射而出的微弱光芒宛如躲在背后的阴险的眼睛，不时晃那么一下，映出乍明乍灭的光，浓重的潮气如暗流涌动，包围了他们。

毛流感到自己的神经末梢高度紧张，刚才还快乐轻松的情绪也变得脆弱起来。

正走着，ALINE 忽然声调颤抖着说：“我好像来过这个地方。在我十二岁的时候。”

她的声音并不大，却在洞内荡起了一串回音，阴森森的，令人胆寒。

毛流有点吃不消，为了缓和自己的紧张，他故意调侃她说：“你的祖籍不会是这里吧？”

“不，我出生在美国，22 岁之前，我从没回过大陆。”

黄小果尽量压低声音："可你十二岁时还生活在资本主义的美国，怎么会出现在这个鬼地方呢。"

见 ALINE 想要反驳，胖子立即打手势阻止她继续说下去。他脸色凝重地说："人在幽闭的空间里有时会失去自我控制的能力，尤其是大脑会产生荒谬的联想，我可不希望我们四个中有谁出现这种障碍。"

ALINE 白了他一眼，认真地说："不是幻觉，是真的。那时我住在宾夕法尼亚洲，那里也有一个这样的防空洞，我曾经和一群小朋友进去过。那时我们还没有这么多设备，一人只拿一枝缠着布条的木棍，蘸上柴油做成火把，然后一头扎进昏暗潮湿的防空洞里。一路我们都战战兢兢地，既害怕又渴望，还不得不忍受着洞里刺鼻的霉味和湿气，还要记得在岔路口做标记。我们迫切希望找到自己想像中的宝藏、变形怪物、骷髅、致命机关，甚至传说中的地下城堡的藏尸洞……可事实上，我们只看到了一堆生锈的零散机器，还有一具完整的鼹鼠骨架。真的，你们看，现在这里的一切都没有变。"

她的话仿佛带有某种不祥的魔力，让人浑身发冷。

毛流顿觉头皮发麻，忍不住小声对黄小果说："她不会是在玩什么前生后世吧？真要命，我们怎么会摊上这么个神经过敏的女伴！"

ALINE 突然兴奋地大叫："不信你们看，我那次进来时也见过它。"说着，她手指前面的地上一团黑糊糊的东西。

毛流凑过去一看，原来是一具猫头鹰的尸体残骸。ALINE 感慨地在胸前划着十字，说："朋友们，我相信自己一定是在故地重游。"

毛流诧异地看看陶醉在回忆中的 ALINE，她的话险些让他打个冷颤，他站稳身体，心头忽地凛然一寒，浑身的毫毛再次竖了起来，愈加觉得这个奇怪的女人阴冷无比。

再往前走，地下兵工厂里弥漫着的灰尘与霉味更加刺鼻，洞里居然开始出现大量积水，幸亏他们都穿着防水靴，才使双脚免受折磨。经年的潮湿使地下水渐渐渗出了墙面和地表，白花花的水碱布满洞壁，被雪亮的电石灯一照，更加惨白青亮，晃得人神思恍惚。

突然，随着几声震天的响动，一个巨大的黑影从半空中飞扑下来，迎面扎向 ALINE。她惊呼一声，吓得捂住脑袋尖叫。

还没等四人反应过来，头顶上又是一阵噼啪乱响，无数庞大的黑色怪物展翅齐飞，在洞中来回穿梭，声势惊人之极。

ALINE 吓得呜啊惨叫，紧紧地揪住胖子的衣服不松手。毛流这时反而不怕了，高举起电筒想看个明白。

可是，还没等他看清楚到底是什么，那群家伙已经掠过上空，迅速消失在远处的黑洞里。

黄小果挡住了他，说"别照了，那不过是一群蝙蝠，显然是受了我们的惊吓才飞走的。"他低头对缩成一团的 ALINE 说，"好了。它们已经跑啦。"

ALINE 睁开眼睛，正好看到一只落单的蝙蝠从头顶掠过，她又气又笑地跺了一下脚，嚷道："吓死我了！"

"刚才还说我胆太小呢，瞧瞧自己她都吓成什么样了。"毛流讥讽地笑，"看来专业人士也有致命弱点。"

ALINE 一改平时的高傲，自我解嘲说："我忘记了，我们中国人应该是崇拜蝙蝠，而不是怕。"

胖子安慰她道："其实不不只是你，我们大家都一样。在对待蝙蝠这一点上，我们这个民族有点叶公好龙，只喜欢描在五福图案里的蝙蝠，可对于真家伙，还是敬而远之。"

这时，毛流感到脚面上似乎有个冰凉的东西在爬，他连忙伸过电筒一照，居然是一只肥硕的老鼠。突然而至的强烈灯光让这个尖嘴猴腮的家伙愣住了，它匍匐在毛流脚面上，仰起脑袋，绿豆似的小眼睛与他炯炯对视。

毛流大喝一声，抬起脚准备将这个面相狡诈的小东西摔出去。可那只老鼠一点也不笨，不等他调整好姿势，它早已飞身一跃，唰地窜出了好远。

紧接着，后面又跑过几只小鼠，吱吱尖叫着在四处乱窜。不时还有几条蛇在满是水渍和瓦砾的地上飞快地滑行。

蝙蝠成群出动扇起的风声一过， 巨大的废旧管道在头顶上发出摇摇欲坠的声响，摇曳的电筒光线透过水汽散步在白茫茫的水碱上，叮咚作响的滴水声不时划破深洞中的寂静，滴落在地上汇成小溪，油光泛亮，在灯光下熠熠生辉。

等活物们穿行之后，洞内又恢复了先前的平静。但是，这近乎虚无的寂静中却隐藏着难以言表的恐慌。

ALINE紧张地扭动身子，左右躲闪着不时闪现的蝙蝠、蛇和老鼠，有点手忙脚乱。

她猛一抬头，突然发现面前出现了一个女人。

女人短发蓬乱，五官被切割得支离破碎，张大嘴巴，正阴森森地看着她。

ALINE尖叫一声扑倒在地，挂在腰间的电石灯咣当一声磕在石头上，突然灭了。借着旁边的光亮，她看见那女人居然也趴倒在她对面。她再也受不了，抱住脑袋发出一声凄厉的尖叫。

胖子赶过来一看，却忍不住嘎嘎大笑。原来墙上镶嵌着一张巨大的镜子，上面裂了好多缝，ALINE看到的那女人其实是她自己的影像。

毛流实在不忍心看她再刺激自己原本就不怎么坚强的神经，拉起她嘲讽道："姐姐，起来吧。要是觉得吃不消，还是回上海算啦。"

胖子瞪了他一下，回头安慰惊魂未定的ALINE："这有什么？胆子不小就不是女人了。"

不料这话立即遭到ALINE的反驳，她恼羞成怒地说："你们分明是把我当弱势群体。刚才不过是一点小插曲，现在，我已经完全适应了。"

为了证明自己，她拒绝了胖子让她走在中间的建议，坚决要走在最前面。

她从地上捡起不慎掉落的电石灯，发现灯已经被摔坏了，只好又从背包里拿出一只荧光灯。

可摁了半天，却怎么也打不开，她把灯扔进包里，气恼地咒骂道："倒霉。"

毛流朝她晃晃自己手里的超能电筒，阴阳怪气地说："哼，关键时刻，还得看我们传统派的！"说罢又掏出一只电筒递给她，"拿着吧，虽然不怎么样，但也是灯啊。"

ALINE犹豫片刻，接过了他的电筒。

四人继续在一片漆黑的洞里摸索，前面又出现了一个交叉的出口，胖子走上前，发现墙上没有了刚才那些诡异的记号，面前又有一道大门堵住了去路。

门是铁质的，可能是深入洞内的缘故，锈得更厉害了。他们合力推开虚掩的门，看到面前竟然奇迹般出现了一个挂有破布帘的洞口。

四人欣喜若狂，认为里面一定藏有宝贝。毛流壮着胆子掀开布帘，那上面的积年尘土登时落了他一身。大家举灯细看，发现里面比较幽深，依旧黑得伸手不见五指。胖子试探着往前迈了一步，手伸得长长地四下摸索，结果摸到一堵砖墙，它死死地封住了前进的路。

透过砖缝间细小的空隙，他隐约看到在这个封闭的小洞里好像藏有东西，于是激动地嚷道："有东西，我看好像是武器。"

"真的？"

毛流迫不及待地冲上前，扒开砖缝，拿着望远镜使劲往里瞧。

里面的确有一堆堆黑糊糊的家伙，好像不过光线太暗了，他也不敢确定究竟是什么，只好一相情愿地认为那应该是废旧子弹和锈迹斑斑的铁器——这才符合兵工厂的神秘氛围。

胖子感慨道："要是死后能埋在这里，倒真有点秦始皇的派头喽！"

"妄想。"毛流笑他发痴，转念又一想，这话怎么像谶语似的。他不由看了看胖子，想到他这个人从来不信什么第六感，所以也不好再说什么。

黄小果、毛流还有ALINE挤在门前，兴奋地望着里面那堆东西，简直都舍不得走了，恨不得马上刨开砖块，冲进去看个明白。

胖子不知什么时候已经回到洞口了，远远地在他们身后叫道："别惦记了，走吧。在诱惑面前，可不能忘记我们UE迷的原则。"

毛流呵呵笑，答道："我们的原则是除了脚印什么也不留下，除了照片什么也不带走。"

"没忘就好。"

黄小果、毛流和ALINE依依不舍地退出这个挂着门帘的黑洞，来到铁门外，却见胖子已经走了好几步远，ALINE叫道："等等我们。"

毛流整了整背包，刚要抬脚，忽然觉得后背凉嗖嗖的。

他本能地一转身，忽然发现不远处的另一个洞口似乎有个人形的黑影哗啦一闪，连忙招呼同伴们要小心。

胖子大声问他："怎么了？"

声音在洞里引起的共鸣久久萦绕，淹没了黑影的脚步声。

毛流拿着电筒不停扫射寻觅，一边说："那边好像有个人，我要过去看看。”

“别急，我们一起去。”胖子马上跑了过来。黄小果自告奋勇走在最前面，四人一起去追那黑影。

突听喀嚓一声，毛流不小心被什么东西绊倒了，重重地摔倒在地。他挣扎着举灯一看，只见地上赫然躺着一具铁灰色的尸骸！

他禁不住哇哇地厉声惨叫起来。

ALINE 也跟着他尖叫——虽然经过刚才那番锻炼，她好像真的坚强了许多，但此刻猝不及防看到这玩意，终究还是没有忍住，捂住嘴发出一声声惨叫，并不住地在胸前画十字。

胖子让大家镇定，他拧亮电筒上前一看，看见那是用零件摆成的一具铁骷髅，不过头骨倒是真人的。

他蹲下身刚要仔细察看，谁知电筒突然灭了，他还没来得及回头，只听毛流和 ALINE 一起发出短促而急切的叫声——他们的电筒和头灯也在瞬间灭了。

四个人大惊失色，在毫无预料间突然被塞进了无边的黑暗中，世界仿佛一下子从眼前消失了。

胖子骂了一句粗话，取下自己的背包摸索着，试图找出几块备用电池。可是，摸了半天，他什么也没找到，

ALINE 说：“别找了，我们的背包都已进了水，即使有电池也不能用。”

“你怎么知道？”

“你自己摸摸看，背包里全是水。”

“奇怪了，这包是防水的呀。”

“这里太潮湿了，防水布也不管用，就连电池的寿命也会变得非常短。”

毛流突然想起来自己包里还有几枝蜡烛，他得意地笑：“哈哈，我们有救啦！”说着连忙在裤兜里摸打火机。可是，他翻遍了所有的衣兜，都没有找到一枚打火机。

胖子在黑暗中喊：“小毛，快点蜡烛呀？”

“别提了，打火机早就不知道掉哪儿了，有蜡烛也没用呀！”

“拿手机！把手机打开当电筒使！”胖子命令道。ALINE 补充道：“只能拿两部手机，留一个，万一出了什么事，我们还可以跟外面联系。”

“没问题。我的手机有照明功能，我先用！” 黄小果说着，掏出自己的手机打开。

谁知，那手机像中邪似的，开机还不到一秒，就立刻自动关机了。

毛流和ALINE见状，忙拿出自己的手机来试。

结果也是一样，两部电话总是在开机瞬间就自动关机，似乎同时都没电了。

“真够倒霉！”

四人站在漆黑如墨的洞里，一时不知道该怎么办。没有了光源，他们怎么能走出这个神秘阴森、恐怖怪异的地下兵工厂呢？

这时，毛流突然愣住了。在黑暗中，他震惊地看到面前突然有个人影飞身飘过，白色的衣裙轻轻拂过他的额头，凉丝丝的。

他刚要定睛细看，那影子早已闪电般消失在黑暗中了。

一股淡得几乎不可闻的脂粉味沁入他的鼻孔，他的大脑像受了酒精的刺激，整个人立刻恍惚起来。但他的意识很清楚，这个人影是个女人！她绝不是ALINE，而是另一个！

毛流想告诉三个同伴，嘴巴却像被人捏住似的，张不开来。他僵硬地站在那里，又听到不远处隐隐约约有人在说话，细碎微弱，如蜻蜓的触须在水面拂过，几乎低不可闻，却又历历可辨，依稀听出好像是一个女子在黑暗的角落里喁喁私语，不时还发出几声哀哀的啜泣、呜咽。

他的心脏紧张得几乎停住了跳动，连忙侧耳细听，那哭声仿佛来自洞里的最深处，像蝙蝠一般逃逸出来，凄恻幽怨，好像怀着无比的怨哀、委屈、绝望。

毛流吓得魂飞魄散，抖着手一把拉住胖子，对他耳语道：“听！有个女人在哭。”

ALINE说：“我没哭呀。”

毛流惶恐地压低嗓门说：“不是你，这洞里还有另一个女人。”尽管看不到，他仍然能够感觉到ALINE打了个哆嗦。胖子埋怨道：“别胡说了，你那是幻觉。这里只有我们四个。”

“你们听啊——听——她又说话了——”

黄小果、胖子和ALINE三人浑身的汗毛齐唰唰竖了起来，紧张得几乎连呼吸都停止了。他们竖起耳朵仔细聆听，可听了半天，四下里一片寂静，什么也没有。

毛流感觉那声音已经来到了他的耳边，微弱但却清楚地对他说："别来找我，别来——"

这声音如此熟悉，这句威胁的话也如此熟悉，毛流意识到自己浑身的毛孔再次炸咧开来，因为他清楚地知道，又一个噩梦再次重现了。

那个无形的女人在毛流的侧面和背后来回游弋，用一种谄媚的、阴险的、恶毒的声音絮叨着说个不停。

毛流憎恶而害怕，却不能摆脱。他感到很不舒服，心提到了嗓子眼，嘴唇发干，浑身的血液似乎已经凝固，脑袋紧得几乎要咧开。

他觉得自己的头颅里面好像有颗种子已经发了芽，正朝气蓬勃地伸展枝叶，想要奋力冲破他的颅骨，寻找阳光的温暖。

他难以忍受想要呕吐的欲望，拼命压住胸口，斜靠在冰冷的洞壁上，试图摆脱梦魇。

"你怎么了？" ALINE 似乎感受到了毛流的身体在发抖，关切地问道。

当她的声音清楚而脆亮地响在空旷的洞中时，那个无形的声音突然消失了，紧紧箍在毛流身上的恐惧也随之消散。他无力地摆摆手，在黑暗中幽幽地叹了口气："她让我们别去打扰她。"

"她是谁？"

"我也不知道。她说了好几次了，说别看她。"

ALINE 叹息道："小毛中邪了。人长得这么阴柔，不招鬼才怪呢。"

毛流反驳道："我再怎样，也比黄小果强吧，你们看他，简直就是女版俏男！"

黄小果恼火地冲毛流嚷："干嘛拉我垫背呀？"

"小毛，你要是再这么疑神疑鬼，我们可真不敢往前走了，探险没成功，倒先被你吓死了。" 胖子有点不高兴了，声音竟有点抖。

"我愿意这样吗？明明就是有人，可你们不相信，我有什么办法！"

黄小果说："我算看出来了，你患有典型的幽闭空间恐惧症。"

"什么？"

ALINE 抢先说道："从医学角度讲，这是一种常见的神经官能症。病人会对对某些特殊的情境，比如黑暗、寂静、幽闭的空间或其它类似的场所产生异乎寻常的强烈恐惧或紧张不安的情绪，有时还可能出现幻觉，所以患者一般会做出激烈的回避反应。”

“胡说。每个人遇到危险都会害怕的。”

黄小果补充道：“据说得了这种病的患者有时也明明知道自己的恐惧、紧张反应是毫无道理的，因为那些东西实际上对他并不存在伤害或威胁。可他就是控制不了自己，只要相同的情境出现，就会反复出现体验恐惧、紧张、不安等反应，难以自控。”

“别跟我玩玄学。反正我今天不想再继续探险了，我们还是回去吧？”

在十天后的死神降临之前，毛流由衷地感叹自己的预感是多么正确，可惜的是，他始终没有跟着感觉走。

ALINE 也说：“老周，这里是有点不对劲，我也想回去。”

胖子很不满：“你们这样子也叫探险啊？传出去叫人笑话。”

黄小果提示大家注意：“现在没有灯，我们想走也走不出去。”

“ALINE 不是记有路标吗？”

“黑灯瞎火的，怎么看记号？早知道进来时带个夜光表，好歹也起点作用。”

ALINE 提醒他道：“那些路标都是凸出墙面的，一定有棱角，到拐角处我们细心摸一摸，不就知道路了？”

胖子夸赞道：“要说还是女孩子细心。这主意不错。我们走。”

四人在黑暗中站了好一会，眼睛总算适应了洞里的黯淡无光，于是互相拉着手，另一只手在墙上摸索，几乎一步一停地沿着来路返回。

一路上有惊无险，大约用了四个多小时的时间，他们好容易才走出了这个阴森的地洞。外面天色黯淡，已是黄昏时分。胖子建议到附近找家饭馆，先填饱肚子再说。

沿着马路走了一会，他们看到前面有家酒楼，有上下两层黑色的招牌用烫金字上写着：“同顺楼”，古色古香，看上去很气派。

“这家环境一定不错，我们进去看看。” 胖子拍着肚皮乐得呵呵笑，招呼大家快走。

走在通往饭馆大门的甬道上，毛流看到前面道边有一块大石头，油黑发亮，似乎有人在终日把玩它。黄小果信口说了一句：“谁把这玩意放在这儿呀？”

“挡道。”胖子用脚踹了那石头一下，甩开膀子继续前进。

毛流匆匆走过那石头，心情忽然变得沉甸甸，好像那石头会蹦起来砸在自己脑门上。仔细一琢磨又不对，这么重的石头怎么能够飞起来呢？显然只能是用脑袋主动撞上去。

这么一想，那种熟悉的不舒服和恐惧再次笼罩了他的情绪。他忙拉住胖子说：“要不，我们换一家饭馆吧？”

“为什么？”

毛流怕遭他们讥讽，只好支吾道：“我怕这地方店大欺客，饭菜不一定实惠。”

“这么好的地方上哪儿找去？你就别挑刺了。”

四人进到大厅一看，里面人声喧哗，气氛热烈，座无虚席，领位小姐请他们到楼上就餐。

二楼的客人稍微少点，也安静了许多。他们在一张挨着落地窗的桌前坐下，这里可以看到外面的风景，眼界很宽。

毛流环顾四周，很快注意到左侧的那桌客人。

他们围坐在一起，桌上除了酒菜，还有一个大蛋糕，看来是在为什么人庆祝生日。他们大概有七八个人，大约都是三、四十岁的年纪，毛流很快注意到其中一个身材娇小的女人显然是今天的主角。

女人长得比较秀气，外表文弱，看上去像个老师。

但是，当女人转过脸正面对着毛流时，他突然发现这女人的面相很诡秘，神情中笼罩着一层梦魇般的古怪东西，有几分阴气。她的脸很窄，眼睛细长，鼻子尖尖的，嘴巴扁而长，薄薄的嘴唇显示出她为人刻薄。

这个女人长得像什么呢？

毛流盯住她，忽然想起了狐狸的样子。对，这个女人长得很像狐狸，简直太像了。虽然她一直在微笑，可那眉目间分明露出几分阴森可怖的神情，惹人嫌恶。

毛流再次感到了阵阵冷意，潜意识里忽然冒出一个奇怪的念头，令他万分紧张，脆弱的神经再次紧绷了起来。

他赶紧摇摇头，暗地里骂自己：“傻瓜，不要再胡思乱想啦！你以为你真能未卜先知？”

他抬起头，正巧看到有个秃顶男人端着酒杯站起来，对众人说道：

“为我们的女博士干杯吧！”然后冲狐狸脸的女人殷勤地笑，“祝你生日快乐！”

女人微笑着，也站了起来。毛流惊讶地发现，她居然挺着大肚子。

女人捧着一杯饮料喝下，对众人点头称谢。

旁边一个衣着鲜艳的女士脸庞红彤彤地，也对她恭维道：“真羡慕你，学位眼看就到手了，孩子没几个月也要出生，真是双喜临门哟。”

另外几个人马上起身喊道：“来呀，为即将出生的博士后代干杯！”

随即响起的碰杯声、欢呼声聒噪得毛流耳朵疼。他回头一看，这边的胖子已经点完了菜，正对准他的耳朵大声说：“喂，又迷上哪个娘们了？”

毛流脸红了，连忙转过身子。胖子捻着腮帮子上的胡子促狭地笑，黄小果脑袋随着节拍在晃，全当没听见。

ALINE 则半是轻蔑半是讥讽地看着毛流，拿着两枝筷子轻轻在面前不住地敲。

少顷，她斜眼瞟了那女博士一眼，皱起眉头说：“我怎么觉得她怪怪的。”

毛流忙附和她：“我也深有同感。”黄小果似乎很奇怪地看了他一眼，没有说话。

胖子给自己倒了杯茶水，从眼镜上方他们一眼：“我看你们这叫嫉妒。”

“你爱信不信，反正我有预感。”毛流不服气地说。

“你预感到什么了？说说看，总不会又是有鬼影飘、有女鬼跟你说话吧？”

毛流的脸涨得通红，梗起脖子刚要冲胖子喊，喉咙却倏忽被什么东西锁得死死的，好像被人从背后猛地一把掐住了脖子。

他挣脱开来，回头一看，只见那狐狸脸的女博士正逼视着他，两人目光碰了个正着。女博士的眼神像两道有魔力的红外线，死死地箍住了毛流。

他顿时感到嗓子像被人塞了一把棉花，堵得几乎说不出话来。

他抓起杯子喝口水，不敢再看那女人，装作不在乎的样子对胖子说：“少胡扯了。预感不能随便告诉人，否则会折阳寿的。”

胖子哈哈笑。这时，一直沉默的ALINE忽然站起身，说："对不起，我去一下洗手间。"

等她走后，毛流对三个同伴嘀咕道："说实在的，我们不该带这个女人去探险。"

"哦？说个理由。"

"你不觉得她身上阴气太重了吗？她有点怪，不像是一般人。"

"你又得了妄想症了？老兄，别嫌我说话难听，我觉得我们四个中最不正常的就是你。"黄小果不客气地说。

"随便你。我反正就是觉得她怪怪的，不像个搞探险的专业人士。"

"这你可错了，她在美国还拿到了户外探险资格证呢。"

"哇！还有这种证书？"

"你以为呢！人家那边比咱们正规多了。"

三人有一搭没一搭地闲聊着，胖子忽然说："这丫头怎么半天不回来？"毛流摸不着头脑："谁啊？"

"当然是ALINE呀。她上个洗手间怎么这么久？"

毛流挤眉弄眼："哇，你动心喽？"

"不可妄语。老兄我可是有老婆、孩子的人，岂能——哼哼。"

胖子一脸正气的样子逗得毛流直笑。他无意中一转脸，忽然注意到旁边那桌人似乎安静了不少，于是忍不住又回头看了一下，却发现那狐狸脸的女博士不知什么时候已经不见了。

他紧张地看看四周，没有发现什么异样，却总是担心接下来会有什么更古怪的事情发生。

这时，ALINE回来了。她两手湿淋淋地，边走边抖。当她重新坐好后，毛流发现她脸色苍白，眼睛里闪烁着一点点残余的恐惧和惊慌。胖子显然也注意到了，忙问她怎么了。

ALINE看了看旁边那桌人，压低嗓门说："太可怕了。那女人——哎哟，我快被吓死了。"

毛流回头瞟了一下，那狐狸脸还没回来，忙催促她道："快说呀，怎么了？"

ALINE喝了一口水，抚着胸口对三个同伴讲述了自己刚才的遭遇……

原来刚才ALINE在卫生间里整理好衣服正准备出来时，偶然听到外面有人推门进来，还径直进了她隔壁的厕门。

她没有在意，刚要推门出来，却听到隔壁忽然发出突兀怪异的声音，像是吵架，又像是啧啧的亲吻，接着又是低低的呜咽，声音非常弱，几乎听不清楚。

她觉得很奇怪，刚想问是怎么回事，隔壁的声音忽然大了，是一个女人在叫："别看我，别碰我！"

声音中带着强烈的恐惧，又有点莫名的凄凉。

ALINE 不敢发出一点声响，满腹狐疑地继续听。

那女人突然又不说话了，ALINE 正在惊疑，无意间一低头，忽然发现一股红红的东西正从隔壁的门板后缓缓流向她这边。

她惊讶万分地仔细一看，居然是鲜血！她再也忍不住了，大叫："是谁在那边？"

无人回答。她跳起来冲出厕门，一步窜到隔壁，使劲敲着隔板喊道："你怎么了，需要帮忙吗？"

可里面无人应答。她只好冲到洗手间门口，朝外面大喊："有人吗？来人呀！"可是外面人声喧哗嘈杂，没有一个人搭理她。

无奈她只好又回到那个流血的隔板前，疯狂地敲着，一边嚷："你到底怎么了？我能帮你吗？"

厕所的门突然打开了，一个孕妇出现在眼前，她浑身完好无损，一手托着大肚皮，一手扶住门板，对 ALINE 微笑着说："我没事，谢谢你。"

ALINE 惊恐地紧紧抓住门，不放心地问："可是，我看到了——"

"什么？"孕妇非常镇静地问。

ALINE 偷眼瞟了一下地面，铺着瓷砖的地板干干净净，别说血迹，就连水渍也没有。

她震惊地张大嘴巴，往后退了一步，惊叹道："这是怎么回事？好奇怪！"

"我很好，真的没什么。"孕妇说着，挪动笨重的身子缓缓坐回马桶，又轻轻关上了门。

ALINE 呆呆地站在水池边的镜子前，心有余悸地看着那道重新关上的门，半天回不过神来。

她竖起耳朵听了听，那女人再也没有发出什么异样的声音，这才蹑手蹑脚地出了洗手间，一路狂奔回来。

“你们知道那孕妇是谁吗？就是隔壁桌那位长得怪模怪样的女博士！”

毛流的心猛地往下一沉，那种令他不舒服的感觉再次在胸膛间荡漾、弥漫，紧紧地攥住了他的所有思维。

胖子惊讶地瞪大眼睛，似乎要把ALINE吞下去：“你真的确信——那声音？还有血？”

“我当时是确信的，可现在，我也怀疑自己看花了眼。”

“不，你没有。”毛流认真地对她说，“那些的确是存在的。我叫它们第六感，或是潜意识。虽然摸不到，也无法证实，但的确存在。”

黄小果什么也没说，只是冷静地听着。

正说着，女博士挺着无比累赘的大肚子回来了。她看上去镇定自若，神情非常安详。不过脸色却出奇地红润，还微微地喘着气，似乎刚干了点什么体力活。

更奇怪的是，女博士走到桌子前，并没有回自己的座位，而是径直走向窗户那边。

秃顶男人殷勤地叫住她问道：“干嘛去呀？”

但女博士根本不理他，甚至都没有回头，而是相当迅速地来到了落地窗前。

她站定脚步，回头看了一眼众人，随后眼神超越他们的头顶，对准虚无的半空莫名其妙地嚷了一句：“快还给我！”

毛流的心在一瞬间提到了嗓子眼。不等他反应过来，女博士哗地推开一扇玻璃，极其敏捷地纵身一跳，笨重的身体当着众多亲友的面飞出了窗户。

众人目瞪口呆，只来得及发出一声整齐而短促的惊叫。

随即整个二楼炸开了锅，有人尖叫，有人嚷嚷，有人狂奔。

四人跟着跑下楼，只见女博士静静地躺在血泊中，一动不动。

从垂直距离并不高的二楼跳下，她原本可以不死。然而不幸的是，这个可怜的女人头部偏偏撞在了道边那块巨大的黑石头上，整个颅骨都撞裂了，脑浆迸裂在石头上，惨不忍睹。

四个人惶惑地看着眼前发生的一切，一时都不知所措。

等警察处理完现场，所有在场的人才被放行。一直沉默的胖子终于开口说道："这里看起来很不寻常。"

毛流立即接口道："我早给你们说过这座城市阴气太重，很容易出事的。"

ALINE 不满地看着他们说："三个大男人，难道还不如我胆子大吗？刚才我们大家有目共睹，她的确是自己跳下去的，这不过是个偶然的自杀事件，何必太在意？"

"狠心的女人。"毛流嘟囔了一句，拿出一枝烟刚要点燃，却听黄小果惊呼道："你的手？怎么有血？"

毛流忙低头看自己的手。不料黄小果打了他一下，急切地说："我问的是 ALINE！"

ALINE 将手举起来，毛流看到她的手掌外侧果然有血迹。

ALINE 毫不在意地掏出纸巾揩着，一面解释道："一定是刚才被门把手划破了。"

毛流疑虑重重地看了她一眼，回过头和胖子互相交换了一下眼色。

第四章　第二日

第二天，他们再次来到兵工厂，打算继续昨天没有完成的探险。

四人打着电筒，小心翼翼地沿着原路进了洞，在昏暗中寻找昨天遭遇鬼影的地方。洞里似乎还是那样，充满潮湿的空气、让人窒息的黑暗，龟裂渗水的洞壁以及满地的砖块瓦砾。可奇怪的是，今天的洞里似乎很安静，除了很少见那些到处乱飞乱窜的蝙蝠、老鼠和蛇，他们所遇到的情形也绝不相同。

当毛流突然意识到了这一点时，他们已经差不多在洞中前进了半公里了。他总觉得似乎少了点什么，可究竟是什么，他一时却想不起来，只好对领队的胖子说："我们走的路线没问题吧？"

"没错，我们是按照昨天的路标走的呀。"

ALINE 举起电筒照了照墙上的旧记号，示意他好好看。

胖子斜了一眼毛流，嗞嗞笑道："你小子，又发癔症了？"

"我觉得有点怪，所以才问你走的对不对。"毛流急得脸又涨红了。

"应该没问题。" 黄小果自言自语地说了一句，却猛地停住了脚，对还往前走的 ALINE 叫道："别动，我好好看看。"

毛流眼巴巴地望着他，希望他能够证明自己的推测。可黄小果举着电筒四下里照了半天，却回头冲他一乐："小毛哥，你的运气不好。我看路线没错。"

"可是，我们昨天进来，沿路明明遇到两道门的，可刚才——"

"我也想起来了！是的，今天我们没有遇到门！任何一道门也没有！" ALINE 说罢，也僵在了原地。

“哦？我再看看。”胖子朝四下里照了照，说，“这里有很多岔洞，也许我们不小心离开了主洞而钻进了旁边的小洞，所以没有遇到门，这没什么奇怪的。”

毛流沮丧地朝地面上的积水踩了一脚，叹气道：“这里简直是个地下迷宫。我快晕了。”

四人又按照路标的指示走了一会，最前面的胖子突然惊呼道：“停！我们好像真的错了。”

“哥们，你反应太慢了。”毛流一听这话，马上站在原地不动，还拍着手幸灾乐祸地笑。ALINE 白了他一眼，不解地对胖子说：“可这些记号——”

“记号是一样的，可是路线不对。”胖子把应急灯贴在洞壁，仔细察看标记。半晌，他顿悟似的指着记号对三个同伴说：“瞧见没有，这记号有一个字母不一样，昨天的是武 L9，可今天是却是武 I9。”

黄小果、ALINE 和毛流看着那神秘的 I，一齐“哦——”了一声，不禁有点害怕了。

“昨天我们来时走的并不是眼下这条道。”胖子拿出指南针认真地看着，一边说，“这一次我们进来，虽然走的是同一个入口，但路线却不一样。昨天我们一直是朝左走的，可今天，这个怪记号把我们领到了右边。”

毛流的笑容凝固在脸上，胖子的话验证了他的担忧，也预示着他们即将面临难以防备的危险或者不测。

这时，前面出现了一个小小的转弯，ALINE 走过去举灯一照，兴奋地喊道：“快看！”

只见面前有一个洞，一副灰色的布帘子安静地垂挂在洞口。

“这不是昨天我们发现的那个藏有武器的洞窟吗？怎么会又出现在这里？”

黄小果走上前，举着电筒看了看尘土密布的帘子，上面依稀还有手印，证明这的确是他们昨天来过的地方。

“奇怪。”胖子嘟囔着，再次掀开布帘，里面依然伸手不见五指。四人一起走到砖墙前，透过缝隙一看，他们惊讶地发现，这个封闭的小洞里囤积的废旧子弹和锈迹斑斑的铁器全都不翼而飞了！

这时，一阵来路不明的风声袭过，刚才还稍显平静的洞里陡然平添了几分阴森，毛流又一次惶恐起来，下意识地往后退了半步。

胖子回过头怔怔地看着他和ALINE，突然问："你们相信有鬼吗？"

"当然不信。"ALINE硬邦邦地撇下一句，转身走了，毛流赶紧尾随其后，几乎是跑着逃出了挂有布帘的洞。胖子慢吞吞地最后一个出来，对毛流说："也许我错怪你了，这洞里面很不简单，一定有什么秘密存在。"

毛流有点得意，但此刻却无论如何却不能轻松，他晃了晃脑袋，说："要不我们先撤退？"

"你又想打退堂鼓了。"黄小果不满地瞪着他。

ALINE 也说："我倒觉得这里很可爱，充满诱惑人的神秘色彩。既然有秘密，那我们为什么不去探个究竟呢？"

"小姐，你这会儿倒有胆量了？"

毛流揶揄地看着她笑。胖子说："我们应该继续走下去，看看到底会发生什么？"他故意对毛流说，"既然你想走，那我们就不送了。"

说罢他一挥手，示意另外两人先走，毛流愣了三秒钟，连忙喊道："千万别扔下我一个人呐！"边喊边跑去追他们。

四人一面小心探路，一面继续穿行在漆黑的洞中。前面的路面上开始出现了一些破碎的玻璃和被积水腐蚀得几乎已经朽了的锈铁管、木梁。

再往前走，感觉到地势低了不少，空气非常稀薄，潮湿，地面上也渐渐滑起来，湿气愈加浓重，越往前走就越觉得冷。他们相互拉着手，也不知道走了多久，前面的路突然被一堆笨重的巨石堵住了。

"这么快就到尽头了？"

ALINE有点失望，特意走过去仔细端详，结果发现石墙左侧有一处被石块隐蔽的洞口。胖子和毛流奋力搬开石块，看到洞口有一条木头搭成的几乎成垂直的悬梯，木梯一直往下延伸，似乎可以深入到地下最深处。

毛流斗胆试着踩了踩梯子，说："不是很结实，我们凑合着下去吧。"

四人冒险踏上嘎吱作响、随时有可能塌陷的楼梯，担心得要命，却又觉得很刺激。

木梯大概只有十多个台阶，下面又是平地了，只不过更湿、更阴冷。

毛流看着这个弹壳形的坑洞，满怀期望地感慨道："我多么希望我们其实是潜入了一座废弃的导弹发射井呀。"

黄小果抚摩着四壁的石头说："别做梦了。这里只不过是个简陋的兵工厂。"

"快看，前面是什么？" ALINE一把扯住胖子，指着前面让他看。

三个男人连忙回头一看，看到前方的黑洞里居然发出了一缕蓝幽幽的光！

胖子拉着黄小果壮着胆子走上前去，发现蓝光是从石头缝里透过来的。从细细的石缝中，他们隐约看到里面还有一处被巨石隐蔽的人工洞穴，洞的两侧布满了岔洞，安装有样式古板的木门，上面还挂着巨大的铁锁，俨然是有人居住的房舍。洞壁上还画着奇怪的图案和文字，可惜由于常年遭到湿气和滴水的损毁，早已残缺不全，无法辨认。

奇怪的是，洞内不时射出一束神秘的蓝色光柱，照得四下里亮如白昼，洞壁、洞顶都很光滑明亮，好像专门打磨过。地面铺着细沙，没有老鼠和蛇出没，却奇怪地长满了大大小小的蘑菇，在神秘的蓝光下散发着幽幽的光芒。

四人目瞪口呆，毛流轻声叹息道："这是什么地方？够神奇！真想进去看看。"

胖子开玩笑说："估计很快就有一位多年没碰过男人的地宫女王妃飞奔而来，迎接你了。哈哈。"

他的声音虽然不大，可还是在洞里引起了一阵不短的回声。ALINE回头瞪了三个男同伴一眼，生气地说："不能安宁一会吗？"又指指毛流手里的DV机说，"还不快拍！"

毛流恍然大悟似的忙举起DV机对准了发着蓝光的洞。

大伙正看得入迷，光柱突然没了，洞里立刻漆黑一团。ALINE没防备，被突如其来的黑暗吓了一跳，她一把抓住毛流，紧张得牙齿嘎嘎直响。

胖子见状忙小声叮咛他们："别动，别出声。"

大约过了几十秒，洞内突然又灯火通明。胖子趁机察看一番，发现堵住这个神秘的地洞的石块其实并不大，而是一堆石头堆砌成的。他伸手攀住石头，试图搬动它，但毫无效果。

这时，那个神秘的光柱在持续数分钟之后，再次灭了。

"天啊！真美！"毛流忍不住悄悄惊叹。

黄小果却说："别眼红了。我们还是出去吧。我觉得这里不是什么好地方。”

“为什么？”毛流虽然这么问，却惊诧于黄小果的内心居然也有和自己一样的不安。让他更惊讶的是他此刻并没有感到什么危险，但黄小果的话里却有了警告的意味。难道他知道什么？

黄小果并不看他，而是盯着那缕不时消失又不时出现的蓝光，幽幽地说：“我们看到的东西已经够多了。该走啦。”

三个同伴虽然也有点恋恋不舍，但还是同意了。

大家悄没声地退到洞外，胖子回头看一眼来路，突然窃笑道：“听说当年国外有个探险家意外地进入了一个庞大的地下城，里面也像我们所看到的一样，到处雕梁画栋，辉煌雄伟如皇宫。那人正看得入迷，突然就被一个不知名的怪物给抓走了。哈哈，真刺激。”

毛流瘆得头皮直发麻，恼火地对胖子嚷道：“别说了！你想吓出人命来呀？”

“别急，我只不过是给你们提了个问题。你们不觉得很怪吗？这个地洞里并没有人，也没有照明设备，那道光源是从哪里来的呢？”

“这并不奇怪。大自然有时值得人们毫无理由地敬畏。”ALINE的表情很虔诚，一点也不像是在做秀。

胖子反驳她道：“小姐，这是人工洞穴，不是自然形成的，所以一定有秘密。”

“你的意思是这里有人？”

“是的，是活人，而且还很有头脑。”

毛流神经质地颤栗了一下，忙抱住自己的脑袋嚷道：“死胖子，你少说两句吧！”

“哈哈，事实一定会验证我的推测。”

他们小心翼翼地退出发光的洞穴，踏着腐朽不堪的木梯回到来时的石墙边，准备继续折身向右，看看还有什么新发现。

随着洞穴弯弯曲曲的延伸，他们又来到了一处开阔地。

这里好像是一个长长的大厅，两侧全是大大小小、深不可测的洞穴，每个空洞都象一只恶毒的眼睛，透射着阴冷的气息。洞口挂着铁制的牌子，看样子可能是当年的门牌或是其它标志，可惜早已锈得满是窟窿眼，字迹也消失殆尽。

在第一个岔洞的地面上，他们发现了一堆堆早已锈死的废旧机器，还有成堆腐烂的稻草。

一摞土纸放在高处，看上去完好如新，其实早已朽掉，手指一碰就化成了灰片。胖子迷惑地说："难道这里曾经是造纸厂？"

没人能回答他。

带着疑问，他们又来到第二个洞穴，只见里面有好多桌椅的残件，都是用未经刨平的木头简单加工的。还有一丁点盛在玻璃容器中的废油墨，以及好多报纸大小的纸张残片——大多是毛边纸，可惜都已烂掉，根本找不到一张完整的。

在这堆废弃物中，毛流甚至还找到了一个塞满泥土的塑料笔帽、一只空空如也的玻璃墨水瓶。接下来的第四个洞里则满是糟朽不堪的木板床的断腿、破碎的玻璃仪器，土黄色的油布残片、甚至还有针管！

他们重新回到厅堂，胖子一屁股坐在砖堆上，指着地上一团看不出模样的铁疙瘩说："我敢断定，这是一台最简陋的发报机。"

四人带着半是惊讶半是兴奋的神情交换了一下眼色，推测在这个巨大的洞里，除了前面的地下兵工厂，还有地下医院、地下造纸厂、地下报社、地下电台、地下商店等一应俱全，几乎是地上世界的翻版！

毛流后来查了一下当地县志等历史资料，证实这个洞应该有近百年的历史，最先是一座由日寇修建的地下兵工厂遗址，也许是因为战败，也许是另外的原因，总之它被废弃了。后来战火再起，这个洞一度也许又成为时人躲避战火、抵抗外敌的天然堡垒。

这个巨大的发现使四人再也无法抑制内心的狂喜，胖子禁不住要吟出诗来，ALINE 则开心地拍手大笑，像个孩子一样。

毛流摸着冰凉的管子、废弃的砖块，觉得这一切很奇妙。虽然此刻洞中阴冷潮湿，但残骸遗迹中依然留有故人丝丝缕缕的气息，让人有一种莫名的熟悉感。

他的思绪穿越时空，回到多年前的此时此地。当年这座神奇的地下世界里一定也充满生机，机器轰鸣、人马欢腾、气氛热烈。

也许这边就是当地民兵自制土武器的地方，安放着巨大的机器，工人们则在日夜奋战，制造了大量地雷、手榴弹、翻火子弹，热火朝天地抗击入侵的敌人。那边也许就是救治伤员的病房，还有发布最新消息的土报纸。

刚才那个透出神秘光线的洞穴，似乎或许就是机要重地，也许还有地道电台的天线从洞口伸出沿门框边伸向屋外，为了迷惑敌人，有的天线被伪装成晾衣绳、有的则藏在屋顶……

但现在，这些奇妙的东西早已不复存在了。除了物品，这里当时一定还有一群人，那么现在，那些曾经主宰一切的人去哪里了呢？

当初他们为了某个伟大的理想和信念热火朝天地在这里生活，每天工作、吃饭、闲谈，有人也许还发生过一段相当浪漫的爱情，甚至还有人在这里生下了孩子。

那么，他们后来又如何了呢？是被敌人的毒气永远堵在了这里，还是走出地道、扛着自己制造的枪弹上了前线？如果真的有人出生在这地下兵工厂里，他或者她现在又去了哪里？

"生命的变幻真是奇妙无比啊。"想到这里，他不由感慨万千。

ALINE 点点头说："探险的乐趣就在于此：面对新发现，人会有一种专属感。看到又一个地洞被征服，又一个秘密被自己发现，又一个很多人无缘得见的东西被自己遇到了，那绝对是一种超级快感。"

胖子看看表，说："哟，已经快四点啦，我们是不是该回去了？"

"真扫兴，我还没玩够呢。"ALINE 抱怨道。

毛流笑她："你刚才不是说不希望在这里逗留吗？现在又来了兴趣了？"

"我哪里知道这里居然如此美妙，还真是舍不得走了。"

胖子说："今天我们就到这里吧。早点回去整理一下这两天的资料。"

返回并不很顺利，洞壁上残缺不全的路标时有时无，他们只好凭着感觉在洞中摸索，希望能按原路返回。

这时，那些消失已久的蝙蝠们突然又神秘地出现了。它们成群结队滑翔在洞顶，翅膀扇起了一股股冷风，发出沉闷厚重的呼啸声。阴冷的感觉重新笼罩了四人，刚才的喜悦也被冲淡了不少。

毛流暗自叹息：这里到底是刺激的天堂，还是恐怖的末日地带？此刻，他们自愿进入这个陌生的黑暗世界，希望遇到想像中的刺激，而并非超出忍耐限度的玩笑。

可是，现在他们还能左右什么呢？

在这诡异的环境中，刚才那些在他想像中出现的激情昂扬的劳动者现在则变成了呻吟的肉体、流血的伤口、面目森然的敌人，就连蝙蝠那噼啪作响的扇翅声也成了死者骨头抽搐、撕裂的声音。幽暗、深不可测隧道里阴森森的，似乎到处暗藏杀机。

一阵熟悉的、如影随形的恐慌又在毛流心头潮水般迅速泛滥，尽管还有三个人同行，可还是有点担忧。他顾不得再和老鼠较劲，一颗心再次悬了起来。

就在他惶惶不安时，突然听到身边的ALINE发出几声哀哀的啜泣，他忙问：“怎么了？你哭什么？”

胖子和黄小果一前一后同时站住，不解问他：“谁在哭？”

毛流不寒而栗，只觉得脑袋一下炸开，原来刚才那阴森可怖的啜泣声根本不是ALINE发出的！

他摆手示意他们安静，又支起耳朵仔细听。那个微弱的女声再次出现了，如泣如诉，哀怨不已，几乎低不可闻，却又历历可辨。

紧接着，毛流却觉那声音又来到了自己的耳边，气息微弱但却字字清楚地说：

“别来找我，别来——”

他赶紧抬起头，看到一个白色的人影从不远处黑暗的角落里飞身闪过，一刹那又消失了。

毛流颤着嗓门说：“你们听——听啊——她又说话了——看到了吗？那边有个女人。”

胖子说：“我没看到，也没听到任何声音。”

黄小果也不住摇头。

“是真的！”毛流绝望地揪住自己的短发直拽。

“的确是真的。我也看到了。”ALINE突然拍拍他的肩膀，回过头对胖子说，“可我看那是个男人，而且还是个老头。”

毛流没想到ALINE居然会这么说，他半是感激半是奇怪地看看她，抬腿就往回走。

ALINE问：“你干什么？又要回去？”

“不，我要去找那个女人。”

胖子一把拉住他，郑重说道：“别冲动了。如果这个人真的存在，你是不可能追上她的。”

毛流惊讶地问他怎么知道。胖子说：“你想啊，她之所以以这种恐怖的方式出现，一定是因为我们犯了她的什么禁忌。她不过是以此警告我们。”

“那我们就这样让一个充满刺激的机会溜了？想想看，如果我们发现了真相，把它公布在所有UE迷的面前，那该多轰动啊！”

ALINE批评毛流说：“你这人太功利了。”

“放心吧，她一定会再次露面的。”胖子说。

出了兵工厂一看时间，差不多是六点多，天色还有点亮，但他们没有在附近逗留，而是打算直接回宾馆。

在返程的车上，胖子揉着肚皮说：“胃这个家伙还真难伺候。塞得多了它嫌撑得慌，动不动就罢工；饿它一会吧，又叽哩咕噜乱叫唤，闹着要工作权。唉。”

毛流笑：“那当然。亏什么也不能亏肚子。”

放下行李后，他们在宾馆附近找了一家饭馆解决晚饭。

这是一家极普通的风味餐馆，四人随便点了点当地特色菜正在吃，毛流忽然看见玻璃橱窗外闪过一个形迹可疑的人。

他刚要指给三个同伴看，只见一个脸上涂着乱七八糟颜料的老妇出现在餐厅门口。

她提着一面小锣，咣地敲了一声，怪模怪样地唱道：“这家饭馆真歹毒，菜里下药毒死人。过往客人要注意，千万别吃黑心菜。”

餐厅里一片哗然，服务生和保安惊慌失措地扑向老妇。

正在吃饭的客人都停住了筷子，有人一时还摸不着头脑，呆呆地在听，有人已经站起身，吆喝着要服务生找老板来理论。

一个经理模样的男子一边吩咐人把那老妇弄走，一边哭丧着脸对大家说：“前几天附近的天外楼酒店是出了点事，可那不是我们店呀！大伙都别走！”

四人还没弄明白怎么回事，餐厅里的人已经走了一大半，剩下的则在看热闹。胖子叫过经理，问他是怎么回事。

经理说："前一阵离我们不远的天外楼出了点事，好多人在那里吃了东西以后，轻的拉肚子、头发脱落，重的没几天就死了。"

"到底是怎么回事？"

"食物中毒呗。警察已经查明是酒楼的大厨干的，他居然在菜里放了一种叫什么重金属的毒药，太没人性了。"

"他为什么要这么干？"

"说是跟家里闹了矛盾，不想活了。临死前想拉几个垫背的。大家都这么说，可具体怎么回事也不知道。"

"那这个老太太干嘛在你们饭馆闹事？"

"这个老疯子。自从她儿子吃了有毒药的菜死后，她就天天来闹。唉，把多少生意都给搅了。"

经理叹着气，匆匆回前台去处理事情。

毛流转身一看，ALINE 不知什么时候已经不见了。为什么总是在混乱的时刻，她就消失不见了呢？

毛流狐疑地和黄小果交换了一下眼神，正要起身去找，却见她笑嘻嘻地从门外走了进来。毛流迫不及待地问她："你干嘛去了？"

"去看那老太太。"

"她有什么可看的？"三人面面相觑。

"我想知道她是不是毛流在洞里看到的鬼影。"

"又胡扯了。一个老太太能跑那么利索吗？"毛流嘴里叼着一根牙签，用下巴指了指满桌的菜，"你们还吃吗？"

"干嘛不吃？扔了多浪费。我包圆了。"胖子不客气地坐下，拿起筷子继续吃。毛流看看他，也重新坐了下来。

ALINE 笑："哟，你们这回胆子大了，不怕中毒啊？"

"怕什么。难道真有什么重金属投毒案？"

返回宾馆的路上，毛流放松身体，伸了个懒腰，欣慰地说："虽然被那疯老太太闹了一下，但总的来说还是很平安。谢天谢地，今天晚上总算没出什么事。"

黄小果奇怪地看看他，慢悠悠说："你以为天天有事才叫生活呀？"

“什么话。我只不过是庆幸而已。”

“我看你是神经过度紧张。说实话，我真觉得你不适合探险，你的心理太脆弱了。”

胖子捋着下巴，对三个同伴叹气说：“为什么我啥子都没看到呢？”

毛流一步跳到他跟前，得意地笑：“这只能证明你没福气。”

回到房间，毛流没心思上网，躺在床上发呆，不明白这几天来发生的一切究竟是怎么回事。

他伸手摸烟时，无意中碰到了扔在床边的DV机，他叼着烟，拿起机器，随意打开播放键看了起来。

突然，他想起了什么，不由激动得大叫一声，拿起机子就往外跑。

来到胖子住的109房，他兴奋地嚷道：“把你的相机拿出来，快！再打电话叫黄小果和ALINE下来，我们一起看看这几天的照片和录像，你就会相信我不是骗你们了。”

“哦，这倒是个好主意。”

胖子连忙翻出自己的相机，不一会，ALINE和黄小果也来了，并带着各自的DV机。

他们屏住呼吸，紧张地查看这两天来所拍摄的所有画面。大家先看毛流的DV录像。

第一天

镜头中显示时间： PM4：35 12/9/2005

一串洞里的昏暗影像之后，原本清晰的画面突然变得模糊起来，镜头中雾绰绰地出现一个人影。

他穿着浅色的衣服，身材瘦小，腋下似乎还夹着什么东西。虽然无法看清具体特征，但从步态和身材能够判断是个男人。

他飞快地从画面左边奔向右边，消失在黑暗中。

又过了一会儿，人影似乎又突然转身回来了，身手敏捷地从镜头前窜过，再次消失了，此后直到结束，他再也没有出现。

第二天 PM4：28 13/9/2005

几乎是在相同的时间里，画面中再次出现了一个朦胧的人影，身形与第一天的那个人非常相似。不过这天他所穿的衣服是白色的，脸部依然无法看清。

他飞快地从画面左边奔向右边，消失在黑暗中。又过了一会儿，又再次转身回来，身手敏捷地从镜头前窜过，然后消失在前面的转弯处。

此后直到结束，他都没有再出现。

所有行为和第一天如出一辙！

看到这里，四人不由得出了一身冷汗，莫名的恐惧感油然而生。

毛流惊讶地张大嘴巴说：“怪呀。我明明看到是个女人嘛，怎么变成男人了？”

然而更令人奇怪的是，ALINE 的摄像机里根本没有这些镜头，第一天的画面中的确什么异样也没有，第二天只是拍到了一团白色的模糊影子，可具体是什么却分辨不出来

而胖子和黄小果拍的画面更绝，几乎全是洞内的一般影像，没有任何人影或是怪状。

照片和录像就是无法抹去的铁证，这使他们已经松弛的神经再次绷紧了。胖子在房间里兜着圈子，嘟囔道：“如果是真的，他或者她不可能稍纵即逝。一定还会出现。”

毛流呆呆地望着天花板，不置可否。

ALINE 则翻来覆去地比较着毛流和自己的 DV 画面，试图找出点什么新东西。

“啊哟，好疼！”正在踱步的胖子忽然捂住肚子喊道。

话音刚落，黄小果也弓着腰嚷了起来：“我也肚子疼！等会儿，我回一下房间。”说完他急不可耐地夺门而出。

胖子则一边叫一边往卫生间跑去。毛流开玩笑道：“怎么？你们真吃了重金属啦？”

胖子顾不得理他，一把拉开卫生间钻了进去。毛流还没笑出声，突然也捂起肚子喊疼。

ALINE 奇怪地看着他，问：“不会真的吃坏肚子了吧？”见毛流坐在床边直皱眉头，她放下手中的相机走过来，关切地问，“要不我下楼去给你们买点药？”

“谢了，不用买，我房间里就有。”

“那我去帮你拿。”ALINE 说着就要走。毛流忙叫住她，说：“算了，还是我自己去吧。”

十多分钟后，毛流拿了药与黄小果一起下来。胖子恰好从卫生间出来，圆嘟嘟的脸煞白煞白，像抹了一层白灰。

三人吃了药后，觉得好受点了。毛流拿起自己的DV机准备上楼，黄小果忽然说："等等，我想再看一下。"

然而，等他再打开播放键，却发现录像中关于鬼影的画面全都没了！

他们万分惊讶，一齐回头看着ALINE。她不解地问："怎么了？"

"你怎么弄的？那些画面怎么全没了？"毛流恼火地吼道。

"什么？刚才还有呢。"

她倒是出奇地镇静，拿过机器翻了几下，见里面确实什么也没有，她把机器还给毛流，淡淡地说："怪了，我也不知道是怎么回事。"

毛流简直要暴跳如雷了："刚才我去拿药，黄小果回自己房间了，老周在厕所，这里就你一个人，你不知道，难道出鬼啦？"

"干嘛发火呀？我已经说了，我不知道。"

ALINE说完，拿起自己的摄像机径直走了。毛流气得呼哧呼哧直喘气。

胖子拍拍他的肩膀，安慰说："别生气了。明天我们再去一趟，找出这个奇怪的人影，再拍不就得了嘛。"

毛流沮丧地说："也只能这样了。唉，这个女人，简直是个灾星。"

回到自己房间，毛流打开电脑上网。

昨天晚上因为没力气玩，所以他只是将自己的探险见闻发在卜卜网的游记论坛里——当然，他并没有把诡秘身影和有人自杀的事写上去，而是大概描述了一番地下兵工厂的情形。

之后，他发短信通知夏至去论坛里看看，就疲惫不堪地下线睡觉了。作为职业网虫，一天不上网就好像没吃饭一样难受。

为了弥补昨夜的损失，他打算今天晚上好好玩一会。

打开常去的那几个网站之后，他先给夏至回了邮件，之后又进入"卜卜网"，预备在论坛上好好地灌水发帖子。

刚打开主页，他就发现自己前天及昨天发在网上的帖子都失踪了。

他马上窜进论坛聊天室，打算探个究竟。刚一进去，有个叫"刺骨瘆凉"的家伙就主动跟他打招呼。

刺骨瘆凉：朋友，这几天在离城很有收获吧？

毛流：你认识我？

刺骨瘆凉：当然。昨天看到了你发的帖子，很精彩嘛。

毛流：过奖了。这都是弟兄们冒着生命危险得来的。

刺骨瘆凉：今天的探险进行得怎样？我可以肯定，你隐瞒了一些更有意思的东西。

毛流：我感觉你一定来过这地方，是不是？

刺骨瘆凉沉默了数秒，没有说话。

毛流：我的帖子怎么不见了？

刺骨瘆凉：估计有人出于嫉妒，不想让更多人看见吧。

毛流：你到底是谁？

刺骨瘆凉：你们今天在防空洞见到了什么？

毛流：你果然来过！我个人总觉得这里的一切很可疑，你说呢？

刺骨瘆凉：那是你的感觉。对了，那个兵工厂非常庞大吧？

毛流：嗯，简直是一个巨大的地下世界，太奇妙了。

刺骨瘆凉：继续往前走，你们会有更奇妙的发现。

毛流：会是什么？

刺骨瘆凉：你们离秘密越来越近了。

毛流：秘密？这是什么意思？

刺骨瘆凉：这个就不用我说了吧？呵呵。

说完，他立即下线跑了。

“奇怪！这个讲话神秘兮兮的家伙是谁呢？他怎么对兵工厂知道得这么清楚？”毛流怔怔地看着那人留下的话，半天没回过神来。

不仅这件事，整整一夜，他都无法合眼，阵阵腹痛不时折磨着他，只能一趟趟地跑厕所。

直到天快亮了，他才好容易睡了一会，谁知又被一阵敲门声惊醒了。

他睁开眼一看，已经是第二天上午十点多了，连忙起身。

打开门一看，只见ALINE正笑吟吟地站在那里，关切地问：“是不是一整夜都在拉肚子？”

“他们呢？”毛流没好气地回身进了房间。

ALINE毫不介意地跟在他身后，絮叨地说：“黄小果已经没事了，我刚下去看过老周，他疼得躺在床上都起不来了。不过我已经给他吃了药，这会儿想必好多了。你怎么样？”

“好多了，谢谢你。”

“那就赶快收拾一下行装吧？我们今天还得去补拍鬼影呢。”

毛流怎么听，都觉得她的话语里有些调侃的味道，便很不高兴地说：“知道了。你们在楼下等一会，我马上就来。”

ALINE 走后，毛流将放在椅子上的背包拎起来，信手扔到旁边那张空床上，打算装东西。然而，当眼神随着背包一起落在床上时，他的眼睛又直了：只见昨天晚上还平整干净的空床上居然又再现诡异！

他一个箭步窜上前，拿起背包一看，一切和以前如出一辙：床上乱如杂物堆，床垫中间有明显的人形痕迹，枕头上有凌乱的毛发，被子、床单扭成麻花。

他伸手摸摸被子，依稀还有几丝余温，仿佛有人刚刚在上面进行了一场肉搏战。难道这就是所谓的“鬼压床”？

毛流几欲抓狂，他愤怒地抓起电话，打算召来服务生问个究竟。

可只拨了三个键，他就犹豫了：一想到那个短发女孩善意的调侃，他就失去了再追究的勇气——类似情况已经是第二次出现，如果不是自己梦游，夜里发神经地轮番在两张床上睡的话，那么还有什么更恰当的解释呢？

他放下电话，匆匆穿衣洗漱。一切收拾停当后，他抓起相机、DV 机和两瓶纯净水装进包里，逃也似的走出了房间。

在楼梯口，他迟疑了一下，临时决定坐电梯。

随着当的一声响，电梯打开了，里面没有人，值班的工人不知又到哪里偷懒去了。

毛流走进灯光幽暗的电梯，按了一下键，厚重的门先是左右晃动了几下，似乎犹豫片刻，这才惊醒般哗啦关上了。

毛流背靠着玻璃幕墙，手插在牛仔裤兜里，随便看了看左右，发现四面墙上全是影像模糊的镜子，自己的身体在镜子里重叠出了无数个侧面，看上去很神秘。他闭上眼睛，学着盲人的样子，调动所有的感官去感受身边的细微变化。

此刻电梯里完全是一幅与世隔绝的样子，空气几乎停止了流动。要不是正在运行的机器偶尔发出微弱的响声，他真的以为时空停滞了。

这让他觉得很有趣：一切没有变化，没有更改，既没有开始，也就永远不会完结。在这段被残酷的时光忘记的真空中，他可以完全安静下来，任思绪在混沌的幽闭状态中尽情蔓延。

不知怎么回事，他的脑海里突然浮现出了那个总是飘忽不定的人影，他赶紧晃了晃脑袋，暗示自己不要在眼下最不适宜的时候想这个。

可无论他怎样变换兴趣点，那个人影就是不肯离去，始终坚忍不拔地盘踞在他的思绪中。

毛流心里泛起一阵不祥的预感，当那个令人厌恶的微弱声音再次在耳畔响起的时候，他猛地睁开眼睛，试图摆脱纠缠。

可是，他看到的只是一片黑暗。

"怎么回事？"他不敢相信地使劲眨了眨眼睛，没有用，四周仍然漆黑如墨，伸手不见五指。

"是停电，还是机器出故障了？"

突然，电梯发出咣的一声巨响，猛地停住了。毛流心中暗喜，连忙站直身子，只等门一开，马上就窜出去，发誓以后再也不坐这倒霉的电梯了。

可足足等了五分钟，电梯依然一动不动，门没有开，灯也没有再亮。他一阵惶恐，连忙使劲拍打电梯门，直着喉咙嚷道："救命！来人呀！救命！"

外面非常寂静，没有人回答他。

毛流一面嘶叫，一面使劲眨巴眼睛，试图让自己适应这无边的黑暗，可是仍然什么也看不到。

这时，一个细微得几乎不可闻的喘息声突然在耳边响起，若有若无，来回飘闪，一会在他左边，一会又到了右边。

毛流吓得六神无主，拼命屏住呼吸，眼睛在黑暗中警惕地上下打量，一边悄悄地握住了藏在腰间的匕首。

过了片刻，喘息声又变成了嗡嗡声，像蚊子，又像从地下传来的微弱的马达声。

他的后背上泛起一波一波瘆人的寒意，却仍然壮着胆子叫道："有人吗？"

声音消失了，黑暗依然笼罩着小小的幽闭空间，气氛令人窒息。毛流伸出手四处乱摸，试探着寻找挂在墙上的应急呼救电话。

电话没有摸到，他的手指却触到了一个绵软的东西，柔软细滑，类似丝绸般的布料。

看来，那个噩梦般的模糊淡影又凭空降临了，它还是那么得意洋洋地端详着他，存心戏弄他。

就在毛流正不知所措时，黑暗中忽然伸出一只肉乎乎的小脚，慢慢蠕动着，朝他走来。

毛流的大脑一片空白，连心脏也急剧哆嗦起来，他拼命咬住牙根，从喉咙里挤出一句问话："谁——谁——在哪儿？"

没有人回答他，那个可恶的声音也故意沉默着不肯再现身。毛流彻底绝望了，他几乎是嚎叫着骂道："你他妈的到底想干什么？！"

他话音刚落，电梯门突然哗啦一声打开了，一对情侣模样的男女怔怔地站在门口，张大嘴巴惊讶地看着他。

过道上的顶灯发出耀眼的光芒，唰地冲进黑洞洞的电梯，将四下里照得如同白昼。

毛流被刺得几乎睁不开眼，他定睛一看。电梯里什么也没有，指示灯旁边的墙上挂着一条半旧的粉色丝巾，旁边还贴着一张纸条，上面写着："失物招领。"

毛流气得差点晕倒。

那对情侣看着毛流眼睛发红，满脸青筋暴露的样子，似乎吓了一跳，互相看了看，不约而同地咕哝了一句："怎么了？"

毛流没有搭理他们，低头出了电梯。那两人随即亲密相拥着进去了。

等电梯门在身后再次迟疑地、重重地关上，毛流仍然难以置信地回头看看那不停跳跃的数字，半天理不清头绪。

他迟疑了几秒钟，然后确信自己已经安全，这才定了定神，昂首往外走。

出了过道，来到宾馆和酒楼共用的大厅时，他发现那里全是人，个个衣着鲜亮，满脸喜庆，看样子是准备参加什么庆典活动。

毛流好容易挤到宾馆门外，伸长脖子在人堆里找胖子、黄小果和ALINE。但是，他并没有看到他们的人影，却被站在门廊下的一位男士吸引了。

那人穿着庄重笔挺的黑色西装，整个人稳重大方，是最受少女们崇拜的那种类型的男人。他的胸前别着一朵花，这显露出他的身份———一位即将举行的婚礼的新郎。此刻，他正在束手垂立，安静地等候新娘的到来。

但是毛流却发现，他的笑容有点异样，神情中隐约藏着一丝忧虑——或者说是不安，这让他的眉宇间的喜庆气息少了许多感染力。

毛流很感兴趣地看着这位高深莫测的新郎，心头隐约闪过一种古怪的悲剧联想。

这时，一辆漂亮的花车突然出现在甬道上，等车子在宾馆门口缓缓停下，众人兴奋地欢叫着，一齐拥了上去。

车门开处，一位穿着洁白婚纱的新娘步态优雅地下来了，早就守候在一旁的新郎连忙上前搀住她。

随后，两人在众亲友的簇拥下朝宾馆走去。

仿佛是受了众人热情的召唤，毛流居然也不由自主地跟了上去——吸引他的倒不是那位漂亮的新娘——此刻她与世上任何一个新娘没有什么两样，美丽、优雅，集人间所有的幸福于一身。相反，那位神态与旁人有点不谐调的新郎倒是吸引了他的视线。

就在两位新人踏上最后一层台阶，即将步入酒楼时。毛流忽然听到人群中发出一声惊呼。

他奋力挤上去，惊讶地看到新娘的白色婚纱上溅满了鲜红的血迹，那位神情不安的新郎则摇晃了几下躯体，重重地倒在了台阶上。

在人们的惊呼声中，新郎撕破自己的礼服，狠命抓烂自己的皮肉，仿佛那躯体并不属于自己。

他的身体筛糠似的颤抖，含糊不清而又声嘶力竭地狂叫着某个人的名字。

听这这名字，原本吓得半死的新娘顿时脸色铁青，她咬着牙，不无恐慌地说：“你乱嚷什么呀。”

新郎哈哈狂笑，指着她大吼一声：“坏女人，别看我！别过来！”

这似乎耗尽了他的力气，他的身体奇怪地扭曲成一团，在强烈的的抽搐中发出几声悲惨的嘶叫，痛苦地死去了。

众人有的呆若木鸡，有的尖声嘶叫，更多的人则抱头四处逃窜。

毛流慌忙退后一步，不成想背后有人使劲拉了他一下。他重心一偏，整个人几乎摔倒在地。

他恼火地回头一看，只见黄小果正神情肃穆地站在面前。在他身后不远处，ALINE 轻蔑地抱着双臂望着他，胖子也在冷眼看他。

黄小果一把拉起毛流就走，一边低声训斥他："还不快点离开这个是非之地？"

ALINE 则不客气地说："怎么哪里有事哪里就有你？"

"我也一直在找你们。"毛流打掉胖子向他伸来的肥爪子说，"你们不觉得那个新郎死得太奇怪了。"

ALINE 不以为然地看看宾馆背后的山头，淡漠地说："这种是非之地，我们还是少去掺和。再说你也没有什么线索可给警察报告。"

"可是这里也太——阴气重了。我们还是另外换个地方住吧。"

"可怜啊，这么年轻又这么迷信。你以后的人生可怎么度过呢。"胖子看了一眼毛流，顾自背起背包，往车站走了。

第五章 第三日

为了探寻鬼影的秘密，他们第三次潜入地下兵工厂，希望能够了解真相。

这一次，他们带了六只电筒外加三台荧光灯，发誓要将洞里照得如同白昼，让一切妖魔鬼怪都无处藏身。

看来这次的路线是走对了，他们沿着路标走了不久，就看到了那扇几乎马上要倒塌的木栅栏，接着继续前进，又顺利地找到了第一道铁门。

可稍显奇怪的是，当初被他们推开一条缝的门竟然又阖上了。

胖子打着电筒仔细在门边勘查半天，发现门上暗褐的铁锈上居然有一道黑色的手印。他把自己的手展开，在半空里比试几下，又让毛流、ALINE和黄小果也伸出手。

“怎么了？”毛流迷惑地看着他，“这是干什么？”

“难道你怀疑另外有人进来了？” ALINE端详了一眼那黑手印，回头问胖子。

胖子说：“我认为这应该是个女人的手印。”

“你是说那个女疯子真的存在？”

“应该是。”

一听这话，毛流不乐意了，吵吵着要休息一会。ALINE笑话他道：“害怕了？”

“谁怕了，不过是觉得不舒服。”

胖子问他：“你真不想进去看个究竟啊？”

毛流不说话，表情复杂地看看那道门，半晌才说：“走吧。我来给你们断后。”

他后来才知道，这其实是他旺盛的潜意识在向他暗示危险，可惜他当时的好奇心已经绝对压倒了恐惧，再加上还有三个人一起同行，所以就没把这警告太当回事。

见他这么说，ALINE又是一脸轻蔑，她向另外两人挤挤了眼，翘起嘴角笑着，第一个进了铁门。见胖子和黄小果一前一后也钻了进去，毛流略一迟疑，忙跟上他们。

大约走了一个多小时，他们顺利过了第二道铁门，在藏有武器库的洞外停住了。这里正是毛流发现第一次人影的地方。

可现在他们搜遍了前两次走的所有坑洞，别说是人影，就连曾经在洞中到处横行的蝙蝠和老鼠也没遇到一只。

“难道我们打扰了那些小东西？把它们吓跑啦？”ALINE皱着细长的眉毛问。

胖子不置可否地看看黄小果，问他有什么意见。

毛流抢着说：“我觉得我们这次应该把整个洞走到底，看来那一头到底是什么样。”

“你总算出息了。”

ALINE笑。毛流第一次发现她的笑容变得简单明了，也好看了许多。

四人整理好行装，准备继续往前走，这时，从地洞深处忽然隐隐传来一阵怪异的歌声。胖子示意三个同伴停住脚步，小心翼翼地把耳朵贴在洞壁，试图听得更清楚点。

“秋季里呀菊花开又开，孟姜女寻夫哭奔长城啊，泪儿呀滚滚，寻也寻不见。”

那是一个女人的声音，尖细、高亢，但听起来却很怪异，不是正常人所能够发出的。

“这是什么歌呀？怪怪的。”黄小果满脸迷惑地问胖子。

“别说话，再听听。”

四人正待要听，歌声忽然停住了。过了好一会，又兀地在洞中响起。

“冬季里呀雪花飘又飘，王昭君马上断肠别故乡，恨雪呀茫茫，回也回不去。”

“哇！她唱的居然是《月牙五更》！”胖子摸着肥嘟嘟的下巴感叹道。

“什么月牙？”三人面面相觑，一齐望着胖子。

“这是一首在上个世纪很流行的民歌，现在已经很少能听到了。看来这里还真有活人。我们去看看。”胖子一挥手，“不过动作都尽量轻点，千万别惊动了她。”

四人循着歌声，在洞里轻手轻脚地移动，电筒的光亮也尽量调到最低，生怕惊扰了唱歌的人。

在漆黑潮湿的洞里走了好一会，眼前忽然一亮，出现了一个非常宽阔的入口，洞里隐约透出微弱的光亮。

他们顺着光亮摸过去，看到前面又有一个入口，却被砖块石头堵住一多半。石块后面则是一道基本完好的木门，门扇上抹着大片大片暗红色的东西，像是陈旧的血迹，又似乎是多年的老油漆。上面用白色的粉笔写着几个龙飞凤舞的大字：“有鬼，勿进！”

毛流嘻嘻笑着对黄小果道：“用你的话说，这岂不是热烈欢迎我们来访嘛！”

胖子让他别出声，自己则蹑手蹑脚走上前，轻轻推开了半敞着的木门。

大门相当笨重，随着门轴的转动发出吱扭吱扭的怪声，又在洞中回响了好久。他连忙住手，静等了片刻，见里面并没有什么动静，这才壮着胆子继续前进。

门内似乎还是洞，里面漆黑一片，四人摸索着进来，又驻足等了片刻，希望有人回应。可周围非常安静，听不到任何声音，也没有人影。

胖子示意三个同伴用绳子把各自的手连在一起，另一只手里拿着刀和手电，四人连成一串继续前进。

再往里走，空气中忽然弥漫起一股刺鼻的怪味，地面上到处都是水，几乎将ALINE的高腰靴都埋没了。他们只好从旁边找来残缺的砖块，一前一后轮番交替地将砖放入水中，搭起一条路。

到了尽头，洞里赫然出现了一片开阔地，正前方有一道两米多高的拱洞，四壁光滑油亮，几根旧式的花皮旧电线耷拉在墙边，顶上还挂着一盏蒙着厚厚灰尘的旧灯泡，钨丝都烧没了。胖子注意到地上居然洒落有不少化学器皿和破碎的玻璃针剂，他饶有兴趣地蹲下身，仔细察看。黄小果带着ALINE和毛流则在旁边的暗道里继续寻找。

毛流无意间一抬头，居然看到一条蛇蜕下来的皮挂在洞顶上，与此同时，洞内散发出一阵浓烈的腥味，令人几乎窒息。

“这是什么？”

ALINE 顺着毛流指的方向看去，只见角落里堆着许多粗大树枝，拨开一看，原来是一个被掩盖起来的半圆形的洞口，里面黑乎乎的。

胖子闻讯赶来，四人相继钻进洞里，看到靠墙的地方被人用稍细点的树枝围成半圆形，还挂着一块看不出颜色的破旧布帘。

掀开帘子，面前是一个窝棚般的卧室，放着一张用废旧的木头和铁板搭建的桌子，墙上还胡乱写了许多字。

地上放着一张肮脏的棕草编织的床垫，上面铺着的草垫和毡子。床边有一个老式台灯，灯罩还在上面，不过用的并不是电，而是煤油和蜡烛。“卧室”角落里甚至还有一台残破的电视机，放在那里纯粹当摆设。

旁边一个用砖块搭的台子上，放了一只缺口生锈的搪瓷碗，还有一个老式的铝制饭盒，但里面没有任何食物。

另一边放了一只搪瓷盆，里面有半盆水，洞顶渗露下来的水不时滴进盆里，发出滴答滴答的声音，如钟表走动。

毛流跟在 ALINE 身后，饶有兴趣地看着这一切，想像着这个怪异的卧室主人如何在这里吃饭、睡觉。

突然，洞穴深处传来几声女人凄惨的啜泣，声音很微弱，不绝与耳。哭声甫停，紧接着又是几声寒透人心的尖锐刺耳的的冷笑。

正在驻足观看的毛流猛地打了个寒颤，一股强烈的不安与恐惧再次当头袭来，他忍不住回头望了一眼。

可是，他们的背后什么也没有！

然而，在某个阴暗的角落里，毛流总觉得有什么未知的东西正在窥视着他们，似乎还发出似有若无的阴惨惨的飘乎的凄冷笑声，他愈发感到脖子后面瘆得慌，拼命抑制住自己狂跳的心，提醒大伙小心点儿。

黄小果奇怪地问他：“怎么了？”

毛流不回答，却拉住他和 ALINE 扭头就走。

出了那间“卧室”，却见胖子依然低头看着地上散落的物品，毛流对他嚷嚷道：“我们走吧，这里不可久留。”

胖子手里攥着一只破碗，耸动着一身肥肉，艰难地站起来问道：“干嘛？又有什么事呀？”

“不骗你们，刚才我真的又听到怪声了。真的很危险，我们还是走吧。”

正说着，远处果然又响起“啊——！”的一声尖叫，声音绵长尖锐，在这静寂的洞里显得格外刺耳，惊心动魄，令人恐惧。

这一次，四人都听到了，当下都吃惊不小，相顾色变。胖子惶惑地张大嘴巴，一时不知该怎么办；

ALINE 则吓得小脸发绿，她惊恐地睁大眼睛，瞳孔急速收缩，冷汗沿着额头缓缓地流下，身体无法克制地抖了起来，如秋风中的小草。

黄小果则极力保持镇静，尽量不使自己的双腿发抖。

见他们都吓呆了，毛流几乎崩溃，极度惊恐之后，他站立不稳地靠着墙，甚至可以听见自己牙齿打战时彼此碰撞的“得得”声，还有那急促的心跳声。

愣了片刻之后，胖子第一个清醒过来，喃喃地叫道：“果然有人！”

他抖着手拿出一根绳子，栓在自己左臂上，另一头则交给毛流和黄小果，要他们也系住自己的胳膊，ALINE 则在他们俩中间。四人用绳子牢牢地绑在一起，以防走失。

胖子走在前面，不住地左右试探，一面提醒三个同伴及时跟上。

四人退出洞外，却找不到来时的路了。ALINE 在慌乱中发现旁边一道半掩的门，认定那就是刚才的进口。

他们战战兢兢地走过去，发现半掩的门上赫然出现了一行歪歪扭扭的血红大字：

“私人禁地，外人不得进犯，违者一律打死。”

毛流伸手刚一推门，只见里面突然窜出一只巨大的猫头鹰，哇哇怪叫着，呼扇着宽大的两翼，迅速滑过他们头顶，消失在了一片漆黑之中。

不等四人回过神来，里面又传来一声嘎嘎作响的狞笑，还伴随着尖利、恐怖的怪叫。

听声音似乎是个女人，但她的语速特别快，根本听不清楚到底在说什么。

ALINE 呆住了，竟然忘记了害怕，问胖子道：“她说什么？”

“我也没听明白，好像说自己是贫农什么的。”

“这是什么意思？”

胖子还没来得及回答，只见一个身形怪异的神秘人影从洞里面忽地跳了出来，恶狠狠地冲他们厉声吼道："该死的'造反派'！滚开！快滚开！"一面高声喝骂，同时挥舞着一条粗大的铁棍子，没头没脸地朝他们打来。

的确是个女人。

毛流举着电筒仔细一看，灯光下的女人瘦得皮包骨头，脑后披散着长长的白发，穿一袭红色的、样式古怪的衣服。

令大家倍感恐惧的是，她简直不成人形，整个头部直接插在胸前，没有脖子，面部畸形地蜷缩成一小团，皱巴巴地分不清眼睛、鼻子和嘴，浑身关节也奇怪地扭曲在一起，看上去非常丑陋、邪恶，哪里是人，分明更像一个女鬼。

毛流顿时吓得魂魄俱飞，险些将手里的DV机扔掉，哑着嗓门大叫一声："有鬼！"

"滚呀！"

听到他的声音，女鬼似乎更恼怒了，一边呜嗷嘶喊，一边兀自挥舞棍子四处扑打。她身形飘忽，声音怨毒而惊惧，似乎也很怕他们。

这功夫，其余三人也看清了女鬼的样子，却吃惊地呆在那里，甚至忘了逃命。

"还不快跑！"毛流急切地吼了一声，顾不得脚下的水，第一个跳起来就向外冲。黄小果紧随其后，ALINE明白过来，马上也跟着他们跑。

胖子被他们拽得前仰后合，只好也跟着跑起来。但他们四个人的胳膊绑在一起，谁也跑不快。

毛流重心不稳，一头摔在水里，ALINE连忙拉起他。黄小果掏出刀子一把割断绳索，四人不顾一切地逃命。还是胖子胆大，一边跑一边还不忘用摄像机拍下神秘女鬼阴森的身影。

从他们背后的地下世界里，传出一串可怕凄厉的怪笑声，阴恻恻地，根本不像是人能发出的，闻之令人肝胆俱碎。

四个人被赶出洞外，一路狂奔，在昏暗的地洞中慌不择路地在暗道里来回穿梭，试图找到出口。

跑了大约十多分钟，胖子呼哧呼哧地直喘气，嚷嚷说跑不动了。

毛流回头一看，见女鬼并没有跟上来，这才站住脚，示意三个同伴也停下来歇歇。

胖子一屁股坐在潮湿的地上，大口喘着气，气急败坏地说："老天，这洞里还真有活物呀？"

黄小果此刻倒是镇静了不少，戏谑他说："这不是应了你的预言了吗？"

"那我也没想到她会以这种方式现身啊。"

ALINE 喝了口水，心有余悸地望着黑漆漆的来路说："也许我们应该问问她究竟是谁？"

"问题是她是人吗？"

"应该是，她还能发出声音呢。"

毛流想想也是，懊恼地说："是啊，干嘛跑呢？她一个女人，哪里斗得过我们四个？"

胖子一脸鄙夷："就数你小子刚才跑得最快，现在倒装胆大了。"

"我能不跑吗？万一她真是什么鬼怪呢。"

"你还真信这个？"

"不好说，网上有很多这种灵异照片，挺瘆人的。"

"你们俩不要再吵了好不好？现在的问题是我们要不要回去再找她？" ALINE 说着，又回头看了一下，仿佛担心那女人的身影会突然出现在背后。

"我觉得应该去。" 黄小果回头问毛流。"你呢？"

毛流不回答他，却冲 ALINE 讥讽地笑道："既然你这么怕，为什么还要去呢？真服了你们这些女人。"

"那你就在这里等着看好戏吧。不过到时候可别眼红哦。" ALINE 不客气地说，"老周，小果，不带他玩了，我们走。"

见他们沿着刚才的路又回去了，毛流想了想，觉得自己不能袖手旁观，更不能让他们先睹为快，于是也颠颠地跟了上去。

一路上，ALINE 神经质地念叨个不停："她到底是什么人？为什么会变成那副鬼模样？又怎么会住在这里呢？"

胖子叹息说："只能是一个疯子。正常人谁会在地下过日子。"

毛流失望地叫道："那我们的探险岂不是太没价值了？"

"那你要怎样？是不是弄出个千年女干尸你才觉得值啊？"黄小果笑道。

"求之不得。"毛流故作轻松地一笑，用电筒在四壁来回乱照。

四个人按原路走了好一会，ALINE自言自语道："怎么还没到？我们并没有跑太远啊。"

胖子安慰她说："别急，应该就在前面。"

又走了几步，ALINE忽然伸手拦住他们，小声说："停！我觉得有点不对。"

"怎么了？"

"又迷路了。这已经不是我们刚才跑出来时的路啦！"ALINE哀叹一声，用电筒在洞里划了个光圈，

大家定神一看，四周果然有点异样：这里比发现神秘女鬼的地方更加开阔，四周出现无数岔洞，洞顶甚至还出现了许多粗大的废旧金属管道。

他们又往前走了一段，前面却被一道水泥做成的墙堵死了。

"不会啊，刚才我就是在这里摔了一跤，怎么会没有了呢？"毛流惊恐不已，"难道刚才的一切都是幻觉？"

"绝不可能，我们四个都看见了，而且她还发出了声音，分明是活的。"

"可刚才那个洞哪儿去了呢？"

"耐心找，它不可能消失的。"

他们不肯相信，打着电筒在每个岔洞挨个搜寻，忙了半天，仍然没有找到刚才女鬼藏身的地方。

这时，黄小果突然指着水泥墙旁边的一个角落喊道："快看！这里有个入口！"

ALINE和胖子跑过来一看，果然是一处小小的洞穴入口，他们依次悄悄摸进去，只见里面又是另外一种景象：这里似乎是一个庞大的地下隧道，深不可测，地上满是没及脚踝的积水。

再进去一看，最里面简直是一个由巨大的下水管道组成的网络，顶上裸露着巨大的灰色钢梁，脏得看不出颜色，却少有锈迹。

四周则布满钢铁铸成的巨大的黑色金属管道，上面缠着一匝匝厚厚的塑料，还浇上了沥青。一根根管子粗大无比，整齐而又密集，很有气

势地排列在两侧，一直延伸下去，似乎没有尽头。

在电筒的照耀下，乌黑精亮的钢管身上闪烁着冷兵器般的寒光，庄重、威严，又透着几分神秘，看上去很壮观。

风在管道和钢梁间打着旋，发出呼呼的狂啸，让人激动不已。

不知是幻觉还是什么，他们看到远处的管道竟然隐约还冒着蒸汽。

为了保障安全，四人再次用绳子将彼此绑在一起，涉水前进。有惊无险地走了一阵，眼前除了各种管道、钢棍、蒸汽、烟雾，再没什么别的。

毛流惊叹道："我们好像从没来过这地方吧？"ALINE 示意大伙安静，别说话，也别动，好听听外面有什么声音。

他们伸长耳朵仔细一听，伴随着呼啸的风声，脑袋上方居然传来了阵阵咔嗒、咔嗒的声音，很有规律，似乎还有嘈杂的人声。

"地铁？！"胖子和黄小果一齐惊呼，"我们到地铁啦？"

ALINE 微笑道："我猜也是。"

毛流夸张地喊道："哇！我们怎么会来到这里呢？"

他们在里面肆意穿行，ALINE 兴奋地说："我曾经到过纽约地铁的地下世界，知道吗？这是隧道中最美丽的地方！"

黄小果却若有所思地问："难道兵工厂、女鬼的洞穴和这个地铁都是相通的？"

"应该是。"

"这里到底还有多少秘密等着我们来探寻呢？"毛流欣喜若狂地叫道。

在管道林里不知走了有多久，他们的前面出现了一排钢板铺设的台阶，顶头是一道小小的门，上面贴着"专用通道，乘客莫入"，估计上去应该就是地铁站台了。

四人推开门，只见月台上空荡荡地，近处的候车椅上坐着一个穿黑色西装的男人，正在低头沉思。

与他相隔十多米之外则站着几个学生模样的少年，正在嘻嘻哈哈地打闹逗乐。猛一看到毛流四人奇怪的装扮，他们都停止了玩闹，好奇地不住朝这边张望。

四人非常尴尬，连忙转到柱子背后，迅速将探险服扒下来塞进包里。

这时，一阵呼啸的列车来往带起的风声呼呼地灌向隧道，除了少年们的笑语，空旷的站台上响起的就是他们四人的脚步声，安静之中映射出一点点怪异的紧张。

黄小果仿佛坐立不安地来回溜达，胖子一屁股坐在台阶上，说："我得好好歇口气。"

毛流紧挨着他坐下，无意中抬头看了看不远处那个黑衣男子，见他怀里抱着一只黑色公文包，孤独地坐在椅子上低头沉思，又似乎是在打瞌睡。

"我去向他打听一下。"ALINE说着，放下包朝那人走去。毛流在她身后问："打听什么？"

ALINE没有回答他，头也没回地朝男人走去。她的脚步声很清晰地响在月台上，男人一定能够听见，但他充耳不闻地枯坐着，一动不动，似乎在等待什么。

ALINE走到他身边，弯腰低声打招呼道："先生——您好。"

男人仍然没有动，ALINE迟疑着，伸手刚要拉他衣袖，男人却突然直起了腰杆，表情僵硬，眼神空洞地看着她，也不说话。

ALINE吓得退后一步，却见男人猛地站起身，将公文包扔在椅子上，像喝醉了似的，晃晃悠悠，径直走到警戒线内侧站住了。

ALINE回头对三个同伴耸了耸肩膀，表情轻松地做了个鬼脸。

这时，漆黑的隧道里忽然响起一声尖利的长鸣，下一趟地铁列车快要进站了。男人抬头看了看列车将来驶来的方向，抹开手腕看了看表，又往前走了小半步。

随着地铁里涌起了一股冷风，列车挟带着新鲜凉爽的气息呼啸而至。

这时，忽听远处那几个少年惊慌地喊道："小心啊！"

他们的喊叫惊醒了ALINE，她回头一看，见那男子的一条腿骑跨在栏杆上，似乎想要翻进去。

她吓坏了，忙往前两步，向对方伸出手去。

毛流和黄小果也听到了喊声，忙抬头望向这边。

他们吃惊地看到，就在ALINE的手几乎要触及那个男人的后背时，对方忽然重心不稳地前后摇晃了一下身子，随即啪地一声跌落到了站台下，扑向迎面而来的列车。

原本轻松进站的司机发现面前突然冒出一个人影，慌忙刹车，但已经晚了。

飞驰的地铁在惯性作用下继续向前冲了几十米，将男人的身体高高抛起，扔进了黑漆漆的隧道里……

列车咣当一声，沉重地停了下来，但喧哗和惊恐却刚刚开始。

就在男子跳进铁轨的一瞬间，几位旁观者的心也被撕成了碎片。毛流突然感觉一阵恐惧和无助，黄小果和胖子一个箭步窜过来。

只见ALINE目瞪口呆地站在原地，伸出的左手僵在空中，不知是要推还是要拉。他和胖子再次惊惧而无奈地互相看了一眼。

毛流对ALINE叫道："嗨！你没事吧？"

ALINE浑身哆嗦一下，目光怔怔地喃喃自语："他——真的死啦？"

毛流点点头，看到那几个少年也吓傻了似的，正往这边看。

刚才还寂静冷清的地铁里一片哗然，一些刚下车的乘客们都站在一旁看热闹，议论纷纷，不肯散开。

几个工作人员抬着担架飞奔而来，一个穿制服的中年人边跑边大声嚷道："先把接触轨电源断掉！挂红牌通知内环暂时停止运营！"他一面指挥手下，回头又对围观的人群喊道，"请大家尽快离开，不要围观，以免再造成危险。"

中年人指挥两名工作人员跳下站台，在黑漆漆的隧道中寻找那名死者。

大约十多分钟后，尸体蒙着白布被搬了出来。

一个年轻的职员拿着一张血迹斑斑的纸递给了中年人，说："头儿，又是一个自杀的。这是在他身上找到的遗书。"

中年人面色铁青点点头，小声叮嘱道："先把人抬走，我在这儿等警察。"

ALINE挤在人群里，听到这话，不由回头看了看毛流、黄小果和胖子，却没有说话。

毛流沉默片刻，对他们俩说："我们走吧。这种是非之地还是不要久留。"

在美丽的地铁无意间目睹了一场卧轨自杀的全过程，这个遭遇令四人极为不舒服，只好怀着极度的恐慌和懊悔走出了地铁。

终于踏上最后一个台阶，他们发现自己已经来到一处人流汹涌的大街上。这里有刺眼的阳光和喧嚣的行人，还有一群狗对着白花花的大太阳疯狂吠叫，一边还不停地来回乱窜，几只小飞虫在眼前来回盘旋、飞舞。

四人恍惚以为是来到了另外一个世界，直到发现马路上的路牌写的是“信号街南路”时，才知道他们真的回到地面上了。

重新见到洞外的阳光时，毛流快乐得几乎要哭出来，他叹息说：“走出洞口，重新看到蓝天、绿水、鲜花，听到鸟叫，人声，还有这个太平的花花世界，感觉就像刚经历了一次重生，生命又安全地回到了我身体里。多好呀！”

“谁说不是呢。”胖子摸出一枚口香糖嚼着，连连点头。

“你们知道我为什么喜欢探险吗？其实我胆子很小，最怕碰到什么意外了。探险对我来说是一种借口，虽然也期望在被人遗弃多年的废墟中找到新发现，想看看里面是什么样，都有什么东西。可是除了满足自己的猎奇心之外，我最重要的目的其实是期望能够逾越自己心理上的恐惧障碍。这是我的观点，至于别人都有什么意图，我就不知道了。”

毛流半是调侃，半是感叹地说完，意味深长地看了一眼ALINE，却见她低头只顾走路，不肯答话。

胖子饶有兴致地接起他的话茬说：“人人都有猎奇的心态。我也是为了玩个心跳，人活着刺激太少了，憋闷。而我更多的则是给繁重的工作压力找个发泄口。每次从漆黑的洞里出来，都是一次精神涅磐，人是疲惫的，却又是兴奋的！”

ALINE抬头看看他，又看看毛流，想说什么，却把嘴唇动几下，终于没有开口。

黄小果安慰她道：“还在为刚才的事难过？行了，他既然一心想死，你就是拉也拉不住的。”

ALINE不无感伤地说：“看着那么一个大活人在自己眼皮下结束了生命，真受不了。”

毛流禁不住从鼻子里发出一声笑，斜眼看着她说：“没想到你这人还有点温度？难得。”

“你这是什么意思？”ALINE 脸红了，愠怒地看着毛流。

“小毛，你干嘛呢？怎么说话总是这么夹枪带棒的？”胖子冲毛流挥挥手，又对 ALINE 说，“这小子比较冲动，别跟他一般见识。”黄小果也上来劝架。

ALINE 忽然笑了笑，语调生硬地说：“我才没有这么小气。”

毛流哼了一声，懒得再说什么。

黄小果指着前面草坪边的长椅，拍拍他的肩膀说：“过去坐会儿吧？我要好好看看地图，弄明白这里到底是什么地方。”

说话的当儿，胖子早就几步窜过去，一屁股坐下去占了大半个椅子。毛流挨着他坐下，仰起脑袋晒太阳。

黄小果只好坐在地上，从背包里摸出一张离城地图，仔细看了起来。ALINE 则攀上假山，举着望远镜往四处看。

毛流在胖子耳畔嘀咕道：“你不觉得这个妞很奇怪吗？哪里有她，哪里就会死人。”

“又胡说了。那些人也不是她害死的，不过是碰巧罢了。再说我们俩还次次在场呢。”

“反正她就是不吉利，天生克夫的命！”

黄小果略带不满地看了毛流一眼：“又胡说什么呢？”

毛流嘴上没说什么，心里却暗生主意，决定等会儿一回到宾馆，马上就给夏至发邮件，托他好好查一下 ALINE 的来历。

这时，ALINE 忽然指着左前方，兴奋地喊道：“你们快来看呐！”

两人起身一看，在距离地铁北边大约半站路以外，有一幢神秘的建筑物，它是个旧式的三层小洋楼，尖顶高耸，每层楼体上都有一面小小的椭圆形窗户，还配有染色的厚玻璃，不过大多已经破碎，隐约可以看到里面一团幽暗。整个外墙陈旧、荒芜，已经分不清颜色的石头垒成的地基早已变成了涂鸦爱好者的天然画布。

他们还没来得及看仔细，ALINE 又指着右边说：“还有这儿！”

只见那是一片与小破楼相对应的新建住宅区，位于地铁南面，里面最醒目的是一座豪华的红色别墅，气派非凡，在阳光下散发着灿烂夺目的光芒。胖子惊喜地嚷道：“果然漂亮！”

毛流奇怪地问他什么东西？胖子说：“那栋别墅盖的真叫精致绝伦。”

“晕死，我还以为你说那个小破楼呢。等会回去我们好好找人打听一下，问问它是怎么回事？”

黄小果说：“不必等了，我们现在就去看看。”

毛流回头一看，却见胖子居然还站在那里，艳羡不已地打量那座别墅。

四个人一同来到残破的小洋楼前，发现摇摇欲坠的传达室里居然还有个老头在值班。

ALINE 忙跑上去，亲热地和他打招呼。老头狐疑地看了她一眼，又从眼镜片上方瞅了瞅其他三人，慢条斯理地问：“你们有什么事？”

“我们向您打听一下，这个楼叫什么名字，是干什么用的？它有什么来历？”

“你们问这干什么？”

胖子给老头递上一盒烟，笑嘻嘻地说：“我们是测绘局的，要重新修订本市地图，今天先来实地考察一下。麻烦您了。”

老头长长地哦了一声，收下了烟，神色诡秘地小声说道：“这个小楼可不是什么好地方，很凶险，还经常闹鬼，一般人都不敢来呢。”

“闹鬼？”

“这里早年是法国人的教堂，后来他们吃了败仗跑了，过了好多年又落到国民党手里，听说吊死过人，后来就没人住了。可是经常一到半夜，这楼里就没来头地亮起了灯，还有说话声，你说不是闹鬼是什么？”

“您亲眼见过吗？”

“我刚来一个多月，这些都是听别人说的。”

“现在这楼里住的是什么人？”

“哪还敢有人住？我们公司刚把它买下来，打算过了年就拆了重新盖房子。”

ALINE 还要问，胖子忙拉了她一下，对老头笑道：“我们还要向您打听一下，对面是什么地方呢？”

毛流奇怪地看着胖子，不知他是什么意思？

老头笑眯眯地看看对面，满脸羡慕地说：“那片房子可是本市最贵的，住的都是有钱人。就说那个庄园别墅吧——对，就那个红亮亮的楼，它在我们这里很有名，外号叫‘别墅王’，听说足足有一千平米呢！不过盖好都一年多了，一直没人买得起。前一阵才听说有个台湾老板花了五千万给买下喽。厉害吧？”

胖子若有所思地又回头看了一眼那别墅，叹气道：“贫与富果然不相同啊。”

四人啧啧感叹一番，把注意力集中到了老教堂上。

不要说别墅王，单是与邻近那些光彩照人的写字楼相比，这幢破旧的小教堂也很不起眼，外表看起来虽然比较完整，古典的法国建筑风格还依稀可辨。可仔细一瞧，就会发现它早已破败不堪：邻街的花色窗玻璃大多都被砸裂，露出猛兽大嘴般的黑洞。大门和两侧窗已被人拆除，二楼的门窗则被木条钉死了。远远望去，整个楼神秘之中更显得令人不寒而栗。

ALINE举起望远镜，从玻璃的残洞看进去，只见里面漆黑一片，什么也看不清。瓦砾砖头以及遗弃的杂物堆在杂草丛生的庭院里，满墙的爬山虎铺天盖地攀满两侧，色彩浓郁得有些阴森，在大热天里却骤生冷意。

教堂南边的一带几乎全是工地废墟，掩映在一片树阴之下，其中最醒目的是一个框架结构的烂尾楼，据看门人说以前是一个大厦，因为资金问题已经停建多年，地上散落堆放着大量施工用的碎石和砖块。

从望远镜里可以看到，这座由混凝土和砖结构的烂尾楼看起来设计得相当错综复杂，每一层的结构都不一样，楼层里布满了房间，过道上和楼梯上光秃秃的，没有栏杆遮挡，让人难免有些胆战心惊。墙上还残存着很多建设时期的标记，工地上几乎空无一人，但平台上却奇怪地晾晒着几件衣服，隐约还能看到一些煮饭的用具。看样子，这里早成了乞丐和流浪汉的乐园。

此刻正是黄昏时分，对面几座气势豪华的大厦将落日的余辉映射到这座大楼锈迹斑斑的框架上，平添了几分荒凉。四个人满意地交换一下眼神，打算明天再来探探这个小教堂。

ALINE说：“这个地方白天不能来。有看门人在这里守着，他一定不让我们进。”

“看来我们只好在今天晚上来个‘智取’了。”

“现在就定下具体行动时间：晚上八点准时从宾馆出发，九点开始进教堂。”

吃过晚饭，毛流一看表才 7 点多，于是匆匆上网，将今天的见闻发布到了论坛上。之后他刚要下线，却被那个神秘的“刺骨瘆凉”给拽住了。

刺骨瘆凉：朋友，防空洞里还好玩吧？

毛流：你是说连着地铁和兵工厂的是防空洞？

刺骨瘆凉：是的。你不觉得这几个地方彼此关联吗？

毛流：请指教。

刺骨瘆凉：请看地图。

按照他的指点，毛流在地图上一一标出兵工厂、防空洞、地铁、小教堂，并用线将它们连了起来。他惊讶地发现它们实际上是连通在一起的！而且前三者的交叉点居然正是小教堂。 他连忙将这一点告诉了“刺骨瘆凉”。

刺骨瘆凉：聪明！呵呵。不过，另外还有一个交叉点，你们马上会发现的。

毛流：是什么？

刺骨瘆凉：这我就不必先说了，否则你们的探险还有什么意思。

毛流：你一定来过这里。

刺骨瘆凉：防空洞里那位可爱的疯女人还好吗？

毛流：那个恐怖的女鬼？她差点没吓死我们。

刺骨瘆凉：别这么说，她也是个可怜人。

毛流：你认识她？她究竟是谁？为什么会住在那儿？

刺骨瘆凉：不必奇怪。每个城市的地洞里都会存在几个疯子，他们远离尘世，行为难免有点古怪，但不一定都是坏人。好啦，我们不谈她。看来你们已经对小教堂有了兴趣？

毛流：你怎么知道？

刺骨瘆凉：我猜你们一定打算今晚进去吧？看来大家都喜欢在夜里到那儿去玩。

毛流：关于那个小教堂你都知道什么？

刺骨瘆凉：人人的感受都不一样。不好意思，我得走了，88！祝你们玩得开心！

又是在关键时刻，这个可恶的“刺骨瘆凉”再次消失。毛流懊恼地捶着大腿，却怎么也琢磨不出这个人到底是谁？

突然，他脑子里灵光一闪：“会不会是夏至在装神弄鬼？这家伙一贯喜欢搞恶作剧。”

他掏出手机，马上给夏至打电话。

电话接通了，听得出夏至身边的环境很嘈杂，不是在街边大排挡就是歌厅。毛流失望地问：“干嘛呢？”

“和几个哥们喝点酒。怎么了？”

“没什么。就是问你看了我发的帖子没？”

“什么帖子？我去看了，根本就没有你发的一个字！逗我玩呢？”

“那好吧，回头我发到你邮箱里。”

毛流无心罗嗦，匆匆挂了机。他这才想起夏至其实对离城一无所知，他当然不可能是“刺骨瘆凉”。那么，这个神秘的家伙到底是谁呢？

第六章　第四日

八点整，四个人肩扛手提地拿了一堆设备，准时从宾馆出发。

越来越浓烈的好奇心已经彻底抵消了最初的惧怕和恐慌，所有人都宁愿冒着危险去满足自己的好奇心。

入夜，天气凉爽了许多，白天灰蒙蒙的城市在迷离的灯光下，显得分外华丽。为了不引起出租司机的怀疑，他们在离教堂还有几百米的一家商场门口下了车。

与白天的兴奋有所不同，他们没有急于跑到跟前，而是不约而同地站住脚，怀着好奇与同情的心情打量它。

不知为什么，毛流犹豫好久，一路上硬是憋着，最终没有把自己昨夜的新发现告诉另外三个同伴。

夜色中的小教堂寂寞地矗立在车流滚滚的街边，在周围那些流光溢彩、外表豪华的高楼大厦的掩映下，它看上去有点楚楚可怜。

ALINE一副很喜欢的样子，感慨地说："好一个吊人胃口的地方。"

话音未落，她无意中看到原本一片漆黑的二楼上突然莫名其妙地亮起了一缕灯光！她吓了一跳，嘴唇哆嗦着喊道："快！快看！"

可那光亮只是倏忽闪了一下，瞬间就灭了，整栋小楼又恢复了黑暗和宁静。她惊奇地揉了揉眼睛，眼前黑糊糊的，还是什么都没有。这时却听旁边一个过路人咕哝道："妈的，那个破楼又闹鬼啦！看来今天晚上真是不宜出门。"

说着，他缩起脑袋快步离开了。

近几天来神经倍受折磨的四位探险家相顾失色，都觉得头皮紧绷绷的，闷热的天身上竟无端地冒起了一层冷汗。

“真有鬼呀？”毛流牙齿打着嗑，不由自主地后退了半步。

“那我们更该去看看了。”

他们穿过大街来到小楼前门，意外地发现值班室里没有人，那个老头兴许是回家去了。尽管这样，四个人还是小心地避开街上零散的行人，绕到后院外。

仔细勘察一番之后，他们发现那里有一处被雨水冲垮的墙，于是打算从这里跳墙而入。

毛流手脚麻利地第一个先进去了，黄小果敏捷地跟在他后面一跃而入，随后，ALINE 踩着胖子的肩膀也翻了过去。

毛流趴在墙头问正在吃力攀爬的胖子：“老周，你没问题吧？”

胖子说：“那当然。”他虽然身材臃肿，但个头比较高，要翻过这堵破墙实在不成问题。

院子里杂草横生，荒芜得像乱坟岗，那幢神秘的教堂孤零零地被一圈早就朽烂的木栅栏围着，让人浮想联翩。

他们毫不费力地跳过栅栏，来到楼前仔细打量，看到一楼的大门和窗户都被布满疙瘩的榆木板封死了。

毛流走到一扇黑洞洞的窗户前，举起电筒细看，只见窗框被几根单车的车闸线牢牢地缚住，细细的钢丝上爬着一只犹豫不决的红底黑斑的小瓢虫。

突然看到灯光，小东西似乎吃了一惊，索性不走了，匍匐在钢丝上与毛流对视。

“切，连你也神了！”毛流被它惊出满头冷汗，恼羞成怒地用电筒轻轻触了触钢丝。

在即将掉落的一瞬间，瓢虫张开小得几乎不可见的翅膀飞了。

借着光亮，可以看到门窗上还残存一些颇为精致的铁质雕花，大致是具有旧时代西洋风格的葡萄状、树叶状和花瓣状纹饰，做工非常考究，可惜大部分已经被人掰断偷走，残余的部分则糊满鸟粪和灰尘。

有人在已经坍塌的门厅上搭建了几道暗红色的铁架子，上面蒙了一张破烂的条纹塑料蓬布，全是洞眼，呼呼地透着风。二楼的暗红色砖墙上满是乌黑的污迹，有明显的火燎的痕迹，维修工只好在上面糊了一大片水泥试图修补。

侧面的墙体上有一个灭火器箱，红漆斑驳，显然是当年在这里的办公单位安装的。毛流打开已经生锈的灭火箱，里面空无一物。

另有一个灰绿色的铝质下水管道从楼顶直通地面，显然是后来补上去的。旁边还有一个被砸得满是洞眼的白色告示牌，写着：“禁止停车”。

这个过程中，ALINE一直望着楼上，说：“我希望灯光再次亮起，可又实在担心它再亮。”

“这有什么可怕的？”黄小果给她打气。胖子用胳膊肘撞了一下毛流，问他：“你呢？敢不敢进去看个究竟？”

“当然了。我可不想错过任何机会。虽然无缘领略这座建筑辉煌时的样子，顺便欣赏一下它的结局也行。”

胖子挥了挥手，和三个同伴一起来到前厅外的一扇窗户前。窗上镶嵌着几块样式古旧的彩色玻璃，大多已经被人卸下偷走，残余的两块则被砸碎了，露着长而尖的玻璃茬子。

胖子拿出扳手和螺丝刀，撬开钉在窗户上的木板，然后攀上窗台，小心避开两侧的碎玻璃，试探着想伸进一条腿去，却被黄小果拦住了。

他自告奋勇说：“还是我先来吧。我进去把窗户的插销打开，你们再进来。”

胖子看看那些张牙舞爪的碎玻璃茬，点头同意了。

黄小果将头盔紧了紧，戴好手套，麻利地钻进窗户，用电筒朝大厅四下照了照，确认没什么危险后，就迫不及待地纵身跳下。

但他显然低估了窗户的高度，结果一屁股摔在黑漆漆的地板上，扑起一片尘埃。几只正在忙碌的老鼠突然被他惊动，吱吱尖叫着，纷纷四散乱窜。

ALINE和胖子相继进去。可就在此时，毛流忽然内急，一时慌张，他索性跑到院子的角落里去解决问题。

束好衣服时，他无意识地往四周看了看。此时夜色深沉，天空中暗云成团，原本有点放晴的天色又阴沉下来，潮热的湿气将天地间笼统成一片混沌，令人倍感憋闷。

他叹口气，刚要扭头走掉，眼睛的余光忽然捕捉到一条影子从院墙的缺口处一闪而过，惊得他头皮直发麻，急忙冲到近前一看，可是四下里寂然无声，遍地荒芜的院子里什么人也没有。

胖子这时正好从窗洞里探出脑袋，朝他大喊："怎么还不下来？"

毛流心有余悸地说："我感觉有人在跟踪我们。"

"别瞎猜啦，赶快进来。"

毛流只好离开窗口，满腹狐疑地钻进了大厅。

四人站稳后，并没有急于走动，而是耐心地打量着大厅内的陈设。

无须细看，就知道这座当年精心设计建造的小教堂内部损毁相当严重，到处蒙尘，阴暗潮湿，俨然成了老鼠的天堂。穹顶的椭圆窗户已被木板堵死，四壁及天顶的墙上有很严重的刮痕，有些地方还有重新粉刷的痕迹，那些装饰墙面的壁画早已荡然无存。厅内作为装饰用的两排椭圆形门廊只剩下一个，其余都被推倒了。祭坛早已被毁，只剩下光秃秃的廊柱，还一断一残。

令他们费解的是，这里不知什么时候又被人搭建成一个古怪的台子，上面还散落了好些木屑、刨花、破板。

不过，尽管昔日的繁华喧闹早已被厚厚的灰尘遮盖，但直到今天，小教堂仍给人一种庄严肃穆的感觉，那些铜质雕花，桃木门把手，手绘瓷砖碎片……都记载着它曾经的鼎盛。

四人举灯细看，很快就有不小的发现：一扇窗上竟还挂着半幅窗帘，遗憾的是早就朽成了烂布条。大理石地板上有明显被砸的坑洞，满地都是剥落的墙皮，地上有几个破碎的白兰地酒瓶，烂木条下甚至还有一本残破不全的1913年出版的美国《世界》杂志。

角落里又有几个用木板搭建成的台子，把那里搞得乱七八糟。四个人琢磨半天，也没弄明白这是干什么用的。桌椅的残骸到处都是，一盏枝形吊灯被打落到地上，上面的水晶已经被人敲碎偷走。天花板上则留下一个黑窟窿，不时有水滴从二楼的裂缝中渗下。

大厅南面的墙上挂着一个镜框式的铭牌，上面记载着小楼的来历。字迹比较清楚，用墨水笔手写而成，这显然是以前光临此地的探险者特意留下的。四个人怀着感激的心情仔细阅读了上面的文字。

只见上面写道：

这里曾是一座法国教堂，后来因故被遗弃。抗战期间，小楼被国民党某高级将领辟为私人住宅，但不知是因为什么原因，他只在此住了不

到半年就闲置不用。

大概在1952年前后，这座已废弃了近十年的小楼才被某机关用作办公地点。然而又因为不知名的原因，该机关所有人员很快迁走，它再次被废弃。

历经变乱，小教堂到今天已经面目全非，神龛、基督雕像、十字架等物早已不复存在，但空气中似乎仍然弥漫着一种庄严的宗教气息，倘若用心聆听，似乎还可以感觉到虔诚的祷告声隐约回旋在耳边。

ALINE感叹道："你们可以想像当年这里盛大的场面，祷告、赞美诗、圣餐、人群，人们都在虔诚地向他们的救世主膜拜，看上去是在忏悔或许愿，其实却是在忙自己的事。"

黄小果不解地问她是什么意思。她却反问道："很多人之所以信奉宗教，难道不是为了借助神来保全个人利益吗？"

"那你自己呢？"

"我一降生就生活在宗教里。对我来说，宗教已经成了生活习惯。"

胖子笑道："你太清醒了。这固然是一种聪明，但更是脆弱，因为容易被伤害。"

一直没有出声的毛流此刻正一个人往角落里钻，远远地听到他们的对话，他说："你们念天书呐？我怎么越听越糊涂呢。"

说了半天，却不见有人回应，他好奇地一回头，并没有看到黄小果、ALINE和胖子的身影，离自己面前一米远的地方却赫然站着一个面目阴沉、干瘦如柴的老头！

老头手里举着一节蜡烛，明灭忽闪的烛光由下而上照到他的脸上，使整个面部呈现出骷髅般恐怖的恶像。最令毛流胆寒的是他的眼睛，毒辣辣的，比刀子还阴森锋利。毛流吓呆了，过了好几秒钟才"哇呀！"叫出了声，身子不由自主往后一仰，吓得连电筒也扔了。栓着系带的电筒在他腰间来回晃悠，光线也随之摇曳不定地乱摆。

昏暗中，毛流看到老头正慢慢地朝自己移过来，试图再靠近点。

"鬼！别过来！"毛流声嘶力竭地嚷道，捂住脑袋一边后退，一边去摸防身用的匕首。

"啪！"还没等他反应过来，有人从背后猛地抱住了他。

"这回死定了！"

毛流浑身一哆嗦，脖子僵硬地回头一看，却是胖子和黄小果。ALINE则冲上来摸着他的额头急切地问：“怎么了？你怎么了？”

毛流清楚地看到，在胖子背后有一个黑影倏忽飘过，消失在拐弯处。他指着那边，虚弱地叫道：“老头！那里有个老头。”

“什么老头？这里只有我们四个呀。”

“我看得很清楚，刚才他就在这里，差点没吓死我。”毛流挣扎着站直身体，嘴唇仍然在打颤，“你们刚才跑哪去了？”

“就在门柱那边呀，我们正打算找梯子上楼呢。”

“切，你们倒是叫上我呀。就这一会功夫，我差点就没命了。”

胖子与ALINE相视色变，黄小果忙说：“要不，我们再去看看？”

“要去一起去，别再丢下我了。”

四人来到老头消失的拐弯处，发现这里是一个塞满杂物的小旮旯，迎面的墙上竖着一架年头颇久的破梯子，地上乱七八糟地堆放着破木板、白色的泡沫，潮湿发臭的地毯和破烂的窗帘，不时有老鼠从里面窜出。这么小的地方，别说藏人了，连个插脚的地方都没有。

ALINE说：“走吧，我们上楼去。”

“别急，再看看。”

胖子仔细地用荧光灯照着四面的墙。

顺着他的指点，毛流看到墙上有一处神秘的修补痕迹，看情形似乎是一个门洞，早已被砖块和水泥封死了。奇怪的是上面居然又凿出了几个粗糙的小孔，旁边还用毛笔写了一行字：

因地铁施工损坏，危险！严禁进入。

毛流断言这里就是教堂的地下室，他说：“很显然，这个隐藏着的门一定就是通道口。”说着又指指小孔，“这个就是用做通风的。”

黄小果说：“我看也是。可惜已经进不去了。”

“这个地下室应该是小教堂里最神秘的地方，也不知道里面到底是什么样的？”胖子万分留恋地看看被封住的门洞，好半天才转过身，遗憾地说，“我们该走了。”

毛流嚷道：“干嘛回去呀？还没找到那个老头呢！”

“谁说回去了？现在不过是热身，好戏还再后面呢。我们先上楼！”

他们找了一圈，发现通往二楼的楼梯已经被拆掉，无法上去。旁边的墙上画了一个巨大的红叉，写着“禁止攀爬”。

黄小果和毛流同时想到了旮旯里那架梯子，忙跑过去抬了过来。可那梯子太破了，动一动几乎都要散架。胖子找来几颗钉子勉强钉住梯子，大家这才艰难地爬到了二楼。

只见这里与楼下的风格截然不同，中间是一条长长的甬道似的走廊，两边被隔成了无数单独的小间，房门洞开，可以看到有的屋里还有已经损毁的老式办公桌，纸张、笔筒扔得满地都是，看样子还真有人在这里办过公。

天花板残缺不全、墙裙剥落、木门咯吱作响，墙上挂着火警119的标记牌、已经被砸坏的老式电话。墙根处胡乱扔有很多带着钉子的木板、胶合板和随意丢弃在地上的泡沫。

尤其令人胆战心惊的是，布满尘土和杂物的走廊地面居然洒落了好多白花花的纸钱！它们满地飘落，一直延伸到走廊尽头，在灯光下折射出某种神秘的信号，难免让人疑神疑鬼。

四人蹦跳着小心地躲开纸钱，尽量不踩到它们。沿着过道大约走了十多米，他们突然清晰地感到身上凉飕飕地，都不自觉地打了个寒颤，好像突然走进一团冷空气中。

ALINE忙拿出温度计一测，发现走廊内的气温骤然急剧下降了7度！四人大为意外，心头掠过一阵说不出的惊怵和恐慌。

“可能是从那些开着的门里钻进来的穿堂风在作怪吧？”胖子尽量不动声色地说。

可毛流还是觉得不安，近来那些恐怖体验不但没有增强他的免疫力，反而让他更受不住惊吓了。

他喉咙发涩地说：“我们还是离开这里吧。不是总有人说确实看到这儿有鬼吗？而且我刚才确实也亲眼看到了鬼影。要不，我们明天白天再来？”

与以前一样，对于毛流过于发达的敏感腺，另外三人全都嗤之以鼻。

黄小果说：“胆小鬼。下次不带你玩了。”

“什么呀，我是为大家的安全着想，命都没了，还玩什么刺激呀。”

还是ALINE有主意，她说：“我们再往前走走，再测一下温度。”

四个人小心地又前进了二十多米，拿出温度计再一看，是28度，又恢复正常了。

“难道那边装着空调？” 黄小果开玩笑道。

“这里是有点蹊跷。大家还是小心为好，千万不要出什么危险。”胖子显得有点忧心忡忡，向同伴们叮嘱了几句，自己主动走在最前面为他们壮胆。

可是，除了那些令人心悸的纸钱和不知缘由的清寒，他们在二楼并没有什么大发现，于是决定再上三楼去看看。

然而更为奇怪的是，通往三楼的楼梯入口已经被砖墙彻底封闭，除非推倒墙，否则根本无法上去。

“总不能把梯子拽上来吧？”

“有梯子也没用，门都堵死了。”

“我们再找找，兴许还有别的办法。”

就在这时，三楼上忽然又闪起了一团光亮，像是一枝正在点燃的蜡烛，光线虽然影影绰绰，但绝对存在。

紧接着，楼上的地板突然也咯吱咯吱地响了几声，似乎有人在走动，但却看不见人影。

“哦，MY GOD！” ALINE 掩住唇嗫嚅道。毛流和胖子吃惊地看着那灯光，似乎不敢相信。

黄小果则举着 DV 一个劲地拍，生怕错过绝佳镜头。

灯光又是须臾间只闪了一瞬就灭了，三楼再次恢复一片漆黑和死一般的沉寂。

胖子一挥手：“快，我们快去找上楼的通道，也许还能追上那人。”

四个人在二楼来回奔忙，试图找到出路，可他们最终失望了，除了数不清的房间，二楼一片寂然，几乎什么也没有。ALINE 建议道：“既然上面有人，那就表示一定就隐藏的通道可以通上去。我们再到房间里找找看。”

胖子看看表，说：“大家一起行动太慢，最好分头行动，这样效率能高点儿。现在是十点一刻，十分钟后原地碰头。”

于是大家各选一个位置，从四个不同的方向进行搜索。

等三个同伴走后，毛流孤独地站在楼道上，犹豫着是不是要进房间搜索。

忽然，他看到前面数步远的黑暗角落里，似乎有个东西在蠕动。他连忙举起电筒一照，那里却空无一物，不仅如此，整个楼道也空荡荡地。

他刚要回头喊人，却见一团篮球般大小的东西极其迅捷地滚进对面的一个房间去了。

他顾不得多想，连忙追了上去。只见那个房间里只有一把没有靠背的椅子和一张桌面已经砸穿的办公桌，此外什么都没有。地上的灰尘积得很厚，上面并没有人或动物留下的痕迹。

毛流站在门口看了两眼，刚要退出，突然听到办公桌后面发出一阵微弱的声响。

在好奇心的驱使下，他移开桌子，发现墙上竟奇怪地靠着一块石板。刚才的声音还在继续，隐约就在石板后面。

他奋力揭开石板，眼前竟赫然出现一个神秘的入口，隐约还可以看到一条平滑的石阶，但里面黑糊糊的，似乎通往很深的地底世界。

“不能啊，这里是二楼，怎么会有地下室呢？”

他本想喊三个同伴过来一起看，可又怕自己搞错了，回头又遭他们嘲笑，于是决定先进去看个究竟。

钻进洞内走了一会，他看看表，也不过才走了五分钟，却似乎已经走到了地洞的深处。不久他又发现自己置身于一个很大的石洞中，四周的情形很像发现女鬼的防空洞。

他一阵胆寒，莫名地有点害怕，便想回头溜出去。

可是，已经晚了。这时，他的背后响起了急促的脚步声，他可以断定，这脚步既不是胖子或黄小果的，也不是ALINE的。

当他僵硬地举起手电筒朝脚步声照去时，看到了一个头戴长巾、身穿奇异服饰的人正朝自己这边走来。

因为光线太暗，他看不到此人相貌，只从步态判断应该是个男性，且个头不高。

毛流七魂出窍，三魂胆颤，还容易才拼命咬住牙，好让自己不发出声，却暗暗抓牢了DV机。

令他震惊的是，那人似乎没有发现自己，而是径直走向不远处的侧门，轻车熟路地推开门走了进去。

随着关门声，洞里恢复了寂静。毛流已经顾不得惊慌，撒腿就往回跑。

好容易钻出墙洞，回到楼道，却发现那里静悄悄地，哪里还有黄小果、ALINE和胖子的影子！他有点心慌，忙按照约定的暗号吹了两声哨子，希望他们听见。

片刻之后，楼下传来了回应的哨声。毛流从窗户探头一看，三个同伴居然站在小洋楼外的空地上。

当他顺着梯子爬下一楼时，只见那三个又返回大厅。他吃惊地问："你们怎么下来了？"

胖子急切地说："你小子玩失踪啊？到处都找不到，你要再不现身，我们可要报警了。"

"有这么严重吗？"

"是啊。我们俩在楼上到处找不到你，手机也打不通。还以为你被鬼捉走了呢。"

"不过才十多分钟，你们也值得这么担心？"

"说什么呢？哥们，好好看看表，你失踪已经快半个小时了。"

毛流低头一看，马上一脸无辜地嚷道："现在才十点二十五分呀！"

"什么？！"

三人把各自的表一起拿给毛流。他仔细一看，那三只表居然全是十点五十分！

他心有余悸再看看自己的表，这才发现表上的指针移动得非常慢，几乎是一秒分作两秒在走。

他刚要摘下表，那指针左右一抖，忽然又正常了。

他吃惊地直挠头，连说："哇，神了！这又是怎么回事？"

胖子数落他道："破表，坏了也不知道修。"

"我这可是刚买了半年的'西铁城'，不可能坏的。"

黄小果打断他们："先别争这个了，你还没告诉我们，刚才你跑哪儿去了？"

毛流嘿嘿一乐，忙向三个同伴诉说了自己的奇遇，要带他们去看个究竟。

他们再次来到那个发现地洞的房间，移开那张挡着墙的桌子，谁知墙面竟然完好无损，那个令毛流的表出故障的神秘入口居然不见了！

ALINE 恼火地瞪起了眼："都什么时候了，你还逗我们玩？"

"姑奶奶，我发誓我刚才说的都是真的！"

"那地洞呢？"

无论毛流如何捶胸顿足，ALINE 只是不信，黄小果也是一脸问号。他只好求助地看看胖子，却见他若有所思地一直盯着那面墙，一言不发。

"要不，我们再去别的房间看看？兴许是我记错房间了。"

黄小果却一把拉住他说："已经十一点了，时间太晚，要不我们改天再来吧？"

毛流再也忍不住了，吞吞吐吐地说："我猜——不，我认为这个洞应该和兵工厂是连在一起的。"

"真的？" ALINE 兴奋地叫了一声。

"而且还跟——" 毛流刚要往下说，却见胖子在 ALINE 背后使劲瞪着他，他只好立即闭嘴。ALINE 追问道："跟什么？快说呀！"

毛流只好胡诌道："跟那边的别墅也连在一起。"

"什么？这怎么可能呢？看来你真是受刺激了。" ALINE 怜惜地看着他，黄小果则不无轻蔑地说，"心理承受能力这么差，何苦来探险呢？"

四人悻悻地回了宾馆，一路上谁也没说话。毛流自己是心情沮丧，他猜测黄小果和 ALINE 一定是累了，而至于胖子为什么也不开心，他就不知道了。

回到房间，毛流仍然不甘心，打开 DV 机，希望能够在教堂所拍摄的录像里找到一点线索。

一开始，关于地洞的录像只有一片模糊雪花点，什么图像也没有。他懊恼地继续往下浏览，终于看到了一个身穿古装的幽灵般的身影。

那人影看上去相当恐怖，整个面部一团模糊，看上去根本不像是人脸，居然还身披斗篷，侧着身子一直向前移动。只见他打开了一道门，又打开了另一道门，随后将身后的门关上。接着，画面上又是一片空白。

"这人是谁呀？"

看着看着，毛流突然觉得后背发凉，也不敢再细琢磨，忙关了 DV。

为了驱散恐惧的心情，他打开电脑上网，一边在论坛发帖子，一边进了聊天室。

刚进去，他就看到刺骨瘆凉早已等候在那里。

毛流：你好！

刺骨瘆凉：告诉我，今天在小教堂看到了什么？

毛流：你到底是谁呀？

刺骨瘆凉：我是谁一点也不重要，重要的是你今天又发现了一个天大的秘密。

毛流：你是指那个从墙洞一直通到地下的暗道？

刺骨瘆凉：不错。

毛流：我正纳闷呢。我的手表在里面居然不走了，手机也自动关机。真够邪门的。

刺骨瘆凉：那的确不是一般的洞。所以从某种意义上来讲，你已经成功了。

毛流：这话怎么讲？

"刺骨瘆凉"沉默不答。

毛流：你怎么会知道这么多？你到底是谁？

刺骨瘆凉：终有一天你会知道谜底的。

说完这句话，他再次神秘地迅速下线。

"这个神秘又狡猾的家伙！"

毛流沮丧得直挠头，恨自己没有及时抓住他，半晌又安慰自己道："等着瞧。下次我一定要揪住他的尾巴，把一切都问个究竟。"

带着懊恼的情绪，他没滋没味地吃了一碗泡面，然后冲了个澡，躺在床上想睡觉。

可蒙头酝酿了半天，却没有丝毫睡意，他只好打开灯，信手打开电视机，随便放在一个娱乐频道，任由几个八卦主持在那里聒噪，自己却瞪大眼睛，望着电视机背后的忽明忽暗的白墙出神。

他的脑子里不断地闪过那个面目可怖的女鬼、幽灵似的黑影、还有这个在网上神出鬼没的"刺骨瘆凉"，突然觉得他们之间一定有某种神秘的联系。

"这些人到底是干什么的呢？'刺骨瘆凉'所说的秘密究竟是什么？谜底又将会是什么？"

毛流那一贯理性的脑瓜此刻有些迟钝，被这几个互为因果的问题折磨着，怎么也平静不下来。他烙饼似的在床上来回颠倒，无论如何就是睡不着。

就在这时，床头的电话忽然锐声叫了起来，毛流惊讶极了。

"谁会往这里打电话呢？"

刚才一返回宾馆他就和夏至通过电话报了平安，应该不会是他。他看看表，已经凌晨一点多了，可除了夏至，他实在想不起自己的朋友中还有谁知道这个电话，而且在这么晚的时候打进来。

电话铃依然在响，他像看炸弹似的盯着它，不知道该不该接。焦急中，他忽然想到这一定是那些流莺野鸟来招徕生意的。"哈，反正闲着也是闲着，不如和她们逗逗。"

想到这儿，他拎起话筒，尽量装出很有派的样子说："喂——？"

对方没有说话，毛流又喂了一声，对方依然毫无反应。话筒里异常寂静，连呼吸声也听不到。

恐怖片里关于夜半无声电话的联想在次纷涌而来，一种不祥的预感寒流般直袭后脑。

毛流惊恐地坐直了身体，胆战心惊地叫了一声"糟糕！"双手哆嗦着挂断电话，一把揪下了电话线。

"噔——噔噔！

就在这要命的关头，门外忽然响起了轻轻的敲门声，不疾不徐，很悠闲的样子。

毛流惊慌失措，像个木偶似的僵在床上，浑身的血液几乎都集中在脑袋，几乎要将头皮冲炸了。

"噔——噔——噔！"敲门声还在继续，力度却比刚才大了。见他毫无反应，门外的人还拧起了门锁。

"躲是躲不过了，干脆拼命算啦！"毛流搬起一把笨重的椅子，赤脚踩着地毯走到门后，高举着椅子小声问："谁？"

"是我呀！老周！"

的确是胖子的声音，毛流呼出一口气，扔下椅子，浑身发软地打开了门。

只见胖子上身赤膊，只穿着一条大运动短裤，笑呵呵地瞅着他手边的椅子笑："这么晚了，还练哑铃呢？"

"那你呢？"毛流不满地埋怨道，"半夜乱敲门，我的魂都被你吓飞了！”

“这么胆小？难怪你长个姑娘样。连我敲门都害怕啊？”胖子拍拍他的肩膀，哈哈大笑。

“我——”毛流想问刚才那个幽灵般的电话是不是他打的。不料胖子却抢先问他：“想不想再去地道走一遭？”

“去干什么？”

“再会一会那位女鬼。我觉得她很有意思，地穴里所有的秘密应该都集中在她身上。”

“明天？”

“不，就现在。”

“你疯了，已经快凌晨两点啦。”

“要的就是这效果。我总觉得那里有秘密，所以不如趁现在去看个明白？”

“你叫醒 ALINE 和黄小果了吗？”

“不必了。让他们多休息一会儿。”

为了不让宾馆服务生发现而惹来不必要的麻烦，两人飞快穿好装备，简单带了点必备物品，从胖子房间的窗户里爬了出去。

毛流问他：“我们去哪儿？”

“小教堂！”

“为什么？那女鬼不是住在防空洞吗？”

“傻了？你没发现那些地方都连着吗？这次我们从她背面插进去，堵住她问个究竟。”

离城的夜生活很繁盛，一直可以持续到黎明，所以出租司机的生意非常不错。两人等了好久才盼来一辆车。

按照惯例，到底目的地后，他们依然在离教堂还有几百米的地方下了车，然后步行去目的地。

刚到教堂后面的围墙外，还没站稳脚跟，耳边突然传来一阵嘈杂的响声，好像是战马嘶鸣的声音；又有一阵巨大的叮叮当当的响声，类似于链条或刀剑、枪管之类金属器械互相碰撞时所发出的声音。

伴随着这些奇怪的声响，一阵人类才能够发出的呐喊声和嘶杀声如山洪般滚滚而来。

两人惊讶地伸长耳朵仔细聆听，发现巨响应该是从那边停建的大厦废墟里发出来的。

正当两人震惊莫名的时候，废墟里突然跳出一群人，嗷嗷叫着朝他们呼啸扑来。

"怎么回事啊？"毛流大惊失色，几乎不能相信眼前的景象。胖子拽住他边跑边说："这是小鬼子的阴兵队。"

毛流吃惊得嘴都不合不拢了，却听胖子喘着气又说："听说那废墟以前是个兵营，是小鬼子建的。战败后他们在那里集体自杀，死了还阴魂不散，经常在半夜出来打鬼仗。"

"真的呀？你不是编故事吧？"

"这么大的响声，你看像是讲故事吗？"

"他们打鬼仗我们怕什么？我们是人呀！"

"不能大意，小鬼子的阴枪可不长眼，撞上了也得死。"胖子相当认真地说。

像是回应他的话似的，那群阴兵一边追踪他们，一边还拿枪扫射，子弹像雨点似的在两人身边乱飞，却中了魔障似的总也打不中。

"神了！还有枪呢？"

毛流兴奋地叫着，一面跟着胖子在马路上奔跑，不时还要灵活地来回抖动身子以躲避飞来的子弹。

两人跑啊跑啊，在离城的大街小巷到处乱窜。

忽然，他们的眼前出现了一大片碧绿的江水，还有好多稻田，绿汪汪的稻子密不透风地挤在水里，形成一个巨大的藏身之地。

小鬼子越追越近，胖子拉着毛流，纵身跳进了稻田。阴兵们穷追不舍，一边扣动机关枪，子弹啾啾带着呼哨落进他们身边的稻子上。

胖子紧紧拽住毛流，在浓密的稻田里拼命逃窜，希望能够游进不远处那片宽阔的江水中，趁机从水下逃走。

可不知为什么，他们怎么也逃不出稻子林。而更要命的是，这时有三个野蛮凶狠的小鬼子竟然跳下水来追他们。

"你往那边，我往这边，先把小鬼子们引开。快！"

胖子说完，猛地将毛流推开，自己顺势朝相反方向的稻子林里钻去。

毛流使出浑身力气，没命地在密密麻麻地稻田里乱钻。不知究竟钻了多少时候，他一抬头，看到前面不远处就是江水。

可他游啊、游啊，却怎么也到不了那边，只能眼看着碧波荡漾的江水着急。他急得大叫一声，手脚并用，猛地跳了过去。

“啪！”毛流感到自己落进了一个硬邦邦的地方，但那似乎不是柔波荡漾的水面，他被颠得骨头疼。

他睁开眼睛，哪里有什么胖子、阴兵、枪声、碧水、稻子林，自己分明正赤膊躺在宾馆房间的地毯上。

“唉，又做了个怪梦。”

毛流摸摸自己的脑袋苦笑着，一边勉强抬起发涩的眼皮，看到窗帘上竟微微透出一些光亮。“怎么？天已经亮啦？”

他抓起手表一看，已是清晨七点半，只好打个呵欠，懊恼地站起来，重新爬回被窝。

想继续睡已经不可能了，尽管这样，他还是不想起床，赖在床上耽搁了二十多分钟，忽然听到窗台上似乎有淅沥哗啦的雨声。

他忙拉开帘子一看，可不，外面雾色迷蒙，又飘起了不大不小的雨点。

他拿起电话接好线，想给胖子打个电话，问他今天怎么安排的。

可是，胖子房间里的电话一直没人接，于是再打他手机，可话机一连响了二十多下，还是不见他接电话。

“睡得这么死啊？”毛流咕哝一句，随便穿了短袖和长裤，下楼去找胖子。

在109房门前，毛流使劲敲着门，一边叫道：“老周！老周！”

谁知连喊带敲折腾了近十分钟，就是不见胖子回应，房间里也悄无声息。毛流看着门上的铜牌，忽然想起了自己昨晚上的怪梦。

“糟了！”

他连忙掏出手机，拨通了黄小果的电话，大叫：“快下来！胖子不见啦！”

黄小果似乎还没起床，睡意朦胧地问：“你在哪儿？”

“我在一楼，你快下来！”

等黄小果和ALINE飞奔下来的时候，毛流正拽着一个服务生往这边跑。

ALINE 问他胖子怎么了？

毛流气喘吁吁地说："我也不知道，打电话他不接，敲门也不开。真急人。"

说话的工夫，服务生已经将门打开，大家一看，全都愣住了。

只见胖子正疲惫不堪地躺在床上，一张大饼脸比 A4 纸还苍白。

服务生诧异地看看他，又看看毛流，不满地说："他人不是好好的吗？以后可别开这种玩笑啦。"说罢转身走了。

黄小果忙跑到床边，摸摸胖子的额头问："你没事吧？"

胖子似乎浑身无力，虚弱地笑了笑，没有力气说话。ALINE 走上前，给他倒了杯水，关切地说："我们陪你去医院吧？"

"没事，我只是有点感冒，可能这几天太累了。没事，我休息一天就好。"

毛流注意到胖子神情疲惫，声音嘶哑，显然不是感冒那么简单。他想了想，问胖子："我去给你买点药？"

"不用了，这里有呢。"胖子指指了自己的背包，歇口气说，"今天你们就别进洞了，到四处去转转，等我明天好一点了，大家再一起去。"

黄小果说："那怎么行？老周，我们今天就在这儿陪你吧。"

"没事的，我想安静地睡会。"

"可是——"毛流还想坚持，不料胖子突然情绪暴躁地嚷道："别罗嗦了，你们快走吧。"

三个同伴还是第一次见他发这么大的火，一下愣住了。胖子见状，脸上有点挂不住，又换了语气，讪讪地说："去吧，别担心我。"

ALINE 知趣地拉住黄小果，对胖子笑道："那你好好休息吧。午饭和晚饭我会预订好了，让服务生给你送来。"回头又甜甜地对毛流和黄小果笑道，"我今天正想去逛逛商场呢。你们陪我去吧？"

毛流一头雾水，摸不清她是什么意思，黄小果却会意地连连点头。

临出门前，ALINE 意味深长地看了看窗下的角落，毛流也注意到那里有一双远足鞋，上面满是泥点，还有点湿，似乎刚踩完露水回来。

站在通往三楼的台阶前，毛流对 ALINE 说："下午你们俩去玩吧，我还有点事。"

不料黄小果径直问他："你是不是要去小教堂？"

看他一脸认真的样子，毛流知道瞒不过，只好点头承认："是的，我想看看二楼的入那个口到底是怎么神秘失踪的？"

"这么好的事，你可不能独吞，我和你一起去。"黄小果笑道。ALINE也说："等一下，我也要去。"

毛流无奈地看着ALINE："你不是说要去逛街吗？"

"我现在又改变注意了，不可以吗？"

说实话，毛流真不想带她去，可又不好说什么，只好哼了一声，说："那好吧。"ALINE抢上一步，贴在他耳边小声说："放心，我不会对老周说的。"

"说了又怎样？反正我们迟早还得去，今天权当踩点了。"

ALINE不置可否地笑笑，径直回房间去了。

毛流换好衣服，刚准备收拾装备，ALINE忽然推门进来，手里拿着一张离城地图，露出少有的笑脸对毛流说："我发现秘密了。"

毛流唬了一跳，心虚地问："什么？"

"你看！"ALINE在床上展开地图，指点着说，"我这几天一直在研究，终于发现这些地方有秘密。"她的手指在兵工厂、地铁、教堂几个位置来回移动，"它们实际上是连在一起的。而且如果我没猜错的话，那座已被废弃的教堂应该是集结点。"

毛流嘿嘿笑了一下，没有说什么。这一点他早就知道，只是没有说出来而已。实际上，他现在更急于知道的是另一个交叉点究竟是什么？

ALINE诚恳地说："昨天你说我还不信，看来是我错怪你了。"

乍一见她这么客气，毛流真有点受不住，只好敷衍道："我也是瞎猜的。"

ALINE坐在床边，手指顶着下巴顾自说道："既然白天不能随便进入教堂，那我们就得另想办法。如果它们真的连在一起的话，就应该从教堂对面的地铁下去，再通过暗道寻找进入教堂的入口。"她俯身问毛流，"你认为呢？"

"好主意。我还真没想到这一点。真不愧是专业人士。"毛流由衷地说，甚至有点内疚于自己以前对她的敌意。

ALINE嘻嘻一笑，指着他的背包说："快点收拾呀。我们这就出发！"

第七章　第五日

此刻正值上班高峰，地铁里行人众多。

趁人不注意，三位探险家推开一扇写着“乘客禁行”的门窜了进去。凭着上次曾在这里游走的经验，他们很快找到了地铁内部放置运行设备的通道，从那里钻了下去。

教堂的位置大约在地铁的北边，三人按照指南针的引导，在满是油味的暗道里摸索前进。走了大约半个小时，通道在前面拐了个弯，他们转过去一看，发现脚下出现了一段向上的台阶，通向一个显然不是地铁专用的地道。

毛流说：“我们往这边走，应该是到了。”

黄小果和ALINE跟着他上了台阶，用手攀住两边的砖墙纵身一跃，来到了地道口，里面仍然是黑漆漆的。

毛流拣起一颗石子丢进洞里，几分钟后就听到了回音，他高兴地说：“我们下去看看。”

往前走了只有五十米左右，这条地道就到了尽头，接着又是五、六层往上的台阶，是青砖砌的，边沿已经重度磨损。

他们走上台阶，看到这里是一个不足一米高的直井，四周用青砖箍住，非常潮湿，满是青苔和生长在的砖缝里野草。

ALINE惊喜地指着头顶轻轻喊道：“快看。”

毛流抬头，发现直井上方似乎压着一块厚重的盖板，有丝丝缕缕微弱的光线从缝隙里透了进来。

两人一起举起双臂，奋力掀开盖板，探出身子一看，惊讶地发现自己竟然置身于教堂一楼的大厅！

“太神奇了！果然是相通的！” ALINE 爬上井，兴奋地转着圈叫道。

“小声点，别把看门老头招来了。” 黄小果颠起脚尖溜到窗前，心虚地往外看了看。

ALINE 压低声音说：“可我还是觉得怪。”

“你想说什么？”

“为什么地铁没有直接通往教堂的地下室，而是连到大厅里来了呢？”

“这个——我也不知道，大概当年建造时是为了安全考虑吧。”

“古人的脑袋真的很奇妙。”

“什么古人！他们离现在不过才五、六十年。”

“看来这里的地下室我们是进不去了，只能继续上楼看看啦。”

急于卖弄的心理使毛流忘记了他对 ALINE 由来已久的怀疑，大方地说：“跟我来。”

他们按照上次的老办法，架着梯子上到了二楼。

虽然是在白天，可因为两边的窗户都被钉死了，光线暗淡，走廊上因此黑得像没有路灯的夜晚一样。

毛流拉着 ALINE，一步步小心地躲开纸钱、冥币，在阴森森的走廊上轻手轻脚地前行，寻找记忆中那间藏有秘道的房间。

ALINE 无意间看了看指南针，忙对毛流喊道：“我们好像走错了！”

“怎么说？”

“我们应该往东北方向走，可现在却是往西南了。难道这走廊不是直的呀？怎么还带弧形呢？”

“你晕了吧？这里就是地铁北面，也就是说我们脑袋上面地方正是教堂，现在还管它方向干什么？”

ALINE 明白过来，不由失笑自己的糊涂，一边拿出反光器要贴到墙上去。毛流忙阻止她道：“别！我们还是不要留下痕迹的好。”

“为什么？”

“我、我也说不上来，不过总觉得这地方我们不会再来了。”

黄小果问：“怎么，我们不带老周来看看吗？”

“呃，应该吧。”毛流不知自己为什么要说这些，而且是对一个自己一直不大信任的女人，就想随便应付她几句就行了。谁知 ALINE 却没有罢休的意思，边走边问他和黄小果："老周今天突然病了，你们不觉得奇怪吗？"

"有什么不对的？"

"我发现他的鞋子是湿的，难道他天刚亮就出去跑步了？"

黄小果一副吃惊的表情："这个我倒没注意，不过也许他只是出去买药去了。"

"但愿如此。"

毛流忿忿地想：她居然在怀疑胖子！真是贼喊捉贼。他又开始后悔带这个麻烦的女人进来，变快走几步，做出急于赶路的样子。

"你们来了？嘎嘎嘎！"

突然，毛流冷不防听到背后响起了一个阴森森的声音，他吓得脸都绿了，回头恼火地冲ALINE和黄小果嚷道："你们别开玩笑了好不好？"

"什么？"

毛流站住脚，那声音忽然没了。他奇怪地问："刚才谁在装怪腔？"

"我根本没开口！"ALINE委屈地大叫。

黄小果则说："我也听到有人说话，还以为是你们在搞恶作剧呢！"

黄小果压低嗓门说："嘘！别喊了。"

三人凝神细听，四下里静悄悄地，除了他们细微的喘息，几乎什么也听不到。

毛流正在惊疑，却见站在他对面的ALINE突然发出一声短促而惊恐的嘶叫，仿佛被人扼住了喉咙，发抖的手指着他的身后一个劲哆嗦。

毛流吃惊地回头一看，离他们不到两米远的地方站着一个似人非人，似物非物的东西。

见他们发现了自己，它狂然发作，发出了礤礤如雷鸣般的笑声。

大家相顾失色，毛流更是吓得魂飞魄散，顾不得还在发愣的黄小果和ALINE，脚底抹油般噌地扭头就逃。那两个这才反应上来，跟他一起跑。

他们已经顾不得管什么方向，只顾朝前逃窜。手筒和头灯随着身体的晃动来回乱摆，在黑暗的墙壁里摇曳出异常诡异的光线，更增添了几分恐慌。

三个人不辨方向，跑了大约十多分钟，ALINE喘着粗气说："歇歇吧，我、跑不动啦。"

“别说话了，攒点力气快逃命吧！”

说话间已经到楼梯口，三人连蹦带跳地从破梯子上跌下二楼，扑倒在地。

ALINE 看看大厅窗户缝里透过来的缕缕天光，确信后面再无人追踪，这才气喘吁吁地说：“上帝啊，总算活着出来了。”

毛流还是不放心，拉着他们冲进地铁暗道，又狂跑了一阵。

直到隐约听见地铁运行的声音，他这才放慢速度，一屁股坐在稍矮点管道上。

黄小果长长地舒了一口气说：“这哪里是探险啊？分明是逃难嘛。”

ALINE 靠在墙根，将背包取下，喘着气说：“我怎么听着那是个男人的声音啊？”

“我也纳闷了，怎么女鬼变成男人了？难道这里还有另一个怪物？”

“刚才我们不该跑的，而应该——”

毛流打断她道：“别傻了，那个怪物会要了我们的命！”

“可我们也没惹他呀。”

黄小果插嘴道：“我们进入了他的领地，就等于侵犯了他。明白吗？”

“你是说我们犯了他的禁忌？”

“有可能。虽然我不知道这禁忌到底是什么。”

“所以我们应该查个明白。”

“想等那怪物灭了你呀？姐姐，我承认你胆子大，但总不能遇到危险也绝不逃避吧？”毛流讥笑道。

“可我觉得那人似乎是在向我们求救。”

“什么？别开玩笑了。世上哪有这么凶险的求救！”

“我学过一些简单的护理知识，知道病人在病痛时会做出什么样的举动。凭他的声音判断，我认为他的病已经非常重了，很可能会没命的。”

“哦？我倒要对你刮目相看了。不过你说的是真的吗？你确信？”

“应该是。但有一点我可以肯定，他并没有恶意。”

黄小果依然不信：“可他又何必做出吓人的样子来？以为我们个个都是超胆英雄？”

ALINE 说：“那可能只是他的一种表达方式。那人一定是长期离群索居，举止和处事方式难免有点奇怪。”

毛流忽然想起了刺骨瘆凉似乎也这么说过，他怎么和ALINE的语气如此相同，看法也完全一致？

他脑子里迅速闪过一个念头：难道"刺骨瘆凉"和ALINE是一个人？！难道一直是ALINE在网上逗他玩？自己居然被一个外表冷漠的古怪女人如此戏弄，真衰。可如果真是她，那么她这么做究竟有什么目的呢？

他不敢再想了，于是假装轻松地冲ALINE叫道："刺骨瘆凉？"

"什么？"ALINE一脸诧异，神情迷茫。

毛流盯着ALINE问："你不知道什么叫'刺骨瘆凉'吗？"

"你觉得冷？发烧了？"ALINE迷惑地看看他，一脸诚恳。

毛流的意志有点动摇了，只好改变话题问黄小果道："最近网上有什么好消息？我这几天都没来得及上网。"

"我从不用笔记本上网。万一招了病毒，我的所有资料就全完了。"

"哦？那么你也好几天没去卜卜网看看喽？"

"什么卜卜网？"

"晕死！那你到底是在哪里看到那个召集我们来探险的帖子的？"

"我是在中国自助游网看到的。"

ALINE抢着说："我是在世界旅游网。我们公司在这个网站有专门的主页，我常常会去那里浏览最新信息。"

"啊？合着闹半天我们看的不是同一个帖子？"

ALINE不屑地说："肯定是一个帖子，不过被转发在好几个网站上而已。"

黄小果道："听老周说他是在自己的博客链接上看到的。"

"是——吗？"毛流拖长音调，漫不经心地答应着，心想如果ALINE不是刺骨瘆凉，那么这个无所不知而又相当狡猾的家伙到底是谁呢？

黄小果拍着他的肩膀说："嗨，想当思想者呢？"

毛流抬起头，双眼茫然地上下打量他。ALINE笑嘻嘻地："又装痴呆呢？"

毛流仿佛刚被惊醒般，尴尬地笑道："什么？"

"你呀，完全不在状态嘛。神魂颠倒的，中什么邪了？"

"没有，我是在专心听你说呢。我们刚才说到哪里了？"

"又跑题了，我们刚才说的是那个怪物！"

“我们现在该怎么办？”

ALINE 笑眯眯地建议道：“不然我们再回去看看？”

听了这话，毛流吱地怪叫一声跳起来，被针刺了似的嚷道：“别！千万别！你实在要去，等明天老周病好了，我们四个一起去。现在我们最好别再随便去冒险。”

黄小果挖苦他说：“你完了。简直比女孩子还胆小，以后可怎么活呀？”

“随便你怎么说，反正今天我绝不去。”

“那我们就继续前进吧，看看前面还有什么？”

“好。”毛流答应一声，背起自己的包，感慨道，“我这次可真是开了眼了，什么玩意都见识过。刺激倒是刺激，可未免也有点太出乎意料了。”

“探险就是这样，要是你事先知道前面有什么，那还有什么乐趣呢？”

三个人边走边谈，到了地铁暗道的尽头之后，又信马由缰继续往前又走了十多分钟，前面忽然出现了一个丁字路口，一堵由大石块垒成的墙迎面拦住了他们。

墙根的两头还各有一个入口，往左的显然通往地下室的出口；右边的洞口却被巨大的大理石堵得严严实实，根本无法进入。

ALINE 摸着冰凉的石头，喃喃自语：“也不知那一边又藏有什么秘密呢？”

黄小果此刻已经往左走了几步，听她这么说，忍不住回过头开玩笑道：“还期望什么奇遇？那个洞里总不会藏着个钻石王老五等你来吧？”

“你呀，俗人。”

“那当然。不俗能长这么大吗？”

继续深入了二十多米，前面微微露出点光亮，尽管非常细微，可还是刺激得大家原本已习惯黑暗的眼睛疼。毛流激动地叫道：“我们终于活着出来了！”

虽然光明就在前面，但道路似乎更加难走了，洞里的空间渐渐变得狭窄、低矮，由于通风不畅，浑浊的气味比先前浓烈了几分。最糟糕的是出现了积水，大约有一尺多深，几乎埋没了高腰靴。

三个人吃力地猫着腰，趟着污秽的泥水，费了好大功夫才算到了尽头。

这里有一道直井，并不深，大约有三、四米的样子，可积水很多，他们只好使用上升器离开井底，上到离井口不到半米的侧井里。

三人站好位置，一起用力推开上面的水泥盖板，拨开洞口密密麻麻的杂草，费力地爬出了地洞。

站在地面上定睛一看，这里居然是一片荒芜已久的绿地，只要靠近洞口的这部分地面神奇地凹陷了下去，形成了出口。

毛流惊叹道："真够神奇的。"

ALINE 指着洞口说："其实这也不神秘。绿地凹陷的原因就是因为它的下方存在着地道或防空洞，这些当年还算结实的地洞因为年久失修多处渗水，导致上面的土质松软、不堪重负，最后都会在雨水的冲刷下塌陷。"

黄小果钦佩不已地夸赞道："你很专业嘛。"

"别客气，只是粗略学过一点地质常识而已。"

在洞口的周围，还有一些建筑废料，大多被埋在土中，上面杂草丛生，还有零星的野花。四周静悄悄地，蚂蚱和蟋蟀在草丛里快活地蹦跳。

毛流下意识地回头再看看出口，它掩映在沙石、水泥和野草中，如果不仔细搜寻，是不可能发现的。

黄小果看看表，此时是下午两点多，雨已经停了多时，但天色灰蒙蒙的，还是没有转好的意思。ALINE 拍打完身上的泥点子，也抬起头往四下里打量。

三个人几乎同时看到了那幢近在咫尺的别墅王。

这座标新立异的建筑就坐落在离废墟不过一百米的围墙内，富丽堂皇的架势显露出主人的财大气粗。

ALINE 突然意识到了什么，她飞快地从背包里取出地图打开，认真地端详了好半天，这才不无惊讶地对毛流说："别墅王竟然和小教堂连在一起！"

黄小果瞪大眼睛："你是说别墅里也有地下室？"

"极有可能，这里的人们似乎自古以来就喜欢在住宅下面修建地下室。"ALINE 指着地图上的教堂和别墅王继续说，"你们看，它们两者之间的直线距离最多不超过四百米，这意味着它们彼此间一定有联系。最有趣的是，我们刚才在洞里还发现了另一个被封锁的入口，它离别墅的距离也就是七十多米的样子，应该就是进入别墅地下室的通道口，难怪被封住了。"

"听你这么一说，好像是真的了？"

"什么好像！的确是真的。"

"这倒是个新发现。"

毛流想起了"刺骨瘆凉"所说的"另一个交叉点。"难道这就是那些在黑暗的地下脉络四处延伸的暗道的第二处汇集地？

"刺骨瘆凉"还说过关于"谜底"的话，难道这就是所谓的谜底？可是，这看上去似乎也没什么值得大惊小怪的。

三人在那里盘桓良久，这才恋恋不舍地踏上归途。

大约下午四点左右，他们回到宾馆，先去看了看胖子。

他还在床上躺着，不过精神比早上好多了。不知为什么，三人不约而同都没有把发现别墅和教堂的关系告诉胖子。

看着ALINE和黄小果镇定自若地与胖子寒暄，毛流看得出，他们三人之间其实也不完全互相信任。

胖子说："你们先回去休息吧。我明天就可以和你们一起继续工作。"

这天晚上，刺骨瘆凉没有上线，毛流走遍探险网站的所有论坛、聊天室，都没有发现他的踪迹。这个凭空出现又凭空消失的家伙究竟想干什么呢？

毛流遍寻不见，只好草草在论坛上胡扯了几句，准备下线。

就在这时，他的手机忽然响了，原来是夏至发来的短信，上面只有两句话：你要的东西已经查到，请看邮件。

不过寥寥数字，却使毛流精神大振，他兴奋地坐直身子，以最快的速度打开了自己的邮箱。

里面果然有数份文件，分别是ALINE的个人简历、身世背景及家庭状况。

她的简历很简单：1983年出生于美国田纳西洲一个华裔家庭，19岁时毕业于密歇根大学经济学系，因为从小喜欢探险，她同时还兼修城市探险专业，最终拿到了毕业证书，曾在大名鼎鼎的城市探险杂志《渗透》里做过实习记者。两年前她回到大陆，在上海一家户外运动俱乐部工作。

这跟她个人自述的情况大致相同，没什么可探究的。

毛流关掉简历，顺手打开身世背景那份调查报告。令他始料不及的是，资料中如此说道：

ALINE并非真正的美国血统，她的父母皆是旅美学者。生父名叫安信强，籍贯不详，早年远赴美国孟菲斯大学攻读化学博士学位，与一名因公出国的湖南女子结识并很快结婚。

在第一个孩子出生后不久，安信强不慎惹上一桩“性骚扰”官司，涉嫌对同实验室的一位女助理员实施性骚扰。后经学校和朋友的多方奔走，案子最后私了。然而就在三年后，他们的第四个孩子即ALINE出生不久，安信强再次涉嫌“性骚扰”案。这一次他没能躲过厄运，很快失去工作和奖学金，一家人生活艰难。为了减轻压力，夫妇俩决定将尚未满月的女儿ALINE寄养给家境富裕的美国人约翰夫妇——后者曾经是他们的房东。随后，安氏夫妇还与约翰夫妇签署了“临时监护书”。

半年后，安信强再度涉嫌“强奸罪”被校方正式取消学籍，这一次，连他居留美国的身份也出现问题。夫妇俩难以度日，决定带着孩子们回国，但约翰夫妇却拒绝送回ALINE。安信强向法院提出诉讼，法庭经调查认为安信强“强奸罪”罪名不成立，当庭宣告他无罪；但对于要回女儿ALINE的诉讼请求，法官不予支持。这场争夺抚养权的官司打了四年，安信强夫妇最终没能要回亲生女儿ALINE，黯然回国。

对此毫不知情的ALINE在美国养父母的宠爱下幸福地长大了。她的养父约翰热衷于探险，曾经发起成立了一个城市探险的民间团体。受他影响，ALINE也自幼酷爱城市探险，所以后来才决定回国发展。

“原来她竟有如此离奇的身世！”

看到这里，毛流禁不住长叹一声，既替她的生父遗憾，也为她被蒙在鼓里而感慨。他转念一想，其实这样也未尝不好，永远不知道真相，倒也可以幸福地做一个快乐的傻子。

可问题是ALINE一点都不傻，看得出她不是很快乐，她冷漠、强硬，虽然身材很女人化，可从未看出她有哪怕少许天然温柔的女性特征。

“就是不接你电话，就是不接你电话！不接！不接！”

毛流正在胡思乱想，一阵手机彩铃声突然爆响。他拿过电话一看，是夏至打来的。

毛流按下接听键，只听夏至呵呵笑道：“看完啦？”

“你搞的资料是不是真的呀？真有这么悬的事？”

“放心吧，这是我哥们动用了纽约国际刑警给你搞到的，能不准确嘛！”

“你就吹牛吧。”

“告诉我，你为什么对这个连自己父母都不认识的寄养妞这么感兴趣？”

“别这么说人家。”

不知为什么，看过资料后，毛流对ALINE突然有了一点同情，不由再次怀疑自己先前对她的种种猜疑。

“说话呀？”

“没什么可说的，我就是觉得她有问题。”

“说明白点。”

“现在还不能告诉你。”

“那你是想在我到达离城之后再说出来？”

“什么？你来干什么？”

“你那些关于离城探险的帖子太刺激我了，不去那里看看我遗憾终生的。”

“晕死，明天几点的飞机？”

“后天上午十点。届时你不必去接我，因为会有一位漂亮的离城女网友在机场恭候本人，你就别挤在那儿现眼了。”

“你以为人不吹牛就得死呀？别跟我献宝了，我还不知道你那半斤八两。”

“哈哈哈。好了，后天见！别尽想你的寄养妞。”

“少胡扯了。”

“说正经的，直觉告诉我那个妞没什么问题。”

“等你来了再好好谈。”

挂了电话，毛流情绪激动，睡意全消——夏至一来，他就觉得安全多了，也塌实多了。剩下这几天他们五个人将一起去走完最后的地洞，那该多爽！

趁着高兴，他又上网玩了三个多小时的游戏，直到累得眼皮直打架，这才躺下睡觉。

第二天早上八点多，毛流被一阵敲门声惊醒。他打开门，只见ALINE和黄小果神色惊慌地站在走廊上。

一见他，黄小果迫不及待地嚷道：“老周又失踪了！”

“什么？”毛流抓起一件外衣穿上，跟随她直奔一楼。ALINE边走边说：“刚才我去找他，结果房间里没人，桌子上有张他留下纸条和几百元钱，看样子天刚亮就已经走了。”

“问前台了吗？”

“服务生都说根本没看到他离开宾馆。”

“打他电话了吗？”

“一直关机呢。要不你再试试？”

毛流拿手机拨打胖子的号码，听到的果然是电脑自动答复：“你所拨打的用户已关机。”

他忍不住骂道：“这就是虚拟世界的好处！一个大活人，只要下了线，关了机，就可以消失得无影无踪。”他想了想，心有余悸地看看ALINE，“你呢，会不会也这样？”

她恶狠狠地瞪了他一眼，说：“你发神经呀？都什么时候了，还开玩笑。”

说话间，三人已经来到胖子的房间。里面没有丝毫混乱的迹像，好像主人只是暂时出去散步了。

但是，毛流还是发现了一个异样的现像，房间里的两张床位上被褥都非常凌乱，枕头深陷，似乎除了胖子，昨夜还有个人曾在这里住过！

“这个人是谁呢？”毛流回头看看ALINE，她也正望向他。

两人目光相遇到的一刹那，她的脸突然红了，平时镇定自若的神情中竟有几分慌张。

也许是为了掩饰自己，她伸手从桌子上拿起一张纸条，毛流接过来一看，只见上面写道：

家里有急事，我先走一步。这些钱麻烦你们替我结了宾馆的账。多谢。周。

虽然他说自己回家了，可奇怪的是，他并没有带走任何行李。那些东西堆在电视桌旁边，有点凌乱，可以看出胖子离开时比较仓促。

“他去了哪里？为什么要不辞而别？”

带着疑问，毛流怔怔地看着那纸条，试图从那里发现线索。

黄小果注意到胖子的钢笔字写得相当好，字体稳健飘逸，他信口说道："人说字如其人，果然不差，胖子的身体够吨位，字也像泥地上的大像脚印一样踏实。"

"人都不见了，你还有心思开玩笑？" ALINE 责备他道。

毛流认真地看着 ALINE，觉得她未免有些过于慌乱。胖子的失踪跟她有什么关系呢？何必如此紧张？

这么一想，他简直难以抑制自己对于她的疑问，脱口而出问道："为什么有人三番五次诬陷你父亲？"

但ALINE不给他哪怕一秒的时间，反而紧紧地盯着他的眼睛质问："你都知道些什么？"

"什么？难道她知道我在查她的底细？"心里想着，毛流有点紧张，语无伦次地辩解说："我不懂你的意思。"

她却突然岔开话题："你一点都不着急，是不是早就知道老周会先走掉？"

"胡扯！他从没告诉过我。再说，昨天下午回来我们是一起去看的他，一直到刚才你们叫醒我这段时间，我根本没见过他！"

"是——吗？" ALINE 的语气中有遮不住的轻蔑，"对不起，我也和你一样。"

"她居然敢怀疑我！"

毛流的脸在瞬间涨得通红，脑袋飞快地转着，考虑该如何反击她。黄小果忙上前解围："你干嘛这么敏感，她不过是开个玩笑嘛。我们还是再去问问前台吧。也许她们知道点什么。"

前台那里站了三个服务生，两女一男。其中一个秀气温顺的女孩正垂手站着，另一个高个女孩的则在接电话，一边低头在纸上写着什么。男服务生则伏在吧台边，和秀气女孩在闲聊。后者看到毛流他们，脸上立即泛出职业式的微笑，说道："请问有什么事？"

黄小果问她："有没有看见我们的同伴周先生，就那个胖胖的？"

"没有。"

"他今天早上没有出去吗？"

秀气女孩摇摇头，酒红色的发卷随着她的动作在脸颊边富有弹性地上下颤动。男服务生在一旁痴痴地看着她笑。

毛流拍拍他的肩膀问："你呢，有没有见过他？"

对方惊醒过来，憨憨地笑道："对不起，我是隔壁酒店的。"说完拿起一份刚刚送来的报纸打开看。

秀气女孩瞟了他一眼，目光重新回到ALINE和毛流这边，态度温和地说："要是别人我还真不敢肯定，可那位先生我比较有印象，不会记错的。"

无论三个人怎么套，女孩一口咬定从未看见胖子出门，她声称自己从昨天夜里到现在一直在前台值班。

这时，旁边那位高个儿女服务生已接完电话，听说了缘由，她也十分肯定地证实了同事的说法。

两人有点沮丧，就在这时，那个一直看报纸的男孩忽然高声喊道："你们快看！出事啦！"

大家闻声，一齐回头看向他。男孩抖了抖手里的报纸，抬高嗓门念道："入住半年离奇猝死，别墅主人命丧豪宅。"

"别咬文嚼字啦，说说到底出什么事了？"

"这还不明白吗？你们还记得市里那幢最奢侈的别墅吧？住在里面的那个富豪昨天晚上突然死了。"

"啊？"两个女孩一齐捂住嘴，惊讶地说不出话来。

ALINE和毛流比她们更吃惊，愣在那里都不知道说什么了。只听男孩继续念道："富豪的尸体出现在别墅的地下室里，是被前来打扫卫生的钟点工发现的。死亡时间大致在昨天晚上十一点到凌晨一点之间，尸体旁有一张纸条，上面写着'别看我，也别找我！'"

听到这里，几个女孩子尖叫起来。那句熟悉的话令毛流浑身发冷，他突然转身冲出了宾馆。ALINE跟在他身后喊道："你干什么去？"

"买份报纸！"

三个人先后将那篇报道仔细看了好几遍，还是无法接受这个事实。

就在昨天下午，他们刚刚从别墅下面的地道里钻出来，谁会想到，那位人人艳羡的富翁竟在当天夜里就魂归天外。

死亡常常就住在生命的隔壁，中间有时只有一道薄薄的纱，仿佛抬腿即到——惟一不讨人喜欢的是，这是一趟没有回程票的旅行，只要出发，就永远不能返回。

黄小果、ALINE和毛流满腹疑虑地看着对方，同时发现彼此眼中迅速闪过的恐慌和担忧。仅仅这一眼，他们分明已经同时预感到了什么。

一个令人震惊的秘密仿佛已在悄悄拉开帷幕，但现实却更加扑朔迷离。

毛流捏着报纸，醒悟似的说："老周失踪的事，我们应该先报警。"

"我刚才已经打过110了，警察说必须要二十四小时以上联系不到才能算失踪。"

"二十四小时？那还不急死人？"

正当三人一筹莫展时，有人敲门。

ALINE起身一看，原来是一名快递员，他送来了一封没有地址和署名的信。ALINE一边拿钱，一边随口问："是谁让你送的？"

"这我就不知道了，公司有专人到客户那里取件，我只负责送。"那人说完就匆匆走了。

"一定是胖子。"

毛流凑过来和ALINE一起来看信，只见上面只写了两句话："快来教堂地下室，有要事。"署名是：一个你们一直在寻找的人。后面还附了一张防空洞的路线图，详细地标注了具体的会面地点。

"这人是谁呢？"

"总不会是老周在和我们开玩笑吧？"

三人表情复杂地互相看了看对方，毛流注意到，ALINE脸上的笑容倏忽消失了。

似乎是为了缓和气氛，黄小果忽然说道："看来是到真相大白的时候了。"

ALINE却摇了摇头："也许没那么简单。"她用细密的牙齿咬着嘴唇，语气坚定地说，"但是无论如何，我们先去看看再说。"

"要不要先报警？"

"报什么警？我们跟警察怎么说？说有人等着谋害我们？他们会相信吗？"

毛流被她问住了，自言自语地说："是啊，会有什么人又有什么理由要害我们呢？"

第八章 第六日

半个多小时后，按照地图的指引，他们来到了防空洞。好容易找到约定地点，大家惊讶地发现，这里居然是那个女鬼的地盘！

为了引出女鬼，更为了防备她的突袭，毛流故意大声喊道："老周！"

可这一次，漆黑的洞里出奇地安静，既没有突然蹦出来的吓人怪物，也没有凄厉的啜泣或诡秘的歌声。

ALINE 皱着眉头说："这里的气氛有点不对，好像出什么事了！"

毛流浑身的寒毛一下子竖了起来，紧张地握住腰间的匕首问："什么事？"边说边挪动脚步，惊慌地四处张望。没想到刚一转身，双脚就被一团什么僵硬的东西绊了一下，他毫无防备，猛地打个趔趄，摔倒在地上。

当手中的电筒照亮地上的东西时，毛流和 ALINE 一齐发出惨烈的尖叫。

那团僵硬的东西正是女鬼的尸体。

三人站在一旁，第一次近距离地观察这个曾经令他们惊恐不已的女鬼。

现在，她再也无法嘶喊、叫骂，也不能举着棍棒驱赶他们。她的尸体静静地躺在满是积水的地上，神情痛楚，一双细小如绿豆的眼睛圆睁着，虽已经失去光泽，但还是可以看出临死前的惊惧。

她的面部肌肉严重萎缩，下颌与胸部紧紧地粘连在一起，几乎没有脖子。由于肌肉的畸形拉扯，她的双眼睑无法闭合，抽得鼻孔也移了位，嘴巴只剩下很小的一条缝隙。

不但如此，面部皱起的肌肉还将她的眼睛连带鼻子、嘴巴、耳朵也向胸部拉扯，使她的整个面部都埋在了胸前。

由于长期抬不起头，颈椎也出现侧弯畸形。她的手同样惨不忍睹，左手有三根手指只剩下一个指节，整个手掌上翻，令人惊讶地粘在手腕上；右手腕已经完全萎缩。僵硬的手臂一个向外拐，一个向上高举，无法弯曲。

她的双腿长短不齐，脚上的肌肉也严重萎缩，几乎没有脚掌，只剩下一点点脚后跟。左脚向外与小腿成九十度，不能平掌着地，看样子平时只能靠脚跟部位行走。

初次仔细端详这个丑陋到恐怖至极的女疯子时，毛流险些再次晕过去，他从不知道，世上竟然还有这么可怜的人。

望着已经没有呼吸的女疯子，毛流第一次被深深地震撼了。从小到大，他看到的都是鲜花、阳光、干净端正的脸蛋、或肥或瘦却一切正常的身体。

他难以想像，和自己身处同一世界，有人却终年在黑暗潮湿的地洞里艰难度日，过着人不人，鬼不鬼的日子。究竟为什么呢？

ALINE 却有不同的反应，极度的恐惧和厌恶使她捂住嘴，紧张得用手指使劲地掐着毛流的胳膊，哑着嗓子说："我们必须报警！"

……

此后的十二个小时里，黄小果、ALINE 和毛流一直滞留在派出所——三人被隔离开来，分别接受几个警察的轮番盘问。

警察们不辞辛苦地轮轴转，不像是审问，但也绝不是普通谈话，语气中总有几分定向准确的怀疑，大有想挖出点有用线索的架势。

品匝出他们的意思后，毛流不干了，恼火地嚷道："是我们发现那女鬼的尸体，出于好心才通知了 110，你们凭什么怀疑我们？还有，我们的朋友不见了，报案你们不管，却把我们关在这里审问，到底是什么意思啊？"

警察喷出一口烟，不紧不慢地说："先别管别人，把你自己的事情交代清楚了再说。"

"我有什么事？"

"你到离城来干什么？"

"玩呗。"

"到所有死了人的地方玩？"

"你这是什么意思？"

“本周内全市先后有七人非正常死亡，而其中五个人的死亡现场，都有你们四人的踪迹。我们已经调出相关的录像带，必要时可以给你们看看。”

毛流倒吸了一口凉气，脱口而出：“怎么会有五个人？”

“在你们居住的宾馆附近，先后有五人死亡。一个吸食摇头丸后割腕自杀的歌手，一个跳楼的女博士，一个正举行婚礼的新郎，一个在地铁卧轨的公司经理，还有今天这个住在防空洞的疯女人。我没有说错吧？”

另一个警察插话道：“听说你们来这里是探什么险的，自从来到离城后就天天钻在地洞里，不知在搞些什么玩意。这是你们的私事，我们本来可以不过问，但现在，另外还有一名死者，想必你已经听说了，就是那个死于自家别墅地下室的大款。虽然你们当时没有出现在他的死亡现场，但相关地点却是你们天天涉足的地方，这又该怎么解释呢？”

毛流顿时汗下，知道自己浑身有嘴都说不清了。他猜测黄小果和ALINE此刻一定也与他一样，正在被警察紧紧逼问。他们会怎么说呢？虽然他一直怀疑ALINE与那些人的死有关，但却从来都没有想到，每次事情发生时，自己和胖子以及黄小果恰恰都在她旁边，这个嫌疑是无论如何也取不掉的。如果不是她狡猾到了天衣无缝的地步，就一定是另有他人精心设置了一个巨大的圈套，把他们四个全包进来了。

“想什么呢？”警察朝他吼道，“你自己说说，我们该怎么解释你们这四个观光客为何屡次出现在命案现场的事实？”

“这个嘛，咳！巧合呗。”

“你不觉得这也未免太巧了吧？”

毛流无话可说了，但他决定无论警察如何盘问，也绝不要说出ALINE的出身等私事，这些毕竟跟眼前这些麻烦无关，而且最关键的是绝不能让她知道自己居然在背后调查她，否则麻烦就大了。

毛流的心态则比较复杂。从一开始，单凭一种说不清楚的直觉，他就对ALINE没有好感，直到现在几乎就没有信任过她，总将她置于怀疑和排斥的对立面。但他却根本没想过要对警察揭穿她，而是希望能够亲自揭开谜底。

虽然他也知道，把猜疑别人当作乐趣的行为足以证明他有心理障碍，尤其是有施虐的癖好，喜欢把怀疑对象像猫抓老鼠一样来玩，既不放也不杀，围而不攻，故意看着那小东西在自己的利爪下担惊受怕——虽然ALINE身材高大，可毕竟是女人，都得算做软弱的小东西。别看他自己外表看起来像个小白脸，可骨子里其实有一种更强的征服欲，但显然他并不想借助别人的力量来实现它。

他认为自己对ALINE的怀疑很正常，大家萍水相逢，又面临如此诡异的现状，谁都没有理由要求别人轻而易举地相信一个浑身都是谜的陌生人——哪怕是女人也不行。

但猜疑毕竟不是事实，一旦ALINE的老底被警察戳穿，那他就失去了这种乐趣，正因为这种矛盾的心理，他才选择了保全，希望使事情简单化，摆脱女鬼之死带给他们的麻烦。

第二天清早，毛流帮助一名内勤警察打扫完整个大楼，正准备继续接受盘问时，夏志突然进来了，身边还跟了一个年龄比较大的警察。

看到毛流手拎扫把的滑稽样，他嘎嘎大笑："我还没见过你这个状态呢！不错，很有个性。"

毛流气哼哼地说："我倒霉你就高兴啊？"

几天前夏至还是满头长发飘飘，今天却又剃成光头了。

毛流暂时忘记了自己的悲惨处境，瞟了一眼他的秃瓢，讥笑道："准是你那个销售经理的妞给祸害的吧？人家是不是又跟什么老板私奔了？"

夏至不回答，只是嘿嘿笑。旁边那位警察劈手夺过毛流手里的扫把扔到地上，赔笑道："不好意思，昨天委屈你了，我代表领导向你道歉。"

"道歉？"

夏至忙对他说："忘记给你们介绍了，这位是副所长老唐同志。"

唐所长尴尬地对他一个劲嘿嘿笑："小毛同志，昨天的事误会了，完全是误会。"

夏至大笑说："没事，他是我铁哥们，不会介意的。老唐你忙去吧。"

唐所长巴不得尽快脱身，连忙说："好的，我去找你的朋友，你们一起走。"

毛流在他身后喊道："就这么放我们走了？不审啦？"

"你小子，别得了便宜还卖乖。"夏至劈了一下他的脑袋，嘿嘿笑道。

等唐所长走后，毛流悄悄问夏至："你怎么会认识他们？"

“我也是半个警察嘛，大家一个系统的，好办事。”

“别扯那些没用的，快说！”

“哈，我一到宾馆就知道你们遇难了，所以马上给北京的哥们打电话，用公安部长的名义把您俩保出来了。”

“你他奶奶的，不吹牛就活不下去。”

“哈哈。唐所长是我大学同学的哥哥，以前他来北京办事时见过，就这么认识了，没想到今天还派上了用场。不管怎么说，这一次可是我救了你，回头记住还我人情。”

两人刚走到派出所的院子里，毛流就见ALINE和黄小果正朝他们走了过来，他低声对夏至说：“瞧，那女人就是我的怀疑对像。”

夏至慢悠悠地说：“看着不像是有心理‘非常态’患者嘛。”

“你那双狗眼，只盯着女人胸脯和屁股，哪还顾得上管她的什么心理！”

“别这么说，女人生来就是为大家提供身心愉悦的，而不是供研究的。”

两人正窃窃私语，ALINE和黄小果一起走了过来，对夏至笑道：“我已经从警察那里听说过你了，谢谢你这么帮忙。”

“咳，谢什么呀。你是毛流的朋友，那就是我的朋友，客气什么！以后到了北京，有什么事就找我，别跟我见外。”

夏至深有意味地看看她，回头对毛流做了个鬼脸，说：“走吧，我请你们吃饭。人家说从局子里出来都要好好大吃大喝一顿，不然有晦气。”

夜里，毛流对夏至详细谈起这几天到离城以来发生的怪事，禁不住后悔道：“这里简直是个看不见天日的是非窝。我真是悔不该来呀！”

“是比较离奇。看来其中必有问题。”

“不是有问题，而是问题究竟出在哪里？”

“你的意思呢？”

“我还是觉得ALINE嫌疑最大。”

“虽然你分析的都有道理，可我还是认为她不可能制造阴谋。”

“理由呢？”

“直觉，一个法制版记者的第六感。”

毛流似笑非笑地看看他："你那点烂感觉，只对勾搭女人有用。"

夏至呵呵笑。

毛流叹息道，"我总觉得我们这次不该来离城。自从我们来后，看到和听说了那么多离奇的死亡事件，现在居然连胖子也失踪了，出了这么多事，到底是为什么呀？"

"我这不是帮你们来查嘛。说说，现在还有什么线索？"

"哪有什么线索！要有我早告诉警察了。"

"再想想嘛。你这个芝麻脑袋，偶尔也要开点小花吧？"

毛流故意把脑袋在桌子上嗑得梆梆响，震得电脑都动了起来。他怔怔地看着它，忽然，一个虚幻的人影在屏幕前一闪而过，他激动地喊道："刺骨瘆凉？！"

见夏至瞪大眼睛，他连忙打开自己的电脑，调出了与"刺骨瘆凉"的聊天记录。夏至快速浏览了一遍，埋怨道："这么重要的事，怎么没听你说过一句？"

"我还有没有个人隐私？连和一个网友的聊天内容都要告诉你，未免也太过分了吧？"

"问题是这个'刺骨瘆凉'不是一般人。"

"那又能怎样？这小子神龙见首不见尾，我也没办法。"

夏至盯着那些对话，闷着脑袋抽了会烟，突然发问："他究竟是谁啊？"

"我到现在还纳闷呢。这人很神秘，时隐时现，总也逮不住。"

"这还不简单，你赶快上网拖住他，我马上找个精通网络的IT精英给查查。放心吧，他绝对能把那小子查个底朝天！"

毛流上了网，果然见"刺骨瘆凉"正在线上。他一边朝夏至使眼色，一边和"刺骨瘆凉"寒暄，心说：这回总算抓住你的狐狸尾巴了。

毛流：能说说离城地道里的其他情况吗？比如那里面住的人？除了那个女鬼，是不是还有个怪物？

刺骨瘆凉：女鬼？别开玩笑了，她不过是个可怜的女疯子而已！

毛流：我忘了，你确实这么说过，可她究竟是什么人？

刺骨瘆凉：其实我也就见过两次，不过并不了解。

毛流：那个幽灵似的怪物呢？

刺骨瘆凉：什么怪物？

毛流：在教堂里出现的那个怪影。神出鬼没，怪吓人的。

刺骨瘆凉：呵呵，他可不是什么怪物，而是一个非常善良的小老头。其实他是想接近你们，不过可能方式不对。

毛流：他是谁？为什么会在哪里？

刺骨瘆凉：一个被社会遗弃的人。

毛流：什么意思？”

刺骨瘆凉：你们去亲自问问地洞里那位值得尊敬的老头吧。哦，不，准确地说，他应该住在小教堂的地下室里。

毛流：可是我们已经找不到二楼墙上的那个入口了。

刺骨瘆凉：一楼还有一个。就在楼梯拐角的角落里，掀开杂物堆里的一块木板，就可以看到隐蔽的洞口。

毛流：你不能和我们一起去吗？这边出了好多事，我们需要你的帮助。

刺骨瘆凉：对不起。我恐怕无能为力。

说完这话，“刺骨瘆凉”又故伎重演，再次不辞而别地突然下线。

在毛流和“刺骨瘆凉”周旋的当儿，夏至已经给IT精英打了电话，请求他帮忙查一下“刺骨瘆凉”的IP地址以及相关信息。

一个多小时后，对方打来电话，说根本就不存在这样一个IP地址。

两人傻眼了。夏至叹息道：“这个‘刺骨瘆凉’显然还掌握着许多我们不知道的秘密。”

就在这时，夏至的手机突然响了。他看看号码，一面对毛流扮个鬼脸：“是我们头儿。”一面走到窗前接起了电话。

毛流所担心的事果然应验了。只见夏至放下手机，一脸遗憾地说：“我得赶回北京去，报社有紧急任务。”

毛流嘴上没说什么，心里却很不乐意。在这种时候，他突然觉得夏至的存在胜过一切，甚至他的亲人，可惜的是，他却要离开他了。

这天晚上，遵照“刺骨瘆凉”的指点，毛流带着两个同伴再次从暗道进入教堂。

夜色中的教堂更加神秘，庭院破败，荒草丛生，黯淡的星辉斜照着肃穆寂静的小楼，在顶部的尖塔影射出白森森的冷光。白天的暑热散去了大半，除了外面不时传来的车流声，四下里静悄悄地，只有秋蝉在角落里有一声没一声地偶尔嘶叫几下。

进到楼内，四下里更是静得令人发毛。一群不知名的小飞虫绕着四人手中的电筒和头灯“嗡嗡”叫着来回飞舞，怎么也驱不散。

这时，毛流清晰地听到二楼上正是一片漆黑的楼道里突然传来一声呼唤：“来！快上来！”

那是一个苍老的男声，听来有点嘶哑。

毛流回头看看黄小果和ALINE，他们显然也听到了喊声，正举头望向楼上。可那上面黑糊糊的，没有一丝光线，更别说什么人影了。

毛流暗自思忖：难道这就是“刺骨瘆凉”所说的老头？难道他早就知道他们要来，所以特意在此等候？可他干嘛不走出来，却故意躲在黑暗处吓唬他们呢？

毛流壮着胆子，一面用电筒往神秘古怪的二楼上来回扫射，一面喊道：“是谁在那儿？听见了就回答一声！”

楼上依然漆黑如墨，没有人影出现，也没有任何回应。黄小果压低嗓门说：“这里总不可能真的是闹鬼吧？我们应该上去看个明白。”

ALINE为难地说：“可我们还得去地下室找人呢，不能在这里浪费太多的时间。”

“对呀，还是赶快办正事吧！我们也不是什么大侦探，别指望把世上所有的秘密都解开。”

他们的态度令害怕不已的毛流恢复了一点理智，他白了黄小果一眼，拉起ALINE就走。

黄小果对着二楼跺跺脚，有点不舍地跟上了他们。

按照“刺骨瘆凉”的指点，四人直奔放杂物的旮旯，看到那堆乱东西里果然有一块破木板。毛流用力将它搬开后，眼前真的出现了一个非常小的洞口。

ALINE惊讶地问：“你是怎么知道的？”

“我鼻子灵，闻的。嘿嘿。”

黄小果显然不信，却也没有追问，紧跟在他们身后钻进了洞口。

这个洞太小了，而且非常低矮，他们只能弯腰前行，大约走了十多米远，前面的地方开阔了点，洞顶也比较高，总算可以挺直腰杆行走。

也许这才是真正的教堂地下室，里面仍然黑逡逡的，角落里有一些破旧家具、埋在土里的烛台、塑像残骸，但数量很少。在这里，他们没有找到想像中的酒窖或是藏宝洞，也不见那些经常在地室里活动的小动物出没，却发现洞内非常整洁，尤其是地面很干净，几乎没有什么灰尘，似乎经常有人打扫。

三个人惊疑不定地站在一边，不约而同地互相问："这里真的有人？"

就在他们发愣的当儿，一个苍老浑浊的声音再次在黝黑的隧道里回响起来："你们终于来了？我等你们等得好辛苦啊！"

声音好像是从一个病重的人那几乎破碎的胸腔里发出的，气息相当微弱，但依靠回声的力度还是可以听清楚。

毛流紧紧抓住黄小果的衣袖，战战兢兢地直往后躲。

ALINE 壮着胆子问："你是谁？你在哪儿？"

"我在这儿，你们过来呀！快过来！"

他们这回听清了，果然是个老头。毛流心里一激灵，难道这人真是"刺骨瘆凉"所说的那个老头？听声音他似乎病得很严重。

"你出来呀！我们看不到你！"黄小果盲目地朝远处喊道。

"我、我走不动了。你们快过来！过来！"老头说着，竟然发出了轻微的呻吟声，仿佛不胜病痛。

ALINE 侧耳仔细辨别了一下，感觉老头应该就在前面的某个岔洞里，于是对两个同伴说："我们到前面找找看。"

"你、你不怕吗？"毛流的牙齿明显在打颤。

"我当然怕，可我更想弄清楚这一切到底是怎么回事。"

"唉，我总觉得今天不大吉利。"毛流停住不走了，一叠声哀哀长叹。

ALINE 低声训斥他道："别像个怨妇似的行不行？有我们在，你怕什么呀？"

毛流无奈，只好跟着他们小心翼翼地挪动脚步，边走边举着电筒四处乱照。

走了大约十多米，前面果然出现了一个通向侧面的暗洞。黄小果跑上前，举着电筒往里一照，可里面黑糊糊的，根本没有什么人。

老头那刺耳的呻吟声忽然停止了，继而从洞里传来一阵叮当叮当的敲击金属的声音，三个人连忙钻入洞中寻声追去。

又走了数十米远，他们看到一个很不起眼的小岔洞，窝巢似的，洞口有一道门，毛流仔细一看，居然还是老式的防盗门。他伸手一推，门不动，再一拉，门仍然不动。

他喊道："开门！我们来了！"

里面没有人应答，他刚要敲，只见那门竟缓缓上升起来。两人都被吓了一跳，抬头一看，头顶居然还有一道窄窄的缝隙，刚好够门自由升降。

门上升到一米多高就停住了，洞里传出一个苍老微弱的声音，说："你们、终于来了？"

他们忙举起灯，循着声音往里一照。出乎他们意料的是，里面居然席地半躺着一个瘦弱不堪的老头！

他穿着样式古旧的衣服，身体僵硬，不停地喘着粗气，喉咙里咕噜咕噜作响，看上去似乎已是奄奄一息，只有从那浑浊的眼睛里透出的星点微光，才能感觉出他还活着。

看到老头的眼睛被灯光刺得直流水，ALINE 忙推开同伴们手里的灯，对老头说："对不起，是你在叫我们？"

老头吃力地点点头。

"你怎么了？"

不料老头喉头剧烈地哽了一下，居然朝她颤声叫道："女儿！"

ALINE 显然被弄糊涂了，声音有点哆嗦地问："你是谁？刚才说的什么？"

"我是你父亲啊，孩子！"老头艰难地咽下一口唾沫，口齿不清地继续说，"我是你父亲安信强，你是我的小女儿安琳。今天我真高兴，总算可以活着见到你了，孩子！"好容易说完这些话，他嘴唇哆嗦，累得几乎喘不上气来了。

ALINE 呆呆地站在原地，不说话，也没有动一下。

毛流也怔住了，安信强这个名字曾经出现在他的调查名单里，没想到他本人今天就现身眼前，只可惜已经病入膏肓。他和黄小果紧张地看看 ALINE，又看看老头，简直不敢相信这是真的。

"我母亲呢？"ALINE 出奇地镇静。

"她已经死了十五年了，那年我们刚回到国内，她和你的哥哥们一起出了车祸。”

“为什么要回国？是因为你的事吗？”

原来她什么都知道，毛流惊讶地看看ALINE，忽然感到有点难过。

“孩子，我很惭愧，但我绝没有做那种事。”

沉默……除了老头的喉咙不断发出怪异的咕噜声，洞里一片寂静。毛流望望ALINE，又望望老头，夹在中间不知道说什么才好。

大约过了几分钟，ALINE突然问道：“谁能证明你是我父亲？”

“我——”老头被问懵了，难过地嗫嚅道，“女儿，我真的是你父亲。”

ALINE冷冷地看看他，忽然笑道：“这也太荒唐了吧？”说完猛地转过身就往外走。黄小果忙拉住她：“你先别走啊。”

ALINE用力摔开他，朝洞口走去。毛流刚要去追，却听背后咕咚一声，忙回头一看，只见老头倒在地上，嗓子眼里发出一声沉闷的响动，团成一堆的身体抽搐了几下，不动了。

他赶紧将老头放平，一边喊ALINE：“你快过来看看，他可能没气了！”

ALINE闻声站住，迟疑片刻，这才回过头来。

黄小果紧张地将手指伸到老头的鼻子跟前试了试，又摸了摸脉搏，抬头看着两个同伴，急切地说：“他快不行了。得赶紧送医院！”

这个谜一样的古怪老头的突然现身，打乱了大家的惯性思维逻辑，尤其是ALINE。

老头的一句匪夷所思的“女儿”叫得她心乱如麻，简直不知如何是好。

到了医院，老头被火速送进抢救室后，毛流让黄小果陪着ALINE守在医院里，自己则要返回地下室，找出老头的身份之谜。

但这种分工却遭到了ALINE的强烈反对，她坚持要自己去查个明白。黄小果主动说：“你们去吧，我在这里守着就可以。”

毛流无奈，只好让黄小果在手术室外等待，只好带着ALINE立即奔向教堂。

第九章 第七日

在老头蜗居多年的地下室里，他们看到那间潮湿窄长、宛如原始人巢穴般的“房间”里堆满了早已翻得残破不堪的各类地理杂志、专业书，以及厚厚几摞用塑料纸严密包裹的手记。

这些用线绳系在一起的笔记没有一本是完整的，几乎全是散页，纸质和大小都不一样，显然是用好多不同的废纸拼凑在一起做成的，其中有几页甚至是极为劣质的餐巾纸。

从笔记上的署名他们得知老人名叫安清三，但确切身份不详，除此之外什么都新线索也没有。

毛流长舒了一口气，他记得ALINE的生父名叫安信强，而不是安清山，这下当然可以排除他了。

他悄悄看了一眼ALINE，她看上去还算平静，白皙的脸上保持着以往惯有的淡漠，但他注意到她拼命咬住由于激动而翕动的嘴唇，两只手拼命握在一起，试图制止身体的微微抖动。

“你怎么了？”毛流问，ALINE没回答他，而是一转身走进了里间。

那里有一个用木板和砖块搭成的桌子，上面盖着一张塑料纸。ALINE揭开一看，见那里上放着两只碗、一个边沿有缺口的盘子和一双筷子，其中一只碗里有半块白得可疑的馒头，盘子里则是几根干干的咸菜丝。

她默不作声地依旧盖好那些碗盘，回头看到房间里侧还有一张破床垫，上面堆了一席单薄僵硬的棉被，打眼一看就知道是捡来的破烂。

毛流叹息道：“唉，这么苦，他是怎么活下来的呢？”

ALINE默默环顾室内，表情很凝重。毛流试探地问：“你应该不认识他吧？”

令他没想到的是，ALINE 和他对视了几秒，居然一字一句地说：“我们先回医院去吧。也许他已经醒了。”

一路上，ALINE 什么话也没说，毛流一反往常的嘻哈样，强忍着内心的疑惑没有问出口。

到了医院，手术还没有结束。黄小果见他们回来了，忙急切地问：“查出他是谁了吗？”他看着 ALINE，那意思分明是问，“他真的是你父亲吗？”

ALIN 跌坐在长椅上，眼睛空洞地望着手术室方向，嘴唇不住发抖。

毛流看着这个捉摸不透的女人，心想：“她想说吗？她会说什么？”

ALINE 突然站了起来，毛流不安地看着她，担心她会突然跑出去，不料她竟开口说道：“他很有可能就是我的父亲。”

“真的？”黄小果的眼睛里突然闪过一丝奇怪的亮光，毛流不明白他何以如此激动。

“我确实从小生长在美国，但养育我长大的美国夫妇都不是我的亲人。他们曾经告诉过我，说我的亲生父母是华裔学者，在我两岁多时，他们在纽约遭遇车祸不幸去世。但我后来得知他们其实是因故返回国内了，所以我大学毕业后回到上海，希望能够找到他们。但是，很可惜，我一直没有如愿。”

毛流问她：“你当真认为这位名叫安清山的老人就是你的父亲？”

“我只打听到父亲原名叫安信强，其他具体的情况都不知道，所以不敢肯定。上帝保佑他能够醒过来，让我知道所有的真相。”

毛流看看面色凝重的黄小果，心虚地问 ALINE：“关于你的亲生父母，你还知道什么？”

“只查到了名字，但籍贯和来历都不知道。而且对于他们回国后的去向，也一直没有查出来——这就是我为什么留在大陆的原因，我相信他们不可能就此从人间蒸发。”

“他们为什么回国？”

“不知道。好像是因为一桩官司，但具体怎样我不清楚。”

ALINE 的脸色非常苍白，身体微微地抖动，显然在极力克制自己的情绪。

毛流有点可怜她了，他觉得自己不能再为了面子而隐瞒什么了，于是他壮着胆子对ALINE说："如果我告诉你我知道关于你父母在国外时的一切情况，你会生气吗？"

她吃惊地看着他，有点手足无措地反问："什么？你在说什么？"

"我知道很多事实。"

"你？"

"是的，实际上我一直在调查你。"

"你？这太可怕了，怎么会？"ALINE吃惊地看着他，手指先是指向他，随后又摁在自己额头上，拼命地摇着满头乱发。

黄小果也狐疑地瞪着他们，显然无法相信眼前这一变故。

毛流打开随身携带的电脑，从邮件里调出关于安信强夫妇的所有详细资料。ALINE坐在椅子上，浑身颤抖着看完，沉默片刻后，她的眼泪无声地滴落在自己紧紧缠绕的手指上。

毛流怜惜地看着她，安慰说："对不起，我以为你什么都知道。"

"我只知道一点。我养父母告诉我说他们早就死了。但他们的亲生女儿芙瑞娜却说他们没死，而是回到中国了。她陪我去我父母工作和学习的实验室找过，但都没有结果。十八年的时间太久了，当时认识他们的人并不多，有的去世，有的离开了，所以我们只打听到他们的姓名，别的什么也不知道。直到前年，芙瑞娜认识了一个在地方法院工作的朋友，通过他，我们终于查到了我父亲那件案子的情况，但案卷上也只是说他们被取消了居留权，对于他们回国后的情况也不了解。"

说到这里，ALINE停了片刻，哽咽着继续道："说实话，我甚至不知道他们是离城人。那个朋友告诉我说案卷上提到我父亲到美国前在上海一所研究所工作，所以我才去了上海，希望能够找到他。但那个研究所早已被撤消了，我打听了很多人，但他们甚至根本没听说过我父亲的名字。"

两个大男人面面相觑，不知该怎么劝她。

ALINE抹掉眼泪，苦笑着长叹一声："是宿命让我来到这个地方，并与我的亲生父亲见了最后一次面——如果他真的是我父亲的话，我希望上帝保佑我这不是最后一面。"

黄小果半是懊恼半是期待地说："真希望老头能活下来，否则这次我们不但找不出真相，反而还脱不清干系了。”

这天深夜，ALINE坚持要在医院守护老人，让毛流和黄小果回宾馆去休息。两人客气了一会，告辞走了。

在返回宾馆的半路上，黄小果中途忽然闹着要下车，说是要去给ALINE买点食物送去，省得她晚上饿了吃不到东西。疲惫不堪的毛流抱怨道：“要献殷勤你自己去，我可不奉陪了。”

黄小果说：“那你先回吧，我最多半个小时后就回去。”

“哼，你一晚上不回来才好呢。”毛流不无嫉妒地关上车门，示意出租车司机继续开。

司机是个中年人，穿着蓝色的半旧工作装，倒也比较干净。

毛流坐在后面，看不清他的脸，只是从轮廓及背影看这人比较壮实，板寸短发根根直立，一派耿直无畏的样子。

他很沉默，只顾专心地开车。毛流这时其实很想找个人倾诉倾诉，可一见司机那副死板样，也就没了兴趣。

这几天一连串的遭遇令他感到疲惫，于是便仰头靠在椅背上，阖上眼皮打瞌睡。

正迷糊的时候，忽然听到一个嗓音低沉却相当温柔的女声在耳边絮叨说：“知道秘密是要付出代价的，你说呢？”

声音像地洞里的回音，一连串地说着：“你说呢？你说呢？你说呢？……”

“啊！”毛流凛然变色，大叫一声，险些从椅背上直跳起来，吼道：“谁？什么人？”

“怎么了？有什么不对吗？”司机慢条斯理地开着车，一边回过头看着毛流问道。

惨淡的路灯映进车窗，隐约看到司机一脸胡茬，嗓门却像公鸭一样，尖细阴冷，让人很不舒服。毛流本能地往后退缩着，问：“刚才是谁在说话？”

“什么？没有人呀。”司机环顾车内，忽然笑道，“哦——你说的是收音机？”他指了指车载电台，用那与身材很不相称的假嗓笑嘻嘻地说，“我正在听‘三更夜谈’呢。这个节目很好的，你不喜欢吗？”

毛流连连摇头，他凝神一听，电台里果然传出一个甜腻腻的女声："各位听众朋友们，你们好，欢迎收听'三更夜谈'，我是主持人阿曼。今天我们的话题是：如果您偶然知道了别人太多的秘密，会不会觉得这其实是一种负担？"

女主播的音调奇特，诡异中又很有磁性，任何人只听一次就可以牢牢记住它。

公鸭嗓司机说："你要是不喜欢听，那我关上它好了。"

说完他果真关了。毛流轻轻松了一口气，仍然心有余悸，原本浓浓的睡意也被这略带神经质的声音驱赶得无影无踪，一直到下车付钱，他没再和司机说一句话，而是加倍提防着一切有可能再突然出现的怪异声响。

回到宾馆房间，他紧绷的神经彻底放松。

放好背包后，他打开空调，关掉顶灯，只留了一盏小台灯，然后顾不得洗澡就疲惫地倒在床上，想好好睡一觉。

可是，刚躺了没一会，他忽然听到有人在耳边轻轻召唤："看我，快看我。"

他以为是黄小果在捣乱，就不耐烦地挥挥手，口齿不清地咕哝道："别理我，我睡觉了。"

刚说完，他突然觉得不对劲，黄小果的嗓门比较温和，可这个声音却很尖细，根本不是他！

他吓得猛地睁开眼睛，只见镜子里呼啦闪过一个神秘人影，转瞬窜到窗前就不见了。

他吃惊不小，立即从床上蹦起来，打开了所有的灯。一时间房间里灯火通明，并无异样。

他小心地走到窗前，见窗户关得死死的，玻璃也完好无损。

他又随意看看外面，此时天色已黑，如弦般的月亮在树梢间缓缓飘动，昏黄的路灯在街上投下一些阴暗的角落，偶尔有人游魂般从树下飘过。

一切都和往常没什么两样，他拉上厚厚的窗帘，重新又躺回床上。

忽然，房间里发出一种什么东西凌空飞过的声音，沙沙的，还带着一股冷风。毛流刚刚松弛的神经再度绷紧，可等他爬起来一看，房间里除了空调不时发出轻轻的嗡嗡声之外，还是什么异样也没有。

毛流一屁股跌坐在床上，低声咒骂了一句，暗骂自己神经过敏，但想了想，还是挣扎着第三次起身，不放心地打开卫生间的门及衣柜，仔细察看一番。

确认没有问题之后，又随手打开了电视机，故意放到一个喧哗热闹的频道上，让那些滑稽节目为自己壮胆。

可是，令他毛骨悚然的是，正在播放广告的电视机里突然什么图像也没有了，屏幕里只剩下一片雪花点，滋拉滋拉地闪烁着，显出不祥的预兆。

紧接着，刚才那种有东西凌空飞过的声音更加清晰地在房间里响起。

毛流的心马上悬了起来，他瞪大眼睛看着那屏幕，只见一道状如匕首的电波从屏幕中间滑过，他吓坏了，忙抓起遥控器按了下去。

这是一个新的频道，却依然闪着雪花点，他正准备换台，只见屏幕上啪地蹦出一双血红的眸子，闪着恶狠狠的光亮，前后不到两秒就稍纵即逝。

毛流冷不防受了这一惊吓，不由大受刺激，甚至忘记了床头柜边的开关，忙连蹦带跳地赤脚窜到电视机跟前，啪地关上了它。

可还没等他坐回床边喘口气，窗户上的玻璃突然响了起来，咔——喀——咔，像有什么在敲一样。

他心里直发毛，刚刚站起来，只听啪的一声，窗户猛地被打开了。

一阵势头强劲的大风呼地刮了进来，在室内徘徊游荡，似乎还隐藏着一股明显的杀机，令人胆寒。

毛流紧张得魂都要飞了，刚要抓起电话喊人，又听到房门咣当一声被撞开了，一个人影出现在眼前。

他几乎吓晕过去，浑身颤抖着，拼命瞪大眼睛一看，那人却是黄小果！

他冒冒失失地一头闯进来，看到毛流目瞪口呆的样子，忍不住谑笑道："你又干嘛呢？怎么这副扮相？"

毛流像见了亲人似的，猛扑上来抱住他，哇哇乱叫道："你可回来了！没有你我可真是活不了啦！"

黄小果使劲掰开他的手臂，说："用不着搞得这么煽情吧？"

毛流的神经松弛下来，他放开黄小果一屁股坐在椅子上，苦笑道：“我总觉得这地方阴森森的，要不咱们撤吧？别再拍什么探险电影了。”

“在胖子没找到之前，我们不可能离开的。即使走了，警察也会把你抓回来。”黄小果脱下T恤扔到床上，说，“我房间里的淋浴器坏了，借你的冲一下。有什么话等会儿再说。”

在黄小果去洗澡的当儿，毛流仍然不敢看电视，只好拿起电脑，想打一会游戏分散一下注意力。

可他刚打开电脑连线上网，只见好端端的屏幕唰地全变黑了，大约持续了三秒钟，从中心部位滴出一滴鲜血，它渐渐放大、拉长、撕开，变幻成一行字：

一切始于黑暗止于黑暗

接着，从音箱里忽然传出一阵阴森诡谲，充满灵异的音乐声，仿佛从地下冒出来似的，冲击着毫无准备的耳膜，惊得毛流险些从椅子上蹦起来，忍不住骂道：“这什么东西呀？搞得蛮邪乎嘛。”

他定定神，找到屏幕下方那个骷髅做的“进入”标志，点击后，主页慢慢打开，仍然是满屏的黑色，还点缀了一些摇曳不定的蜡烛和牌位，不时有神秘的僵尸或鬼影似的动画玩偶忽隐忽现，压抑恐怖的气氛中却有几分滑稽。

页面里所有的字都是白色或红色的，还做了特殊效果，尤其是那些红色的标题，看上去更是血淋淋的，让人极不舒服。

毛流费劲地睁大眼睛，在一堆黑红交加的字里行间仔细察看，好半天才看明白这个网站居然有一个令人瞠目结舌的名字：死亡之穴。里面的内容全是稀奇古怪地葬身幽暗洞穴的故事，不知是真是假。

毛流挨个点了几条帖子，见里面大多都是些文字介绍，所配的图片一看就知道是复合拼凑的，他觉得没什么大意思，就退出来，想去自己常进的几个网站玩玩。

不料，之后无论他打开任何网页，看到的都是那个黑漆漆、血淋淋的“死亡之穴”网站。与刚才不同的是，这一回黑色的页面上什么怪声以及怪东西都没有，只有一行诡异的血红大字：

欢迎加入地穴死亡游戏

毛流用颤抖的手点了一下那行字，只见电脑屏幕上出现了一番令人眼花缭乱的变幻，页面更换成了刺目的血色，上面仍然只有两行白色的字：

黑暗之手，牵引我们潜入城市那诡异的禁区

毛流惶惑不已，连忙阖上了电脑，避邪似的将它扔到桌子上，再也不敢多看一眼。

此时黄小果正好洗完澡出来，正用脱脂棉擦拭耳朵眼里的水。他见毛流目光呆滞地坐在床上发呆，就问："怎么还不睡？想谁呢？"

"想女人啊，有吗？"毛流没好气地回敬一句，滑进被子里，侧过身子装睡。黄小果倒也毫不在意，穿上自己的衣服，和他道个别就走了。

等他走后，毛流伸手关上空调和两侧的床灯，怕冷似的，用被子裹紧身体，努力想尽快入睡。

可是这一夜，他睡得极不安生，不停地做着各种千奇百怪的噩梦，一个接着一个，不断地将他从惊悸中闹醒，却总也彻底清醒不过来。

窗外大街上的汽车飞驰而过，狠狠地碾过他原本就不平和的梦境，苦恼和猜疑像杂草，在他的脑袋里四处横生，可无论如何也找不到真正的线索。

半夜里，毛流忽然被一阵哭声惊醒。他一骨碌坐起，侧耳细听，发现自己不是在做梦，门外的确有人在低声哭泣。再细听时，却是一长一短，像悲惨的猫叫，怪瘆人的。他蹑手蹑脚溜到门边，想听得更清楚一点，不料外面突然又沉寂下来，一点声音也没有了。

他只好躺回床上，打算就这么睁着眼睛一直捱到天亮。

就在这时，黑暗中突然腾起一股股白色的烟雾，半空中还闪烁着点点星光，毛流吓得一激灵，僵在床上动也不敢动。

转眼间，略带草药香味的白烟渐渐散尽，借着点点星光，只见一个身材异常颀长的女人出现在房间里。

她身上披着长长的白纱，看上去丰姿绰约，衣袂飘飘，虽然面容模糊，毛流却分明感觉到女人的目光却象利箭一样刺向他，仿佛要将他从中间劈开。

毛流拼命告诉自己要冷静，一面悄悄伸手去拨开关。

不料被女人发觉了，她居然冷冷地笑了一下，声音短促而阴森，毛流顿时吓得三魂丢了两魂半，僵硬地胶在床上一动也不敢动，女人也不作声，就这么冷眼看他。

双方僵持了几乎千年万年之后，只听女人哀哀地叹了一下气，慢悠悠地说："跟我来吧，109。"

毛流再次魂飞天外，他突然意识到这个女人居然酷似黄小果！不只是声音，还有体形。

就在他想要喊出声时，窗外忽然炸起一声猛烈的雷声，只听女人发出短促而尖锐的厉叫，朝门的方向闪身一跃。

毛流再定睛看时，白色的影子早已消失了。

毛流强打精神，双手哆嗦着拧开灯。

像往常遭遇的恐怖情形一样，这一次房间里依然只有他一个，门窗也完好无损，似乎他只是再次做了一个离奇的噩梦而已。

他愣了足足十多分钟，突然想起女人说的去109房的话，他再次打了个激灵，109房不就是胖子的房间吗？他不敢去，可好奇心又让他觉得不甘，犹豫了好一会，他拿出一枚硬币，谁知连抛四下，结果都是去！去！去！

无奈，他只好穿上衣服，将一把匕首插在腰间，轻轻拧开了房门。

他伸出脑袋，习惯性地看向左边，只见铺着劣质地毯的过道上静悄悄地，走廊上方橘黄色的灯光安静地照亮了每个角落，哪里有什么猫或是女人的影子！

毛流蹑手蹑脚来到109房跟前，正琢磨如何进去，却惊讶地发现，房门是虚掩的！

天啊，难道真的有女鬼在等他来吗？

毛流镇定片刻，拔出匕首，轻轻拨了一下房门。门无声无息地开了一道缝隙，里面黑糊糊的，非常寂静。

楼道上的灯倾泻进去，只照到了门口不到三十厘米的地方，里面什么也看不到。

毛流高高地抬起左脚，打算迈进房间，可就在这当儿，楼道上灯突然灭了！

他差点没吓死，伸出去的腿下意识地收回来，待在原地没敢再动。他打算等眼睛适应了黑暗之后，马上离开这里，乖乖地上楼睡觉去。

可就在这时，他忽然感到背后有轻微的喘息声，不是人，就是什么动物。他猛地转过身，却只摸到了一堵墙。

他抚了抚自己的胸脯，咽下一口唾沫，眼神下意识地转向右边，顿时吓得魂飞天外，浑身筛糠。

只见一个瘦长的人影站在门旁，见到他，影子突然咧开嘴，呵呵笑道："怎么，你也睡不着？"

"啊！鬼呀！"毛流失魂落魄地大叫一声，夺门而逃。可是，不等他喊出来，黑影一把揪住他，双手死死地捂住了他的嘴，将他拖进了109房间。

毛流拼命挣扎，黑影压低声音说道："大半夜的你嚷什么呀？"

这居然是黄小果的声音！

这时灯亮了，毛流不相信地仔细一看，是黄小果，真真切切是他。

"你搞什么鬼呀！"毛流生气地摔开他，一屁股坐在床边，对眼前这个神出鬼没的大活人依然心有余悸。他第一次感觉到，这个外表漂亮如女人的大男孩似乎并不那么单纯。

黄小果似乎毫不介意地笑了笑："我实在睡不着，想到老周房间里来看看，希望能从他留下的物品中寻找到蛛丝马迹。"

"是吗？"毛流又想起刚才出现在自己房间里的酷似黄小果的女人，禁不住有点恶心。

"你不是也来了吗？看来我们果然是心有灵犀呀。"黄小果依然在笑。毛流觉得他的笑实在太邪恶了，真想举拳揍他几下，以解刚才被他惊吓的怨气。

"好了，我们赶快行动吧，等一会天亮了就不方便了。"

毛流担心地问："可我们不经允许私自行动，会不会犯法呀？"

黄小果蛮不在乎地哼了一声。

两人撅着屁股在房间里搜寻，满怀期待和热情。然而令他们倍感失望的是，找了一圈，并没有什么意外的收获。黄小果指着桌子上的电脑包问："那一定是他的私人电脑，打开看看，也许能找出点东西来。"

毛流犹豫道："这个我们最好还是别动了。"

"出了事我一个人承担。再说我们只是看看，又不是毁灭证据。"

毛流只好打开了胖子的手提电脑，里面的文件多是各种供货单据、来往帐目等等，很少有私人文件。

黄小果看了半天，觉得索然无味，就站起来把座位让给毛流，对他说："你来查查他的上网记录什么的。这个你最在行了。"

毛流信手打开网页中的历史记录，"今天"一栏中空空如也，"昨天"里只有一个网页，但是却打不开。他熟练地接上宽带，点击网页。但令他失望的是，那不过是一个很普通的大众网站，除了一堆耸人听闻的新闻和垃圾信息之外，没有任何值得关注的东西。一连打开好几个历史记录，都没有发现问题。

"奇怪，一个活人就这么消失了？" 黄小果说着，拿起鼠标在电脑上鼓捣。毛流看着桌面上的QQ标志，终于灵机一动，兴奋地喊道："有了！"

他劈手夺过鼠标，飞快地点开了QQ图标。他运气不错，胖子的QQ登陆密码是锁定的，毫不费力就可以打开。

胖子的网名叫做"夜的体温"，可以看出他的交游很广，QQ里好友成群，男女都有。为了不放过任何可能的信息，毛流索性直接打开聊天历史记录，挨个开始查。

黄小果说："这样太慢，先查最近联系的，那些没用的看多少也不顶事。"

毛流连忙打开"最近联系的好友"名单，里面有个名字吸引了他。那人叫"冷颤"。

他打开谈话内容的首页，逐一浏览全部记录：

冷颤：朋友，你好。

夜的体温：哪里的朋友？

冷颤：远在眼前，近在天边。

夜的体温：哈，说反了吧？

冷颤：没有，我离你近也近，远也远，关键看缘分到没到。

夜的体温：这话可有点禅宗的味道了。

冷颤：你从重庆来到离城，一定有很重要的事喽？

夜的体温：来玩玩。

冷颤：到地下暗穴里探险？

夜的体温：这个你也知道？看来是同道中人。

冷颤：我也就比你们多知道了一点点。

夜的体温：我们？

冷颤：你和你那三个可爱的伙伴呀。

夜的体温：嘿，看来你什么都知道。

冷颤：不敢。不过我倒很愿意为你做向导，大家一起去发掘离城地下的秘密。

夜的体温：秘密？说来听听。

冷颤：下次吧。我说了，有缘分随时会遇到。

也许是“冷颤”下线了，他们的谈话戛然而止。

毛流查了查日期，是8月11日，也就是他们进入地穴探秘的第二天。

下一次的谈话则出现在两天之后，毛流迫不及待地打开。

冷颤：终于发现小教堂的秘密了？

夜的体温：是的，可惜我无缘得见。

冷颤：那种破地方，不看也罢。

夜的体温：怎么讲？

冷颤：你是生意人，难道不知道什么才最有价值吗？

夜的体温：我不懂你的意思。

冷颤：直说吧。我想你应该听说那幢别墅王了吧？

夜的体温：这和我们有关系吗？

冷颤：肯定有关系，但不是你们，而是你。别墅的地下室里有许多你喜欢的东西，我想你一定有兴趣进去亲眼看看。

夜的体温：什么东西？

冷颤：你自己看看不就知道啦。

夜的体温：可那里是私人住宅，我怎么能进得去？

冷颤：办法总比困难多。

夜的体温：那也不能去。尚且有人居住的私家住宅并不是我们探险的兴趣所在。

冷颤：算了吧，别把自己说得那么清白。

夜的体温：路线？

冷颤：从教堂对面的地铁站下去，走到第二道挂有“闲人免进”的门那里，直接进到地下通道。在隧道中的第四个管道交叉处往右，走大约100多米继续右拐，你会看到令人震惊的一幕。

夜的体温：到底是什么？你到底是谁？

冷颤：也许是一双在黑夜中凝视的眼睛。

第三次的对话内容如下：

冷颤：你已经暴露了。

夜的体温：不要胡说。

冷颤：我可以确切地告诉你，那个富翁已经死了，他的脖子上有留你的扼痕。

夜的体温：我并没有掐死他。

冷颤：这我也知道，但他的确死了。

一阵沉默。从上面显示的时间来看，大约五分钟之后，“冷颤”再次发问。

冷颤：想不想摆脱嫌疑？

夜的体温：请讲——

冷颤：进了这个网站，你就全明白了。

毛流将那长串地址打开，随着一阵似曾熟悉的阴森诡谲、仿佛从地下冒出来的、充满灵异的音乐声，屏幕唰地全变黑了，大约持续了三秒钟，从中心部位滴出一滴鲜血，那血渐渐放大、拉长，最终变幻成那行字：

黑暗之手，牵引我们潜入城市那诡异的禁区。

“这不是那个恐怖网站么？”毛流气恼地嚷了一句，躲避瘟疫似的赶紧退出来，又回到QQ的谈话记录里继续看。

夜的体温：别费心思了，我不会死的，你这个疯子。

冷颤：是吗？那倒不一定。你不知道杀人要偿命吗？别忘了防空洞里那个可怜的疯女人。对于她的死，你该怎么解释？

夜的体温：我、我那是为了自卫，要不然她会杀了我的。

冷颤：你错了，那女人手无缚鸡之力，别看她那么虚张声势，其实她更怕你们袭击她。

夜的体温：她是没有理智的人，对我来说就是威胁。

冷颤：但她并没有伤到你，相反自己倒遇害了，惨死于你的手下。

夜的体温：我自认倒霉。

冷颤：别忘了还有那个钱多得花不完的富翁呢。不过我是旁观者，可以替你说句公道话，他的确不是你弄死的，可问题是警察会听我的话吗？

夜的体温：这一切究竟是怎么回事？

冷颤：具体的你就不必知道了。总之当时他已经病入膏肓，没几天活头了。即使没有你，他也必须得死，可惜你太心急，在他脖子上留下了痕迹，所以你已经杀死了两个人，无论如何也得偿命。我向你推荐自杀，只不过是为了让你走得更体面点。

夜的体温：我可以证明自己是无罪的。

冷颤：死去的人未必个个都有罪。

夜的体温：我现在终于明白了，全是你一手设计的。

冷颤：其实魔鬼早已潜伏在你心里，我不过是点醒了它而已。朋友，祝福你好运！希望明天还能在这里遇到你。

谈话到此，再无下文了。

从这些毫无条理的谈话来看，似乎胖子就是杀死女疯子和富豪的凶手。毛流忿忿地说："这怎么可能呢？这个'冷颤'一定是胡说八道！我绝不相信。"

黄小果说："那倒未必，不过我想老周一定知道别墅的秘密。"

"我不明白他为什么要偷偷潜到别墅地下室去呢？"毛流叹了口气，"那儿毕竟是私人住宅。如果真的是他，可就太麻烦啦。"

"这就要看事实了。眼下谁也不敢下结论。"黄小果仔细察看了所有的上网记录，又说，"我认为老周并没有离开离城，而是藏在某个他最喜欢的地方。"

说完，他和毛流相顾色变，同时嚷道："地洞？"

"没错。"

"可这里的地洞四通八达，简直是一个与整个城市对等的地下世界，那么大的地方，我们总不能一个个洞一个洞地找吧？"

毛流说："等等，我再想想办法。"

他再次打开历史记录中关于恐怖网站的那一页，连接上线。黑色的背景再次充斥了整个屏幕，等那行"一切起于黑暗止于黑暗"的字变幻之后，毛流点击进入页面，只见里面依然充斥着刺目的红色、白色和黑色的图片和文字，他没有直接打开它们，而是慢慢浏览页面。

突然，他看到页面中间出现了一个叫做“别看我！别找我！”的标题。这句话如此熟悉，像一个老朋友在不住地殷切召唤，毛流想也没想，就直接点开了它。

只见屏幕闪烁了一下，一个新的窗口啪地跳了出来。这一次，背景被换成了血红色，大面积的红夸张地布满整个屏幕，刺得人心跳都加速了。上面只有两行文字：

献给勇敢的你——

从废墟直达天堂的神秘地穴

字迹故意做出一种极恐怖的特殊效果，不住地往下滴着斑斑血点。

毛流把鼠标放在“神秘地穴”那句话上，使劲双击，只见屏幕又跳出一个新窗口：同样漆黑的背景上出现了一把寒光闪闪的匕首，刀尖竖直向下，像割肉似的在页面上飞快地划了起来，所经过的地方立即翻开一道道纤细血印。不过五秒，疯狂奔走的匕首停住了。

毛流和黄小果目瞪口呆地看着刀子留下的痕迹，互相看了一眼，谁也没说话。

半晌，黄小果俯身指着屏幕，半是回答半是疑问地对毛流说：“这是什么？路线图？”

他的话点醒了毛流，他一拍大腿，激动地说：“对！我看好像就是地洞里的路线。”

“快拿出我们画的图，看看是不是一样的？”

“图纸一直都是ALINE画的，都在她手里。”

“快去找她要呀！”

“别忘了现在是凌晨六点，而ALINE还在医院里，正陪她父亲呢。”

黄小果嘿嘿笑了，说：“好了，我们回去睡觉，一切等明天再说。”

第十章 第八日

第二天十点多，毛流起床后，没有惊动黄小果，而是自己径直打车直奔医院去找 ALINE，不料却扑了个空。

值班护士告诉他，ALINE 刚才出去了，说是要回宾馆取点东西。

毛流只好又折回宾馆，一路小跑冲到 ALINE 的房间门前，边敲边喊："ALINE！快开门！"谁知里面却没人应，他哐啷、哐啷使劲拧动门把手，咚咚地敲。

偌大的声响惊动了正在值班的服务生，她从吧台里探出身子对毛流喊道："别敲啦。那位小姐十分钟前就已经出去了。"

"她没说要去哪里？"

服务生直摇头。

这时，黄小果也来了，得知 ALINE 不见的消息，他也很着急，马上和毛流一起赶到医院，可护士说 ALINE 还没有回来。

毛流悻悻地拿出手机给她打电话，电话通了，但一直没人接，他挂断重打，谁知竟是"无法接通"。

毛流的脑袋都快炸了：一个还没找到，另一个居然也失踪了。

黄小果一听这个坏消息也急了，嚷道："哇！我们这都是什么人啊？乌合之众。难怪大陆的城市探险水平总也上不去。"

"你不要打击一片。"毛流不满地辩驳。

"你还别不服气，我说的就是你。你为什么来探险？别人不知道，我还不了解吗？纯粹是娶不到媳妇给闹的。"

毛流被他说到痛处，只能尴尬地笑："咳，咳，那你呢，不也没媳妇嘛。”

“我和你的性质一样吗？我那是挑花了眼。”

“得了，先说正事。”毛流打断他，“先别急，没准那位大小姐只是出去买东西或者吃饭去了，我们先回宾馆等等再说。”

两人又回到毛流的房间，看着彼此发呆。

毛流不胜其烦地发起了牢骚：“拍什么鬼电影，天天都是死呀活呀的，从头到尾全是倒霉事。”

黄小果沉吟片刻，问道：“关于老周电脑上的那个路线图，你再想想还是还有没有别的办法。”

毛流发呆不回答，黄小果逼问他：“快说呀，有没有？”

“催命呢？我想想——”毛流眼皮也不肯抬地盯了一会电脑，又把目光转移在自己的行装上来回逡巡，指着DV机不无沮丧说，“就只有它了。”

虽然他几乎将洞里的大部分情形都拍了下来，可是那都是实景，要和简单明了的路线图一一对应还真是有点难度。

毛流仔细审视自己所拍摄的那些画面，直看了半个多小时，这才犹豫不决地判断网上的路线图好像是地铁附近的地洞。

黄小果说：“那我们就先去地铁看看，不能放过一种可能性。”

毛流叹口气，说：“也只能这样了。”

黄小果让他用相机将网上的路线图拍下来，然后飞快收拾了几样必须的工具，飞奔下楼。

等车时，毛流看了看表，才下午一点多。

窗外的天空依然灰蒙蒙地，看不出云和雾的区别，有的商店和大厦甚至亮起了霓虹灯，傍晚似乎平白地提前来临了半天。没有风，周围弥漫着令人窒息的闷热湿气，尖尖的树梢刀子似的戳向半空，试图挖个窟窿透透气。街道非常寂静，人们都怕热似的不肯出门，偶尔闪过几个零星的行人，还连跑带赶，好像屁股后面有鬼在追。相比之下，车辆倒显得悠闲了许多，它们慢悠悠地驶过街道，像在湖面上顺水而漂的船。

这是一个外表看起来过于寂静的城市，内里却不安分，地上、地下两个世界经常混淆在一起，搅乱了原本平和的秩序。

这时，一辆出租停在两人面前，毛流叹了口气，和黄小果一起上了车。

车子刚驶出宾馆大门，一个人影忽然从斜刺里飞快窜出，朝车子猛扑过来。司机吓了一跳，慌忙将车停下。两人定睛一看，原来是ALINE。

只见她如神兵天降一般，毫发未损地出现在面前。见车停下来，她迅速迎了上来，口气坚决地说："一起去吧！"

毛流忙对黄小果打手势要他拒绝，黄小果面有难色，却还是对ALINE点点头，要她上车。毛流气得直瞪眼。等ALINE上车坐好，他很不客气地质问道："你刚才跑哪去了？打电话也不接？"

"哦？我一直在等你们呢。"

"我问你干嘛不接电话？"

ALINE 摆出一副无辜的神情："对不起，我真没听到。手机在背包里，设置的还是振动，我没想到有人会在这种时候打电话给我。所以就——嘻嘻，你们是不是很着急？"

"切。真没见过这种女人！"

毛流气得扭过脸装做看天气，心里嘀咕道："需要的时候闪到一边怎么也找不到；不找她了倒神兵天降，出现的真是时候。还做出一副天真的样子，够阴险。看来除了我，这些人个个都有问题。"

这时，司机被他们吵得不耐烦了，问："你们到底要去哪里呀？"

毛流这才回过神来，刚要发话，不料ALINE抢先道："先去医院！"

黄小果似乎刚刚想起来，他拍拍脑门笑道："我们是得先去医院看看，也不知那个老人到底醒来没有？"

ALINE没有答话，脸色唰地变了。毛流没注意，问她画的那些路线图是否还在。

ALINE一愣，但什么也没问，马上从背包里拿出了一个笔记本递给他。

毛流接过来一看，见里面果然画满了手绘的路线图草稿。

他拿起图纸，跟刚才所拍摄的网络路线图仔细比对，一边咕哝道："这些洞太复杂了，简直让人眼花缭乱。"

ALINE 不解地问："你们要做什么？"听完黄小果说明原委，她惊奇地瞪大眼睛说，"真的吗？我不相信。"

"所以我们才有必要去查个明白。"黄小果问毛流，"有什么结果？"

毛流脑袋扎在地图中说："我觉得很像是地铁通往教堂或是别墅的那一段。"半晌，他一拍大腿兴奋地叫道："应该就是这里！绝对是通向别墅的路线图！”

ALINE仔细查勘一番，结论与毛流相同。黄小果点点头，说：“那好，今天晚上我们就沿着‘冷颤’说的路线走一圈，找找看有什么线索。”

下午两点多，老头终于苏醒过来。得到医生的许可后，三人进到病房，试图把一切都问个明白。

ALINE一步一步走到病床边，在老头身边蹲下，审视地看着那张凄苦却带有几分奇特的安详的脸，似乎想从一道道皱纹里找出答案。

从ALINE一进门，老头那满含泪水的眼睛就没有离开她。此刻，他定定地看着她，嘴角漾起一丝笑意，说：“孩子，你长得真像你妈妈年轻时的模样。”

ALINE尴尬地看看两个同伴，黄小果忙拿出一大杯热鸡汤递给她，示意她喂给老头吃。

老头慢慢地喝着汤，浑浊的泪水不时从眼角滑落。毛流满怀同情地看着他，既难过，又觉得滑稽：这个老头简直是疯了，怎么会随意见到一个女孩子，就认定这是自己的女儿？

等老头喝过汤，精神稍微好了点之后，黄小果按捺不住地问：“老伯，你一定搞错了，她怎么可能是您女儿呢？”他指着ALINE说，“人家可是刚从美国回来的，压根没在大陆呆过，更没有来过离城！”

老头虚弱地笑笑，说：“你说对了。她妈妈的确是在美国生下她的。”

“哦？”

“我原名叫安信强，是离城人，老家在乡下。大学毕业那年，我被分配到上海地质研究所工作。两年后，我考到美国孟菲斯大学地球物理系攻读博士学位，跟从一位著名学者研究‘地球空洞学说’。在国外时我遇到了同在一家饭馆打工的研究生宋慧——”

说到这里，他看着ALINE，“后来她成为我的妻子，也就是你妈妈。她是以商务考察的身份去的美国。婚后我们很快生了三个儿子，你是第四个，我们给你起名叫安琳。”

ALINE做梦似的点点头，脸上看不出有什么很特别的表情。

安叔继续说道：“你出生后不久，我莫名其妙地被牵扯到一件古怪的‘性骚扰’案中，不但身败名裂，还把你给丢了。回国后不久，我们全家又遭遇了一场车祸，你的三个哥哥和妈妈都死了。我自己虽然没有危险，但大脑受了很大刺激，留下严重的后遗症——就是对声音有病态的恐惧，非常惧怕任何噪音、吵闹，一听到稍微大点的声音就受不了，头疼。为了治好这病，我到很多医院都试过，但都没有什么效果……半年后我索性逃出了医院，避开人群躲进了郊外的大山里，可那里是旅游点，所以仍然不能安生。于是我只好到处流浪。一个偶然的机会，我无意中发现了离城地下奇异的秘密，索性蜗居在地洞里，一直到现在。"

听到这里，ALINE 默默地流泪，哽咽着说不话。黄小果问道："没人帮助过您吗？"

"派出所来人要帮我联系老家的人，但我实在不愿意回去，所以他们后来也没有再勉强。也曾有人好心要接我出去，但我已经不习惯地面上的生活，那种喧闹和嘈杂让我发狂，况且老婆、孩子又都不在人世了，看到别人家庭幸福的样子，我很伤心，更愿意永远住在地洞里。"

他顿了顿，感慨道："洞穴多好啊！没有歧视，没有恶意中伤，更没有牵挂，可以一心做自己喜欢的事。"

"您指的是什么？"

安叔指了指地图："研究它！这是一个神秘的地下世界，有很多我们还不知道的东西，值得研究。"

"您靠什么为生？"

"起初是捡破烂，后来因为身体太差，也没时间乱跑，所以基本是靠几个老乞丐讨些饭菜勉强糊口。"

听到这里，ALINE 再也坚持不住了，哇地哭出了声。

"孩子，别哭，其实我在这里生活过得很快活。天天在洞里四处游荡，探询地下的每一处洞穴，潜心研究，希望以此印证我在美国时就已经研究的'地球空洞说'课题……可是，前一阵，我发现自己不行了，我有很严重的哮喘、肺病，还有风湿，估计活不了几天了。可一想到自己的研究才有了眉目，我真是不甘心，多希望有人能够继续我的工作，把离城的地洞好好研究一番，一定会有惊人的新发现。于是我就在这里等着，直到有人自愿进来探险。也许老天见我可怜，我终于盼到有人来了！"

安叔的眼睛里散发着亮晶晶的光芒，热切地看着几个年轻人说："就是你们！第一次看到你们进洞里来，我激动得话都说不出来了，心想终于这项研究总算后继有人了。而且，更令我惊喜的是，我在你们中间发现了她——”

他指着ALINE，激动地语无伦次：“我的女儿！起初我真不敢相信，只觉得她长得像我妻子，可事情已经过去二十多年，我不敢断定。于是托人给几位美国的朋友写信，询问他们关于我女儿的踪迹，他们说她去年就回国了，只是查不到具体的地址。后来他们想办法弄到了女儿的照片给我寄来。我一看，果然就是你呀，孩子！”

安叔说着，艰难地伸出手，在上衣口袋里摸索半天，取出了一本薄薄的小册子。四人惊异地看着他慢慢打开册子，从里面抽出一张照片。

黄小果和毛流凑过来一看，上面的女孩果然正是ALINE！

ALINE捧着照片，目瞪口呆，一句话也说不出来。半晌，她握住安叔的手，低低地叫了一声：“爸爸。”

父女相认，并没有出现煽情剧中常有的拥抱、激烈号哭或是诉说，双方都出奇地平静。毛流看到ALINE脸上满是泪水，但她强忍着，终究没有哭出声来。

“能够活着见到失散多年的女儿，我简直太高兴了！”安叔靠在床头，干瘦的脸上露出了欣慰的笑。ALINE哽咽着说：“您为什么不早告诉我呢？”

安叔仰躺在床头上，喘息良久，苦笑着又说：“你们每次来洞里，我都试图接近你们。可是，也许是我的出现太突然了，惊吓了你们，所以每次我还没露面，就把你们都吓跑了。”

毛流和黄小果交换一下眼神，表情复杂地笑了，神情中不乏惭愧。

安叔反而安慰他们说：“你们被吓坏了吧？真是对不起。”

“您别这么说。”ALINE握住父亲的手，眼泪唰地流了下来。毛流默默地注视着安叔苍老的面孔，心里真不是滋味。

“这么多年，您一个人窝在这漆黑的地洞里，一定吃了好多苦。”ALINE哽咽着说。

“我一点也不孤单，嘿嘿，我整天忙着在洞里考察、做研究。再说我还有个女邻居呢！”

“女邻居？”

“是啊。改天我带你们去看她。哦，想必你们已经见过她了，就是防空洞里那个可怜的老太太，外面的人都叫她疯子。”

三个年轻人面面相觑，一齐问：“您是说那个长得很恐怖的女疯子？”

“是她！等会儿我带你们去她住的防空洞，你们跟她一说话就知道，其实她一点也不疯。”

ALINE 沉吟良久，慢慢地说：“您还不知道吗？她已经死了。”

“什么？”安叔惊得一下子坐直了身子，瞪大眼睛问，“她怎么会死呢？”

“我们在洞里发现她的尸体，已经报警了。”

安叔颓然倒在靠垫上，喃喃说道：“都怪我这几天病得厉害，躲在地下室里没出来，居然连警车来了都不知道。唉，可怜的女人呐。”

他叹息好半天，忽然想起什么，连忙又问，“她是怎么死的？得什么病了？”

“被人用石块砸伤头部后猝死，凶手现在还没有查出来。”

“什么人会这么狠心？连这个世上最可怜的女人也不放过？”安叔扼腕叹息。

“她怎么会长得那么——畸形呢？第一次在洞里遭遇到她，可把我们吓坏了。”

安叔叹息道：“可怜的女人，她是被烧成那样的。十多年前，因为一场火灾，她差点没烧死，被人从火海里抢救出来时，就变成那副鬼样子了。唉，可怜呀！”

“她到底是什么人？”

“我也不是特别清楚。听说是因为丈夫死后，这女人的脑子受了点刺激，守灵时不小心睡着了，结果蜡烛烧着纸钱引起一场大火，烧光了家里所有的东西，她自己也被烧得人不人，鬼不鬼。从那之后，因为自己面貌恐怖，她害怕见到阳光，尤其怕见人，干脆就躲进了这个防空洞，一住就是三十多年。”

黄小果皱着眉头问：“她怎么不回自己家乡去呢？”

安叔惨然一笑，意味深长地说：“你将来就会明白，不是每一片落叶都能回到树根下的。”

ALINE 沉默不语。

毛流见状，连忙岔开话题说：“离城这里太古怪了，尽出一些奇事。你知道吗？这次我们来探险，一路上就遇到了好多怪事，不停地死人，现在居然把我们一个同来探险的朋友也丢了。"

黄小果原本要制止毛流，但他丝毫不理会他的手势，竹筒倒豆子般把什么都说了出来。

安叔惊讶地问："谁丢了？"

"他叫老周，个头很高，有点胖。"

"怎么丢的？"

"我们也不知道。前天早上起来后才发现他突然失踪了，只留了一张纸条说自己回家去了，可后来据警察调查说他根本没回去。"

听说胖子失踪的事，安叔躺不住了，他坚决要出院，打算带他们去寻找胖子。

ALINE劝他道："这事我们已经报警了，警察正在找，您不用着急。"

"那怎么行？他也是你们的朋友，好好一个大活人，怎么会说不见就不见了？再说他也是来探险的，我可不能袖手旁观。也许他是在洞里迷了路，也许是遇到了什么危险，我马上就带你们进洞，好好找一找。"

"不行。您身体刚有点恢复，不能马上参加剧烈活动。"

可是，安叔无论如何也不肯待在医院里休息，他抱怨说地面上人太多、太吵了，即使用棉团堵住耳朵也睡不好。任凭三个人怎么劝说，他都坚持要马上进洞，回自己的家，说那里才是他的安乐窝。

ALINE无奈，只好答应他今天晚上就一起进洞寻找胖子的下落。

天刚擦黑时，四个人飞车赶往地铁。

钻进隧道后，他们躲开人群在里面找了半天，终于发现了第二道挂有"闲人免进"的门，趁无人注意，几个人先后相跟着迅速闪身进去。

下了一段很长的楼梯之后，没走几步就进到了地下隧道，这里全是地铁运营的相关设备。

继续走了大约两百米左右，到了第四个管道交叉处，众人按照提示，往右一拐，进入了一个满是蒸汽的暗道，涉着没及脚踝的积水小心前进。

又走了大约100多米，前面果然有一个右拐的通道，进去后走了没多远，他们就发现了一个被砖墙堵塞的入口。很显然，这里就是地铁隧道的尽头。

黄小果拿起电石灯仔细照着那堵墙，然后站起身来说："砖是活动的，上面上几乎没有灰尘，说明有人经常从这里出入。来，我们把砖块取下来再看看。”

ALINE站在旁边举灯，两个年轻人一齐动手，十多分钟后，终于在砖墙上掏出了一个洞。里面黑糊糊的，应该又是一个洞口。

望着那酷似巨兽獠牙般的黑洞，毛流的心忽然又悬了起来，那种他再熟悉不过的恐慌再次泛上脑际，惹人烦躁。

他原本以为这一次有了安叔的加入，自己会胆壮了许多，可现在看来，事情远没有那么简单。

进到洞里后，越往深处走，地道里常有的那种气味似乎渐渐增多，有点冲鼻。ALINE忙打开电石灯，随时观测气体密度的变化。

安叔笑笑，说：“别怕，我天天在这里待着呢。这点味，没什么大碍的。”

他带着大家抄近道，不到一小时就插到了地洞的另一侧，如果从地面的方位来划分，这里应该是西面，也就是与兵工厂、防空洞以及地铁隧道相对应的那一面。

这是他们从来没有到过的地方，虽然打眼一看和以前那些洞没什么区别，但仔细一瞧，就可以找出端倪。

首先，那些砌成洞壁的砖块比较奇特，非常大，而且很厚，上面遍布蜂窝状的洞眼，地下水在其中聚集到足够大小时，便从容滴下，清脆地落在地面的砖块上，又沿着两侧的槽沟流走。

安叔指着洞顶上那些类似篆刻的题字，颇为自豪地说：“说起来你们可能不信，早在李自成灭明朝时，这里的人们为了躲避战乱，就开始在地下挖掘地道用于藏身。现在这片洞穴就是古地道的遗志，因为洞太深，而且隐蔽得相当神秘，所以一直没有被发现过，也才得以完整保存。”

大家惊叹不已，都放慢了脚步，不住地用相机和摄像机拍着，边看边走。

安叔说完，又领着大家钻进一处洞穴。到了这里，洞内的宽度变得时大时小，最宽时电筒都照不到边，最窄时又只能容一个人侧身而过。

毛流走在最后，正手持DV专心地拍着，忽听身后传来“崩、崩、崩”的脚步声，沉重有力，不紧不慢地跟着他。这是谁呀？他很奇怪，但更觉得恐慌，一股凉意直冲后心，他不禁再次打了个冷颤。

可是，令他大感意外的是，等他猛一转身回头看时，身后并没有出现想象中那种一闪而过的黑影，站在面前的居然是一直走在最前面的黄小果！

毛流几欲抓狂，不无恼怒地问他：“你不是一直走在前面吗？怎么又——？”

“什么？我一直在你背后呀。你做梦呢？”黄小果奇怪地看看他，继续晃着电筒欣赏洞内的风光。

这家伙，他倒有理了。可到底是谁在做梦呢？不知名的恐惧如潮水般汹涌而来，再次席卷了毛流的意识。他想大声呐喊，想声嘶力竭地吼叫，直到把那个躲藏在暗处阴笑的恶魔找出来，问问它到底要干什么。

可是，他也知道自己无能为力，只好缩起脑袋紧追几下，寸步不落地跟在ALINE父女身后，生怕再被吓着。

进入地洞深处，马上感觉到周围凉爽了许多，在四支强力电筒的照耀下，洞里不再漆黑一片，阴森诡异的气氛也被旺盛的人气冲淡了许多。

按照安叔的指点，大家在漆黑的洞里小心翼翼地边走边搜索。

穿过第一道木门，行进的路线图略微有点变化，大家按新路线走了二十多分钟，面前出现了一道半开的铁门，依然布满铁锈和乱七八糟的标语。

但三个年轻人都可以确定，这并不是他们之前见过的那两道铁门中的任何一个。

恐惧感再次袭上毛流的心头，为了壮胆，也为了试探，他一边走，一边还不住地轻声叫胖子的名字。但他不敢大声呼唤，洞里的回声太厉害了，不小心就会招来一群猫头鹰或是老鼠，铺天盖地地奔来和他们一起参加战斗。

又走了好长一段，毛流突然发现前面的地上有只亮闪闪的东西，忙用电筒直扫过去，只见那是一只半旧的耐克防水鞋。ALINE只扫了一眼，就惊叫道：“那是老周的！”

安叔眉头一皱，哑着嗓子喊了一声：“不好，好像出事了！”

毛流还没来得及说话，就被一股恶臭的气味冲得后退了几步。他的心一下子提到了嗓子眼，浑身竟冒出了一层虚汗。黄小果一定也闻到了怪味，他抢上前来，循着气味追踪而去。毛流跟着他转过弯，来到一道铁门旁。

所有的灯光都一齐射向那里，四人惊愕地发现，胖子的身体正僵硬地悬挂在锈迹班驳的铁门上！

ALINE 紧张地捂住嘴，控制不住地叫出了声，毛流也被眼前的景象镇住了，简直不能相信。只有安叔相当冷静，他举着灯走到尸体跟前，仔细端详了半天，语气平静地说："根据我的判断，他应该是自杀。"

胖子的上衣口袋里别着一张纸条，上面写道："我是咎由自取。"

看过纸条，三个年轻人几乎同时打了个激灵。

半晌毛流回过神来，左右看看，终于发现这里正巧位于那间藏有兵器的岔洞附近。他想起胖子说过的关于秦始皇的话，谁知道几天后他竟然选择在这里自杀，难道当时他就已经预知了什么？

这件突如其来的事打击了大家的情绪，尽管早有预料，毛流还是觉得胖子的死过于突然，令人费解。安叔连连叹气，说："如果你们不害怕，就跟我一同再往前走，我想我知道这究竟是谁在捣鬼。"

查明真相的期待之心暂时战胜了死亡带来的惊悚，三个年轻人一致同意继续前进，寻找藏匿在黑暗中邪恶的死神的踪迹。

不知又走了多久，到达一个大得有点寥落的黑洞前，安叔忽然停住了，左右看了半天，神情疑虑地说："这里原先有一个出口，现在怎么突然不见了？"

大家看到，被安叔指定为出口的地方并不存在，而是出现了一长段砖砌的台阶，弯曲着向下延伸进去。

"难道我真的老了？居然会迷路？不行，我得搞清楚。"安叔咬咬牙，带领大家沿着昏暗的往斜坡往下走。

这时，整个洞里出现了一种奇怪的光线，照得两侧的洞壁若隐若现。众人都不说话，游魂似的只顾机械地前进，一切仿佛都极不真实。

这里的洞的形状也很怪，每向下延伸到一定程度，前面就会出现又一个洞口，依然向下延伸。

不用仪器测量，肉眼都可以分辨出那洞还在朝更深更低处绵延过去，没完没了。就好像是一串由大洞小洞相连的梯子，一直通往地狱十八层。

每下到更深一层，ALINE 都记得在洞壁上仔细做记号，以防迷失。

一直下到不知第几重深洞，安叔忽然叫大家停步。

他皱着眉头沉吟道："似乎不对呀。这里我曾经来过，还住了一段时间。可现在的情形似乎不对，这里好像已经不是我所熟悉的地方了，有点蹊跷。"

说这话时，他的语调有点发冷，毛流的额头瞬间冒出了冷汗。他本以为只要有安叔这个经验丰富、而且最熟悉地洞的老人在场，他们应该就不会有什么危险了。可现在看来，一切都没那么简单。他的脑海里闪过一个恐怖的念头，连忙紧走几步，紧紧地贴着黄小果。

安叔挠头想了半天，又与大家商议了一下，最后还是决定先走完这段古怪的地洞再说。

可是，那些洞似乎根本没有止境，依然一个劲往下深入。

又走了半个多小时之后，除了安叔，几个年轻人的勇气和热情都在一点一点消失，可那缓缓向下的洞依旧无限延长，没有结束，仿佛是通往地狱的楼梯！

它们到底会通往何处？

毛流心惊胆颤地一点一点地跟着大家往前蹭，随时准备着撒腿逃跑。

前面又是一个连环洞，走到洞口，安叔忽然摆摆手，示意大家停下。ALINE问他怎么了？安叔有点紧张地说："别急，等我先看看。"

正在他犹豫的时候，众人忽然同时听到了一声惨叫，紧接着，又是一声惨叫。这声音隐约是从前面更底层的洞里传来的，几经洞壁反射，回音变得巨若洪钟，震得人几欲发狂。

"啊！"毛流尖叫一声，仅存的一点勇气完全消失了，没命地回头狂奔。

另外几个人也吓坏了，安叔忙回身护住ALINE。可就在这时，惨叫声突然又没了。众人静等了片刻，见洞里并没有闪出什么怪物，那声音似乎也消失了。黄小果不放心，让他们靠在洞壁不要动，自己高高地举起电筒伸向前面洞里，试图看个究竟。

可里面黑漆漆的，什么也看不到。

毛流跑了一会，见大家都没有跟上来，只好又折身返回。黄小果没好气地说："你像个男人好不好？这么胆小还敢混世界，佩服。"

毛流不好意思了，问："刚才是谁在叫啊？吓死我了。"

"别怕，那不过是蝙蝠的叫声罢了。"安叔说道。

不过，毛流却看到他脸上布满疑云，真担心他不过是在安慰大伙。

黄小果说：“你们等在这，我进去看看到底怎么回事。”

ALINE主动要求陪他一起去。她扶安叔坐下，又对毛流嘱咐道：“你好好在这里陪我爸爸，无论出什么事，只要我们没回来，你们就不要动。”

说罢，她和黄小果放下背包，两人只在腰间各绑了一只荧光灯、在手上挂了一只电筒就出发了。

毛流眼见他们拉着手迈进又一重黑暗无边的洞内，一颗心马上悬了起来。

他亲眼看到，他们的身影刚刚消失在漆黑之中，只听扑通一声，随后就听ALINE发出一声急促而短暂的惊叫，接着是黄小果的声音，起初还在呜里哇啦地喊着什么，随后两人都没了声息。

“不好！”

安叔大喊一声，极其敏捷地站起来，一个箭步冲向洞口，像只被逼得发怒的老虎一样，朝黑暗之处猛扑过去。毛流忘记了害怕，紧随他身后也冲了进去。

可是，他隐约看到前面正在奔跑的安叔又是在一声扑通之后不见了人影。

毛流来不及问是怎么回事，只觉得脚下被什么东西猛一绊，他一个筋斗摔了下去，然后整个人就像风筝一样迅速滑翔而下……

不知过了多少时候，等毛流醒过来时，发现大家全都跌进了一个直井里，摔晕了。

人虽没什么事，可经这么一摔，他们带的头灯和电石灯、荧光灯全被摔坏了。ALINE在黑暗中摸索着，急切地问：“爸，你没摔坏吧？”

“没，没事。”安叔把手伸给她，叹气道：“看来是我老糊涂了，这里的确有个深井，我怎么就把它给忘记了呢！”

黄小果问道：“我们没有别的东西照明了吗？电筒呢？”

毛流在长满绿苔、滑腻恶心的地上摸了半天，总算找到了一只电筒。拍打半天后，它总算亮了。

借着微弱的亮光，众人仔细一看，这个井并不深，只是四周非常光滑，不容易攀爬。

ALINE喘着气扶起父亲，黄小果蹲在地上，架起人梯，先将他们父女俩送上去，然后又让毛流踩在自己肩头爬上去。

毛流问："那你呢？"

"哦，这个我倒没想到。"黄小果说着，看看毛流，顿时有了主意，"这样吧，我先上去，然后和ALINE一起用绳子把你吊上来，怎么样？"

毛流只好认命。他扶着井壁蹲下来，嘴里兀自絮叨："你们可千万别把我一个人丢在这死人井里呀。"

"胡说什么呢。哪来的死人？这种时候你就不要乱想了。"

黄小果说着，踩到毛流的肩膀上，手脚利索地几下就上去了。他站在井口，从背包里拿出绳子，与ALINE一起使劲将毛流拉了上来。

安全逃出深井之后，几个人一屁股坐在地上，累得直喘气。

安叔指着直井旁边那个侧洞说："现在我们只能从那里前进，另外的洞都是死胡同，走多远也只能按原路返回。"

这一段地洞不再奇怪地往下延伸，而是恢复了正常的状况，走起来也容易了许多。

ALINE搀着安叔，毛流则紧挨着黄小果，他手里的灯早就熄灭了，只能靠其他人电筒的光亮照明。四周弥漫着的湿气像云雾般在黑暗中时起时落，灯光发出幽蓝的光，这样的环境让他有点神志恍惚，一时竟不知自己身在何处。

他忙使劲拍了拍脸，试图让自己清醒点。

这时，他忽然看到前面有个虚幻的影子唰地闪了一下，但只是一眨眼，它就又消失在黑暗之中。

他有点犹豫，鉴于一路上大家受到的惊吓实在太多，他实在不忍心冒昧说出自己的预感，让他们再度陷入恐慌，所以只能在心里叹气，装作什么也没发生似的，跟着大家一起往前走。

之后大伙都默不作声地继续走了一阵，安叔忽然停下脚步，指着前面不远处的一个岔洞，粗重地喘息着说："到这里为止，我们已经走过所有已知的洞穴，虽然什么都没有找到，但其实正好说明我们离真相并不远了。"

黄小果说："那就过去看看吧？"

安叔说："先别急。我们先停下来，吃点东西，歇口气再走。"

毛流看看表，此时距离他们进洞已经过去四个多小时，虽然是走在一团漆黑中，无法准确测量，但他估摸差不多已经走了三十多里路。

这个神秘的地下世界究竟有多长呢？

大家坐下休息时，安叔指着四周介绍道："这里是我到过的最远的地方。这之前的那些，包括你们前几天去过的，还有我刚才领你们来的所有洞穴，我都已经仔细研究过了，一切的详细资料都写在纸上，存放在我住的教堂地下室里。从这个洞开始，那边我只是粗略走过一圈，但还没来得及仔细探究，以后只好有劳你们了。"

毛流听他这话怎么像安排遗言似的，不由有点发毛。ALINE 显然也有点不舒服，她脸色一寒，正要岔开话题，却听黄小果忽发奇想地问安叔："莫非这个地下长洞是呈环形的？"

"聪明。我也是这么猜的，可是这还得等到把洞里所有的数据都整理之后，才能得出准确结论。从我目前掌握的信息来看，虽然主洞两侧以及每个拐角处都有无数树枝似的岔洞，但总体来讲还是整个地洞还是趋于一个极不规则的环形。"

安叔指着前面的岔洞又说："这里太奇妙了，每走进一个漆黑潮湿的洞里，都会有很多叫人激动的新发现。对刚刚涉足其中的人来说，也许还有恐怖、惊惧或者是悬疑，但对我来说，它们就像是一个个等待我调教的孩子一样，虽然可爱而调皮，却永远不会藏有什么阴谋。说实话，这就是地下世界最吸引我的地方，也是我这么多年一直都不肯走出去的最大的原因。"

毛流被安叔的话说得热血沸腾起来，他头脑一热，扔下手里的饼干，站起来就朝那个洞走去。黄小果叫住他，开玩笑道："别急着搞头号新闻，没人和你抢。"

毛流说："你也来吧，帮我打灯，我想拍点东西。"

"小心点，这里毕竟连我也不熟悉。"安叔慢吞吞地说着，又喝了一口水，带着笑意看着他们俩，又对陪在自己旁边的 ALINE 说，"孩子，你慢慢吃，别着急。"

刚走出没几步，毛流将腰间的挂灯调整好高度，然后举起 DV 机，打算边走边拍。黄小果紧跟在他后面，将超能电筒高高地举起来，叠加的光亮将洞里瞬间照得如同白昼。

毛流透过 DV 镜头看着前面的路，边走边指挥黄小果注意打光的角度。两人正你一言我一语说得热闹，毛流忽然注意到 DV 机的镜头里迅速掠过一道白色的光环，像棍子一般直楞楞地一闪即逝。他忙指给黄小果看："瞧，这洞里还有飞碟呢。"

黄小果凑上来看了看镜头，却讥笑道："你花了眼啦？什么飞碟呀，刚才是我的手电筒摇晃了一下而已。"

毛流不肯信，他把DV对准岔洞，死死地盯住它看，好像那里随时会蹦出来一个幽灵或者鬼怪，叫嚣着朝他们扑来。

他一面害怕着，一面却非要进去看个究竟。

刚到洞口，他感觉到双腿已经发软了。等到抬脚走进洞内的一刹，他的脚踩到一个异常坚硬的东西，硌得脚底发疼。

他想换一下脚，却觉察到那只脚已经被牢牢地固定在地上，根本挪不动。他再也无法忍受强烈的恐惧，锐声尖叫起来。

紧跟在他后面的黄小果愣怔片刻，居然也跟着锐叫不已。

就在这时，洞里呼啦掠过一阵阴风，似乎有什么东西唰地破土而出，直贯洞顶，然后又重重地被反弹回来，直刺向毛流的咽喉。

他大吃一惊，连忙缩起脑袋，猛地扑到黄小果身上，趁着这股劲一下踹掉鞋子，这回总算脱开了身，两人抱成一团，一起滚倒在地。

安叔在不远处听到响动，立刻站起来，焦急地喊道："怎么了？赶快回来！"

ALINE也朝他们大喊："出什么事啦？"

话音未落，忽听背后的安叔凄惨地叫了一声，倒在了地上。ALINE惊叫一声，跪在地上抱住父亲的身体使劲摇晃着，哭叫："爸爸！"

毛流和黄小果顾不得害怕，连跑带爬地冲到ALINE跟前，急切地问："安叔怎么了？"

ALINE哭着说："我也不知道，他突然倒下了。"

黄小果拿起电筒一看，只见安叔的头部受了钝器重击，脑后被砸开一个洞，人早已失去了呼吸。ALINE傻了一样，既不哭也不说话，就那么僵硬地抱着父亲的双臂，一动不动。

毛流半蹲在原地，眼神迷茫，好像还在梦中没有苏醒过来。黄小果小心地拉了拉他，悄声说："你看——"

毛流木呆呆地回头一看，只见安叔背后几步远的地方，有一块篮球般大小的石块，上面隐约还带有血迹。

ALINE看到石块，登时悲从中来，一头扑倒在父亲的尸体上，号啕大哭起来。

毛流和黄小果默默地蹲在一旁，怜惜地看着她，不知如何劝慰。

半晌，黄小果举起电筒朝洞顶上一看，那上面有一个不小的洼陷，石块似乎是自己从顶上飞落下来的。但ALINE对此表示怀疑，认为是有人蓄意投掷石块杀人。

毛流顿感阴森，紧张地问："你是说凶手就在洞里？"

"如果他不是鬼的话，就应该还没有跑掉。"

ALINE止住泪，抬起头说："我们去找，一定要找到他！"

毛流劝她道："我们还是先把安叔送出洞外，马上报案。"

"不，我一定要亲自抓到这个没人性的家伙！" ALINE说完，抓起电筒往前跑去。

一直没有吭声的黄小果突然开口道："我们先回去吧。"

他的语气虽然很温和，却有一种不容反驳的力量。毛流心头一颤，偷眼瞟了一下这个宛如女人般秀气的男孩。

却惊讶地发现他身后那些刚才还黑漆漆的洞穴仿佛一眨眼全变成了神秘的火龙，每个洞口都向外腾起阵阵火焰，猛烈地喷吐着火舌。熊熊烈火炙烤得他口干舌燥，几乎喘不过气来。

毛流颤抖着嗓门说："这个地方很邪性，我们还是走吧？"

不料听了这话，ALINE愣在原地，突然哇地一声号啕大哭起来。毛流惊慌失措地忙上前安慰她。

不经意间，毛流眼角的余光又一次扫向黄小果。

这个面容漂亮的大男孩似乎对ALINE的悲伤置若罔闻，他肢体僵硬地站在那里，仿佛入定般一动不动，脸上毫无表情，眼睛里却透出清冷无比的寒意。

在他背后，刚才还热浪滔天的洞里顿时变成了冰雪之地，每一块石头都散发出寒彻肺腑的冰冷。

在两人目光对视的一刹那，毛流凛然一惊，感到一阵莫名其妙的恐慌，就像出发前那个雨夜晚归时的感受，这熟悉的恐怖令他毛骨悚然，几乎要尖叫起来。

是ALINE的呼唤打破了他们默默的对峙。

她慢慢走向岔洞，回头对两个同伴召唤道："我们还是先离开这里吧。"

第十一章 第九日

三人相互扶帮着出了洞，毛流突然觉得一直闷热的天气忽然冷了下来，风一吹，甚至感到有几分刺骨。他想问黄小果是不是也感觉到了，却见那小子一副魂不守舍的样子，看样子受了打击，也就不好再问。

当天晚上，电视台的天气预报说本地突遭强冷空气袭击，局部地方的温度预计会接近四度左右。

毛流意识到这是个凶兆，却毫无补救的办法——毕竟谁能左右超自然力量的天意呢？

一夜之间，当地气温骤降，人们不得不重新又取出厚厚的冬衣穿上。大伙议论纷纷，都觉得八月飘雪实在太奇异了，可这也没有引起太大的恐慌，因为毕竟没有雪花纷飞，只是气温低得有点过分而已。

毛流却深感不安，总觉得会有事情发生，而且是他所无力左右的。

安葬了安叔之后，三人带着满腹疑虑再次从教堂钻入进洞，试图寻找背后的黑手。

这已经是第九次进洞了，毛流有些倦怠，他几乎已经背下了这里的路线，隐约觉得这个幽暗的地穴里除了隐藏着难以判知的杀机，似乎再无奥秘。

进到洞里，大家突然有了新发现，那就是洞内的水流比平时宽了好多，冰冷的地下水从各个暗道倾泻而下，到处都像小河一样水流淙淙，宛如异境。

这一次，他们沿着暗道走了整整四个多小时，既没有发现凶手的一点踪迹，也没有发现任何不寻常的东西，大家都有点犹豫要不要继续走下去。

ALINE 独自往南走了几步，摇着电筒四处乱招。突然，她指着背后叫道：“这儿好像有个洞！你们快来看！”

两人连忙跑过来，看到那里果然有个极其窄小的洞，可它太小了，最多也就勉强能钻进去一条狗，人根本无法进入。

ALINE 毫不泄气，举起登山杖使劲捅了捅那洞口的灰土，说：“这里的土很松软，应该可以挖开。”

可是这次大家来得仓促，没有带工具，只好拿手刨土，没多会儿，还真将那洞口扩大了不少。大家依次钻进去，继续搜索。

沿着弯曲折转的暗道走了好久，大伙似乎都感觉自己脚下的地平面正在上升，似乎正一步步沿着一个慢坡往上走。

黄小果惊讶地说：“真怪。走了这么远，还没见过有往上延伸的地洞呢！”

他的话引起了 ALINE 的警觉，她让大家站住别动，自己拿起望远镜朝前边看，可洞里的光线太弱了，她几乎什么也看不到。

毛流想了半天，认定这是教堂地下室通往二楼的暗道，于是自告奋勇当先锋，带着大家继续前进。

刚走了约摸五十米，却被一堵墙挡住了去路。他正在奇怪，忽然看到前面出现了一丝光亮，还以为到了洞口，就指着那光线对众人说：“看呐，这里有神仙显灵啦！”

大伙连忙跑上前，伸长脖子一看，只见墙缝里居然发出了一缕蓝幽幽的光！ALINE 凑上前，从缝隙里仔细察看。

里面好像还是一个洞，洞内不时射出一束束神秘的蓝色光柱，照得四周通亮如白昼，只可惜缝隙太窄了，什么也看不清楚。

她情绪激动地嚷道：“应该把这破墙推倒！”

两个同伴面面相觑，似乎觉得这么做太过分了。

“我们现在是在查找真相，所以还是现实点吧。”ALINE 说着，伸手拼命去推墙。两位男士见状，只好放下手里的东西一起帮她推。

这墙似乎只有薄薄一层砖，没几下就被推倒了。随着砖块倒下扬起的灰尘四散开来，里面的光线哗地倾泻而出，刺得已经习惯黑暗的三人直揉眼睛。

只见洞里一片通明，却奇怪地一片光秃秃，什么也没有。

三个人心惊胆战地进到洞里，小心翼翼地扶着潮湿的洞壁又走了十多分钟，看到前面出现了一个丁字路口，一堵由大石块垒成的墙再次迎面拦住了他们。

他们仔细勘察一番，终于发现墙根的两头还各有一个入口，往左的是通的，右边的洞口却被巨大的大理石堵得严严实实，根本无法进入。

毛流戴着手套摸了摸冰凉的石头，喃喃自语："这里好眼熟呀。"

黄小果也停住脚，不住地打量四周，恍然大悟道："就是！我们来过这里的！ALINE你还记得吗？我还开玩笑说那个洞里藏着个钻石王老五来着？"

"是！就是这里！"

ALINE激动地大叫："对极了！上我当时就有一种预感，觉得这里好像有什么秘密。"

毛流指着左边说："如果我们没记错的话，那边应该是出口，上去就是离别墅不远的那块草地。"他又指了指右边，"当初见这里戒备森严，我们就没有进去。"

黄小果一边点头，一边仔细地在大理石来回抚摩，还一个劲地嗅着鼻子，同时用灯不断地照着旁边的洞壁。黄小果说："如果我们能从这里进去，一定会有新发现的。"

"可是，堵得这么严实，怎么进呀？"

听到黄小果不断发出唏嘘的吸气声，毛流不无厌恶："这地方有什么好闻的？你好像不属狗吧？"

"这里好香，有种很特殊的香味。"

"是什么？"

"我说不好，闻着怪怪的，有点像檀香。"

"不会吧？难道这里有和尚？"

ALINE显然对黄小果的发现产生了兴趣，她拿着图纸比对半天，终于说："如果我没有判断错的话，这里应该就是别墅地下室的入口。"

一听这话，大家都激动得眼睛放光，毛流做出陶醉的样子："哦！宝石啊！金子啊！我们来了！"

黄小果讥笑他道："别净想美事了。"

说话间，ALINE 的手指一直在石头和洞壁摩挲，毛流见状问道："你摸什么呢？难道那儿有什么机关，啪地一按石门就可以打开？"

ALINE 没有答话，手却没有停止动作。黄小果对她喊道："怎么样啊？不行咱们就扒石头吧？"

ALINE 依然在石头上到处触摸，头也没抬地说："等会儿。"

"这里不可能是强攻的，你想，胖子一个人都可以进去，依他的习惯，不可能是搬开石头进去的。"毛流说着，一把推开黄小果走到石墙跟前。

黄小果夸奖他道："说了半天，就这句还有点靠谱。"

ALINE 突然惊喜地说："你们快看这里！"大家连忙举起灯，朝她指的方向一看，只见石门上方的洞壁上有一个非常不起眼的圆点。她伸手使劲按动几下，圆点没有反应，伸手拽出来一看，原来是一个状如手指般的石楔子。

黄小果拿着电筒往小圆洞里照了照，示意毛流把手指伸进去试试。

手刚一伸进去，只听吱呀一声，厚重的石门居然訇然自动打开了。一股灰尘扑面而来，遮住了大家的视线。

等灰尘散去，大家借着灯光一看，发现石门里面居然还有一道薄薄的白色残墙，上面有一个刚够一人钻的洞。ALINE 抢上前一步，把身体探进里面举起电筒照了照，兴奋地说："没错，这里果然就是别墅的地下室。"

大家先后从残洞钻进去，黄小果找到开关，把房间里的灯全部打开。

雪亮的灯光顿时倾泻而下，满眼的金碧辉煌在瞬间刺痛了三位探险家已经习惯黑暗的眼睛，他们目瞪口呆地看着眼前的一切，简直傻了眼。

只见这座地下室规模宏大，气派非同一般，看样子是花重金修整装潢过的，不仅特意加了防潮、防水的建筑材料，铺上了水磨石地板，安装了各种照明设备以及 24 小时除湿恒温调控、安全监视系统等设备。那个富翁俨然将这里变成一个极尽奢华的私家藏宝库。

不仅如此，所有的物品也都极尽奢华。放眼一看，大厅到处都堆放着难以计数的各式古家具、瓷器、字画、古玩、奇珍异宝等物，还有成千上万的书籍，以及一些还未来得及打开的大大小小的箱子，看上去更像是博物馆。

整个空间被划分为不同功能的区域，分为大厅、会客室、茶厅、咖啡吧、字画室、古玩室、玉器馆等，甚至还有一间带洗手间和露台的卧室，俨然是一个功能健全的收藏沙龙。

墙上镶嵌着镀金龙凤挂饰，挂着主人与许多文化名人的合影。客厅四周有一圈像牙屏风，中庭修了个小鱼池，堆着植物和鲜花的小花圃的旁边，有一道工艺精美的楼梯直通楼上。

黄小果赞叹说："看来这位大富豪来头不小！"

就在这时，他们头顶上忽然传来一阵噼里啪啦的脚步声，

三人都吃了一惊，毛流更是被吓得不轻，颤声说："不会吧？这里不是已经没有人了吗？怎么还会有脚步声？"

说话间，楼上的脚步声更加近了，看样子是奔地下室来的。

黄小果叫道："糟糕！我们一定是被人发现了！要不还是从原路退回吧？"

"先别急。"ALINE仔细听了听，说："先把灯灭掉。我们不要聚在一起，最好散开来，先弄清楚情况再说。"

他们连忙关掉地下室里的灯以及手里所有的灯和电筒，匍匐在角落里，静听动静。

不料脚步声却停了，别墅里寂静无声。他们正在暗自吃惊，四周却突然发出震天的轰隆声。

三个人都吓了一大跳，随即清楚地感觉到脚下的地面开始蠕动、旋转起来，顺时针三下，又逆时针三下，循环往复地不停旋转，速度还在渐渐加快。

整个别墅突然变成一个不断旋转的庞然大物，身陷其中的三个人都惊呆了，甚至忘了逃跑。

毛流随着大家趴倒在地，牙齿打着磕巴问黄小果："这是怎么回事？"

他的问话显然是多余的，不单是他，ALINE和黄小果也吓坏了。

三个人束手无策地趴在地上，彼此能够感觉到各自的身体在无规则的颤抖，耳畔则是不断轰鸣的噪音。

须臾，正在旋转的别墅突然发出酷似啼哭的声音，时而像气急败坏的嚎啕，时而又像怨妇悲泣，听起来好不凄凉。三人惊奇地听着这哭声，险些忘记了恐慌。

毛流心里哀叹不已，发誓再也不进这个魔窟一样的地洞了。正在愣

怔，却见ALINE从黑暗中爬起来，轻车熟路地径直走过去，打开了开关。

别墅内再次灯火通明，毛流惊讶地发现，房间里不只有他们三个，还多了好几个陌生的面孔。他们安静地围在一起，默默地看着ALINE快步走进他们中央，还轻盈地跳起了舞。

毛流觉得非常奇怪，更不明白ALINE此刻怎么会有心思跳什么舞！

他朝他们走过去，奇怪的是，那些人都不说话，一脸的落落寡欢，仿佛极不情愿来到这里。令他倍感惊讶的是，黄小果也在其中。

毛流于是走到黄小果跟前，拍了拍他。

奇怪的是，黄小果似乎毫无知觉，既不看他，也不还手。黄小果是个睚眦必报的人，以往要是毛流敢这样对他，他必然会还击。

毛流惊异地将目光移向黄小果的脸，却见他更加诡异，目光如痴如呆地越过ALINE的头顶，嘴唇喃喃地蠕动，仿佛在与一个所有人都看不见的幽灵在对话。

无奈，毛流只好不无担心地看着在圈中跳着古怪舞蹈的ALINE，只见她闭着眼睛，疯狂地舞动腰肢，臀部令人眼花缭乱地上下左右翻飞，几乎要脱离身体的束缚。

突然，一缕鲜血从她的高举的手臂上缓缓淌下，蠕动着，流下脸颊，流下脖颈，流向不住扭摆的臀部。

毛流再也看不下去了，大喝一声："ALINE！小心啊！"

随着他的呼叫，灯光在瞬间熄灭，随即又亮了，不过不是房灯，而是黄小果手里的电筒。

毛流咽下一口唾沫，强打起精神问他："ALINE呢？快叫她别过来！"

不料黄小果居然毫不着急，还摸摸他的额头，嬉笑道："怎么没睡觉就说胡话呀？"

说这话时，他下意识地看了看刚才还在自己身边的ALINE。不看犹可，一看他也吓了一大跳，磕磕绊绊地说："ALINE不见了！"

"什么？"毛流差点晕过去，哀号道，"快找！不然她就没命了！"

黄小果似乎这才清醒过来，忙跳起来打开房间里的灯，两人定睛一看，顿时脸色大变！

只见ALINE身子斜斜地趴倒在楼梯口，一股鲜血从她身下渗出，染红了织花地毯。

毛流走过去，一眼看到ALINE左手拿着一把小巧的匕首，上面还滴着鲜血，而她右手的手腕上则是一道新的刀痕，殷红的鲜血还在喷涌。

难道这又是一次毫无理由的自杀？

毛流分明感觉到一直躲在黑暗中的死亡之神在渐渐逼近，没有任何预兆地开始了凶残的屠杀。

他冲上前，试图用毛巾包扎ALINE的伤口。黄小果拦住他，用手试了试ALINE的鼻息，重重地摇了摇头，他目光炯炯，再次发出毛流似曾相识的寒意。

他冷冷地说："ALINE死了。"

毛流愕然。为了拍一部所谓的"惊天地、泣鬼神"的地下小电影，前来探险的人相继送了命，毛流总以为这不过是意外中的意外，可这一次居然连ALINE也死了。他不得不怀疑其中必有阴谋——可是，谁是凶手呢？没人知道，也无从查起，似乎所有人真的是死于莫名其妙的自杀。

毛流隐约觉得，如果不将真相搞清楚，那么自己必将会是死神的下一个目标。想到这里，他浑身一激灵，不由自主地攥住黄小果的手，喃喃地说："完了，我们都完了。"

黄小果极其冷静地说：这座别墅被冤死的幽灵诅咒了，我们应该尽快离开。

两人拉着手，转身跑向来时的残洞，不顾一切地想要冲出去。

不料刚到残洞跟前，只见一道卷闸门凌空而下，向他们压了下来。毛流抢先一步飞身钻出残洞，却听背后发出一声惨叫。他回头一看，只见黄小果一只肩膀被卷闸门压住，正在拼命挣扎。

他朝毛流喊道："救我！快！"

毛流本来已经脱离了危险，但他犹豫了一刹那，鬼使神差地回过头，将手伸给了黄小果，拼命地将他往回拉。

他觉得自己不仅是为了救黄小果一命，还是在向那可恶的死神挑战——虽然仅在一天后他终于明白：自己原来早已被厄运圈中，成了一枚棋子，直到最后一刻才被对弈者丢弃。

黄小果最终得救了，只是肩膀有略微的擦伤。沉重的卷闸门在他们身后轰然坠落，彻底屏蔽了那座豪华墓地般的别墅。

两人跌跌撞撞地扑向石墙，试图按原路返回。可到了跟前他们才吃惊地发现，已经被推倒的石墙居然重新矗立在原地，似乎从未倒塌过。

黄小果不相信地推了推墙，它厚实稳固，宛如坚实无比的城墙。

从残洞到石墙之间被圈成了一条狭长逼仄的黑洞，只有窄窄约50厘米的宽度，仅够一人穿行。洞穴向两头无限延伸，似乎没有尽头，漆黑一片，魔影憧憧。毛流绝望地发现，他们已经置身于一个十分古怪的洞中洞，而无论他们选择哪个方向，最终都难逃厄运。

黄小果不肯服输，说："我们必须出去，不然就死定了。"

这时，远方的洞里忽然隐约传来一阵空灵、虚缈的笛声，幽淡而遥远，时有时无，仿佛是天外飘来的乐音。

黄小果绝望地叫道："这是怎么回事？我的耳朵出现幻听了吗？"

毛流说："我也听到了，是真的。"

如果是在自己的家里，是在一个休闲的午后，听到这样的乐音，也许是一种享受，可在这漆黑幽暗的地穴里，它分明却成了恐怖的勾魂曲。

两人惶惑不已，却不由自主地跟着那古怪的声音走去，似乎它将带领他们走出这个魔方般的鬼洞。

毛流在最后一刻才确切地知道，其实他们从这时起就已经真真切切踏上了死亡之路。

在似乎永远没有尽头的直洞里，两人毫无信心地跟随乐音，摸索着穿过一段直直的弯道和炮管状的通道往前走。

随着洞穴的变化，只见旁边的石墙时隐时现，这一段忽然消失，变成坚硬潮湿的洞壁，因为天气很冷，流水甚至结成了冰霜，白森森地挂在壁上，打眼一看更是吓人。

他们正在惊疑不定，却见石墙突然从黑暗中冒出，当他们试图沿着它找到出口时，不经意间它又消失得无影无踪。到了下一段，当他们以为已经彻底走出包围圈时，它又像幽灵一样倏忽从黑暗中露了出来。

黄小果恨恨地骂道："这个混蛋，存心戏弄我们！"

毛流第一次听到这个有着漂亮面孔的大男孩说粗口，不由大感意外，也更迷惑，便问："谁——是混蛋？"

走在黑暗中的黄小果愣了片刻，毛流虽然看不清他的脸，却分明能感觉到他似乎发出一声几乎轻不可闻的嗤笑，淡淡地说："就是这个魔鬼地洞呗。你不觉得它更像一个恶魔吗？"

他的声音有点大，在狭窄的洞穴里引起阵阵令人心悸的回声，磔磔的、阴森森的。毛流强烈地感到后背一凉，两腿禁不住有点哆嗦，忙制止他："别胡说了，逃命要紧。"

黄小果却说："我实在太累了，歇会儿吧。"说完将背包扔到地上，一屁股坐了下去。毛流无奈，也只好陪他坐在一边。可地上太凉了，全是冰水，惊得他触电般又跳了起来。黄小果却安之若素，丝毫没有觉得有什么不舒服。

他仰面望着不断滴水的洞顶，忽然说："只要能活着出去，我们就赶快走，彻底离开这个鬼地方，再也不要来了。"

毛流说："坚决同意！说实话，我早想撤了，就是一直都没好意思说。"

两人又各自沉默了，流水在耳边清晰地响着，四周寂静如夜。毛流看看表，居然已经凌晨五点了，他信口说了一句："就这么走了，其实还真有点不甘心。"

黄小果看了他一眼，突然冷冷地说："你不觉得其实我们已经走不了吗？"

他的话里有一股阴冷的萧杀之意，更像是某种不祥的预言，令毛流闻之一愣："什么？"

"死了这么多人，你觉得警察会放过我们吗？"

"可我们并没有杀人呀。"

"可有谁能证明我们是清白的？"

两人再次沉默。

不知在什么时候，乐音忽然停了。毛流拿起电筒扫了扫，居然发现离他们不远处神奇地出现了一个岔路口！

他惊喜交加，纵身跑了过去，电筒在洞内上下左右乱晃。

黄小果紧跟在他身后，果然见前面有一个岔洞，他兴奋地喊道："我们有救了！"

可是，当两人刚跨进岔洞不到两米，赫然发现这是一个死胡同，脚下并没有路，而是出现了一个垂直向下的深井，举起电筒一照，里面虽然黑黝黝的，但似乎并不深。

两人举起电筒朝下一看，发现井下有白花花的水影，在离水面上方不到一米的地方，有一个通向侧面的洞口。毛流说："也许那就是出口了。"

黄小果表示同意，他拿出一根绳索沿着井壁往下放，等绳子沾上水后又迅速提上来，用卷尺量了量，说："这个井大概有30米深，还不算太恐怖。我们下去吧。"

毛流自告奋勇先下去，黄小果沉吟片刻，答应了。毛流于是整好背包，将DV机固定在头盔边，特意将镜头朝下，然后卯足了劲，紧紧攀住安全绳索上开始往下滑。在下到井里的一瞬间，他下意识地抬头看了看黄小果，此刻他正半蹲在井口，一脸肃穆地看着他，神情中显出一丝悲悯，还夹杂着安抚的意味，似乎在说："你就认命吧。"

恐惧再次袭向毛流，他突然有点后悔，挣扎着想要爬上去。

黄小果问："怎么了？"

他的语调阴冷无比，在井下一圈圈散开，宛如回音，水面上甚至荡了层层黑色的涟漪。毛流想要退缩的话被堵在了嗓子眼，他一闭眼睛，狠狠心，继续顺着绳索往下滑。

就在他下降到十多米的地方时，头上忽然浇下一股水，冰凉刺骨，一股脑全淋在他身上，落在头盔上，然后喷溅而下。

他吓坏了，哇哇怪叫起来："黄小果，你干嘛倒水呀！"

黄小果的声音从遥远如天边的井口传来，他说："什么水？出什么事了？"

"我头上有水！怎么回事呀？"

黄小果似乎也吃了一惊，说："你等等，我去那边看看。"

他突然跑离了井口，脚步声渐渐远去，毛流不知道他去了哪里，除了等待别无他法。

这时，又一股水兜头浇下。他吃惊地抬头一看，只见自己头上大约一米高的地方，突然冒出一个拳头大的洞眼，正汩汩地往外喷水。水流飞溅而下，源源不断地落在他身上。

他紧张而害怕，想赶快爬上去再说。

可是，就在这时，原本好好的绳索突然出了问题，它似乎卡在了某个地方，拽不动，也不再往下延伸。毛流急切地朝井上喊："黄小果，放绳子呀！"

没有人回答他。黄小果似乎消失了。

毛流孤零零地吊在半空里，他再次试图拽着绳索爬上来，手却一个劲在打滑。他害怕极了，想拼命往上爬，却怎么也动不了身子。折磨还不止这些，他很快发现自己全身的衣物都被渐渐地结了冰，更要命的是，他的腿突然在这个时候不合时宜地抽筋了。

“完了！这回我算完了！”毛流哀叹道。

井口忽然再次响起脚步声，他抬头一看，是黄小果。他连忙喊道“救命呀！”

不料黄小果丝毫不理会他的呼救，竟冷冰冰地笑道：“谁也救不了你了。绳子已经被冻住，你死定了。”

在这怪异的笑声中，他那原本秀美的脸渐渐变得面目狰狞。

毛流大惊失色，连忙哀求道：“好歹我们也算是同甘共苦一场的朋友。你不能见死不救！”

“什么朋友！”黄小果忿忿地嚷道，“一路上你猜疑我们所有人，你把谁真正当朋友了？”

毛流哑然无声。

冰冷刺骨的水流像瀑布一样，不停地浇在他身上。他上下两难，岌岌可危，只好再次哀求道：“无论曾经发生过什么，我从来也没为难过你，况且刚才逃出别墅时我还救过你！你总不能就这么眼睁睁看着我送命吧？”

黄小果不理他。

“求你了！井里太冷了，我真的受不了。”

“朋友，你死定了。” 黄小果沉默片刻，忽然又开口说道，“其实说实话，我不想让你死，因为还没到时候。”

他的话令毛流摸不着头脑：“你这是什么意思？”

黄小果冷酷地大笑一声，说：“笨蛋，临死之前，我索性让你明白一回吧。”

一阵水流随着他的话音瓢泼而下，宛如醍醐灌顶。

毛流打了个哆嗦，顿时恍然大悟，一下子明白了所有。他颤抖着嗓门叫道：“难道是——你？”

黄小果磔磔阴笑，得意地说：“是的。胖子是被我弄死的，那个多嘴的老头也是我杀的，他知道的太多，所以他必须死。至于ALINE那个女人也一样是我干的。”

“你知道为什么他们都得死吗？先说ALINE，当初在美国时，她丝毫不知道那些天生背负在她身上的苦难，在那个陌生的家庭里活得很快乐。其实这一切原本都可以避免，她完全可以一辈子被蒙在鼓里，幸福终生。可她的性格又决定了这一切是不可能的：她外表冷漠骄傲，其实内心里却很自卑，富裕完美的生活只能让她灵魂不安——这当然是因为她对其一无所知的亲生父母。所以她回来了，还到了离城，最终成了我的棋子中的一个。

“至于那个罪有应得的胖子，谁也救不了他。胖子最喜欢钱，还喜欢吧唧着大嘴絮絮叨叨，令我讨厌。虽然在后来的探洞历险中，每次都是他临危不乱，用善于耍小聪明的圆脑袋救了大家。可只有我才知道，他看似外表成熟深沉，内里却充满贪欲和野心。这次所谓的探险，他根本就是为了钱而来的，既然居心不良，所以死有余辜。”

毛流又惊又怕，壮着胆子问：“我们到离城之后遇到的那些不断离奇自杀的人呢，是不是也是你的杰作？”

“不错，他们是受了我的‘自杀网站’的蛊惑，自愿解脱。严格地说，这不是我的错，因为他们都是心甘情愿的。”

“你这个魔鬼！原来你才是这个洞穴里真正的恶魔！”

“你过奖了。”

“你到底是‘刺骨瘆凉’，还是‘冷颤’？”

“我既不是‘刺骨瘆凉’，也不是‘冷颤’，这一点我必须要告诉你。而且据我推测，‘刺骨瘆凉’和‘冷颤’其实是一个人。”

“他到底是谁？”

“我也不知道。”

“难道你背后还有另外一个人？”

“小时候奶奶告诉我，不要朝后看，因为背后有人。可我们的背后究竟有谁呢？我不知道，也不想知道。”他凄凉地笑了一下，冷冷地看着毛流，“其实完全不必去费心寻找真相，等到了你该知道的时候，一切自然会大白于天下。”

毛流忽然剧烈地咳嗽起来，因为冷，也因为这么多天来的被愚弄。

黄小果冷笑一声，又说："不过我要声明的是，眼下你的死却与我无关。这完全是一场意外，大大地超出了我的预料——其实原本我是想留下你的。"

"混蛋，你到底是什么人？"

"我——嘿嘿，其实我也曾经是一个单纯的人，可是，自从十五岁那年发生了一件事之后，我就永远变了。"他坐到井边，俯下身对毛流说："你想听我讲故事吗？"

毛流冷得浑身发抖，已经说不出话来。

"就让我给最后的你讲一个故事吧。等我讲完后，天也亮了，新的一天就要开始了。"他残忍地笑道，"虽然那时你已不在人世，可我还活着，我会替你继续未来的生活的。"

"疯子！"

"嘘，别出声，仔细听我讲。"

第十二章　第十日

四年前的那个暑假，十五岁的黄小果按照惯例，到外婆家所在的台洲市去消磨假期。

一个空气清新的清晨，大约六点左右，喜欢体育锻炼的黄小果准时出现在离公园不远的林阴大道上。

他个头很高，虽然瘦了点，但浑身的肌肉使他显得身材很结实，与同龄人相比，明显高大了许多。如果不是那张天生秀气如女人的脸暴露了他的年龄，不认识的人都以为他已经十七、八岁了呢。

那天早上，他像往常一样，穿着白色的运动短装，在静悄悄的林阴道上英姿飒爽地跑着，裸露的胳膊和腿上尽是结实的肌肉。这时天色还早，大街上行人稀少，偶尔有几个行色匆匆的上班族或者学生从他身边骑着脚踏车经过，只要是女性，都难免不回头多看他几眼。对于这一点，黄小果已经熟视无睹，甚至有点厌恶。他经常抱怨已过世多年的母亲不该把自己生得这么漂亮帅气，走到哪里都惹人关注，实在讨厌。

正在他脚步轻爽地往前奔跑时，忽然听到背后响起一阵汽车喇叭声，他脚步没停地回头一看，发现那是一辆白色的宝马车。尽管车开得很慢，但为了安全，他还是往旁边让了让。

那辆车悄无声息地滑过他身边，又开了十多米，忽然停住了。

黄小果有点奇怪，但他没有多想，径直超过了车子，刚要继续往前跑，却听背后有个女人的声音在喊："喂！小帅哥！"

出于好奇心，他回过头一看，只见宝马车里探出一张戴着墨镜的中年女人的脸，笑吟吟地对他招手道："可以帮我个忙吗？"

黄小果一动不动地站在原地，警惕地问她有什么事？

只见车门开处伸出了一条修长的腿，女人姿态优雅地下了车，站在车旁对他微笑。她大概有四十岁的样子，打扮得非常年轻，波浪弯曲的长发，白色的长裙子衬着精心保持的身材，看上去挺漂亮的。

但让黄小果更感兴趣的是，女人穿着一双精致漂亮的粉白色皮凉鞋，纤长的后跟比小孩子的手指还细。鞋面上只有几根细长的丝带，用细细的皮条编织成花瓣和枝蔓的形状，一直绕到线条柔和的脚踝处。柔弱，缠绵，美得令人担心，充满女人味。

就在他盯着那鞋子发呆时，女人嗓音甜美地叫道：“快过来呀，帮我一个忙。”

黄小果像受了蛊惑似的，听话地走了过去，一边紧张地问：“阿姨，您有什么事？”

“哦，我的车可能出了点问题……”女人说着，弯腰指指车内，“你来帮我一下，可以吗？”

黄小果有点窘迫，忙摆手说：“我不懂修车，怕给您碰坏了。”

“没事，你就帮我拉一下，不会坏的。”

女人说着，打开右侧的车门，笑嘻嘻地让黄小果进去。他无法拒绝，只好硬着头皮坐进车里，弯腰伏在座位边，伸手去触手刹。但那玩意根本没任何反应，他只好欠起身子，刚要对女人说抱歉，却发现她已经坐回驾驶位，紧紧地关上了门，还摇上了窗户。

他有点紧张，勉强笑着说：“对不起，我实在不会。要不，我这就去帮您找找，看前面有没有修车的？”

女人笑了，凑近他，用耳语般的声音说：“没关系，不管它了。”说着还伸出胳膊，一下搭在了他的肩头。

黄小果浑身一哆嗦，脸红到了脖子根。长这么大，除了早已病逝的妈妈，他从来没有跟任何一个异性如此近距离地接触过。

女人身上散发出一股浓烈的香水味，几乎闷住了呼吸。他紧张极了，支吾道：“阿姨，我，我要下车。”

“别走呀。难得遇到你，干嘛不陪我好好聊聊？”女人说着，竟伸手将黄小果朝自己身边拉了拉。

一种从未有过的刺激和紧张带来的眩晕让黄小果有些承受不住了，

他声音发抖地说："阿姨，我得走了，我要回家。"

女人一只手搂住他，另一只手从后座上取过一只皮包，打开来，拿出一摞钱，朝黄小果抖了抖，说："好好陪我一会，这个算是给你的补偿。怎么样？"

尽管从未有过这种体验，黄小果还是预感到了接下来可能发生的事，他拼命挣脱开那只箍住自己的手，大声嚷道："放开！我不要你的钱！"

女人突然沉下脸，猛地松开他，厉声说道："你要再不听话，我马上就打电话报警，说你骚扰我。"

黄小果被她吓住了，高大结实的身材一点也没有夸张他的稚嫩，他像个孩子一样双手蜷缩在胸前，表情可怜地央求道："阿姨，你放我走吧！我保证什么也不说。"

"别这么紧张呀。我又不会吃了你。"女人又恢复了刚才的柔媚，从皮包里摸出一盒烟，拈起一枝点上，笑着递给黄小果。

黄小果拼命摇头说："我、我不会吸烟。"

女人抿嘴一笑，将烟塞进他嘴里，妩媚地笑道："吸一口就不紧张了。放松点，我又不是老虎，你怕什么呀？"

黄小果听话地吸了两口烟，却被呛得眼泪直流。

女人拿出一听冰镇可乐，亲手打开来递给他解渴，自己则拿过黄小果的烟，熟练地吸着，手臂再次楼住了他。

一杯饮料下肚之后，黄小果突然感到浑身燥热，一股难以控制的欲望涌上心头。他眼神迷离地看着女人，只见她早已按捺不住，扑上来紧紧抱住了他，迫不及待地抚摩起他那充满青春活力的身体……

黄小果想反抗，却突然感到浑身软绵绵的，虽然意识很清楚，手脚却失去了力量。

恍惚间，他感到那女人拿起自己的手放在她的胸脯上，急不可耐地拽开了他的拉链……

之后，他的意识渐渐模糊起来，眼前晃动着那女人诡秘的笑，让他一阵阵眩晕。

恍惚中，他感觉自己的身体像是漂浮在无边的海水里，随波浪起伏跌宕；忽而又飞上九天之外，在云堆里翻滚……

这种从未有过的奇特感受像潮水般淹没了他，很快失去了知觉……

从此，黄小果的命运彻底被改变。

每天夜里，他都会在睡梦中见到那个魔鬼般的女人。可令他感到难堪的是，他越来越怀念她带给自己的那种邪恶而美妙的感觉。

渐渐地，他不再恨她，反而开始津津有味地回味起当时的种种细节。

当记忆中的感觉匮乏到无处可想时，积蓄已久的欲望无处宣泄，他只好找来一些情色杂志，将其中的情节嫁接到自己的经历中，聊以自慰。

但后来连这个也无法满足了，他又想方设法找来一些 A 片，一次次地体味那种令他既难堪却又留恋的感觉。

再后来，他迷上了女性内衣。每天一放学就骑上脚踏车在大街小巷乱窜，趁人不注意就偷上几件晒在外边的女性内衣，拿回家来当作收藏。

在清醒的时候，他也明白自己的行为不大正常。为了减轻心头的罪恶感，他更加努力地学习，成绩一直非常优秀，每天都是乖乖上学、回家、从不泡网吧、聚众打架或者和那些疯疯癫癫的女生打情骂俏。所以他在学校里人见人夸，老师喜欢，同学羡慕，不但他的父亲，甚至连老师和同学都没有注意到他的变化。

直到后来有一天，他们班临时分来了一位女实习老师，是教英语的。她长得非常漂亮，不但皮肤白嫩细滑，几乎吹弹可破；而且身材丰腴，脸蛋像洋娃娃一样可爱。

黄小果不可救药地喜欢上了实习老师的胸脯，天天上课就盯住那个地方一个劲地看，脑子里胡思乱想，怎么都控制不住潮水般的冲动。

好几天后，那位女老师终于发现了他的异样。

她本来想告诉班主任，可当得知黄小果学习成绩不错，一直是班里的尖子生时，就把这当成是青春期的典型病。

女老师轻易地原谅了他的这个怪癖，只是私下里把他叫到办公室，言辞委婉地批评几句了事。

但黄小果实在无法原谅自己。

在被老师批评的那天傍晚，他一个人蹲在环城公园的湖边发呆，脑子里一会闪出那个戴墨镜的女人的脸，一会又是实习老师的胸脯，心里火烧火燎地难受。

就在这时，马路边走过来两个穿短裙的小女孩，最多不过十多岁，正蹦蹦跳跳地往家走。

看看四周再无别人，黄小果再也按捺不住自己的冲动，扑上去一把揪住其中一个孩子，猛地将她的裙子撕扯下来，在那圆圆的小屁股上飞快地摸了两把，随即撒腿就跑。

面对这突如其来的遭遇，两个小孩子被吓呆了，她们忘记逃跑，只顾站在原地哇哇大哭。黄小果跑出好远，还能听到她们声嘶力竭的哭喊声。

他第一次感到害怕了，于是背着人偷偷跑到离云城有两小时车程的济元市，那里有一所专门的精神病院。

结果不出他的意料，几位医生反复研究之后，确认他已经患上了精神分裂症，需要住院治疗。

黄小果借口去门口的银行取钱，再次从医院逃跑了。

他决定亲手为自己医治身体和心灵的创伤，上网查阅了大量医学资料和实际病例分析。

有一次，某篇论文中的一段论述引起了他的注意。那是一位著名的心理健康教育专家写的论文，文中这样写道：

“由于少年时期遭受性侵犯，很容易导致精神病变。尤其是对于一个正处于性懵懂的时期（15 岁～25 岁）的男性来说，这个年龄段正是性需求最为旺盛的时期，假如在这段时间里，无论通过什么方式，一旦他的性欲被激发了，就很容易产生性依赖。即使是突然遭遇诱奸、强暴也不例外。

这种行为是双刃剑。一方面，虽然遭受诱奸的过程是暴力性行为，但患者仍然体验到了正常的性快感。而在另一方面，假如患者没有承受能力，这种行为就有极有可能对他的生理和心理会造成极大的伤害。如果在事后不进行及时、正确的心理干预，被侵害者很容易走上歧途，产生病态心理。”

关于如何解决该问题，黄小果看到专家是这样说的：

“不能忽视或掩盖，应该正视这种经历。同时学会控制自己的性欲望，必要时应求助于心理医生或心理咨询师。”

这篇文章给了他极大的勇气，认为自己完全可以通过自疗走出心理魔障，重新回到简单平和的生活中去。

就这样，这个年仅十五岁的少年一面继续在人前扮演好孩子的角色，一面默默地为自己疗伤，直到两年后，他顺利地考上了一所名牌大学。

在这所人人艳羡的大学里，黄小果终于得以重温久违的平和安宁，虽然身边仍然不乏女生们青睐的眼光，但他毫不在意，而是发誓好好进取，争取硕博连读。

然而，不幸的是，他的厄运才刚刚开始。

大一这年寒假，刚刚离家半年的黄小果兴冲冲回到家。没想到父亲却告诉他，自己将要和一位女弟子结婚了。

对于娶后母这件事，黄小果虽然不大高兴，但最终还是点头默认了。父亲介绍说那个女学生今年三十八岁，刚刚考上自己的研究生，目前离异独居，没有子女。

第二天，那位女学生如约来到黄家。

一见到她，黄小果愣住了，总觉得眼前这位即将成为自己后母的女人非常眼熟，似乎在哪里见过。

记忆的闸门在瞬间被现实冲垮，他悲哀地发现，这个女人正是三年前那个开宝马的女人。她仍然是大波浪的卷发，只是墨镜换成了轻度近视镜，衣着也比以前朴素了很多，看上去还比几年前年轻了几岁。

黄小果简直要发疯了，他再也无法忍受自己的恶心，不顾父亲还在旁边，轻佻地问那女人："还认识我吗？"

女人显出很吃惊的样子，咬住红唇想了半天，迟疑地望着他父亲说："黄教授，我、我好像没有见过您的儿子吧？"

父亲没有觉察到儿子的异样，信口说："这孩子就是有点调皮，你别介意。"

趁父亲去拿水果时，黄小果偷偷问那女人："你的宝马车呢？"

"什么宝马？我从来都不会开车。"

"别装了，我已经认出你了。你可以把什么都忘了，可我做不到！"

女人莫名其妙地看着他，说："你肯定是认错人了。我今年才到云城来上学的，之前从来没来过这里。"

"是的，你没来过云城，可我去过台洲！你敢说自己不是那儿的人吗？"

女人的表情更为诧异，惊讶地说："是的，我是台洲人。黄教授没告诉你吗？"

刚说到这儿，父亲端着咖啡进了客厅，对黄小果说："小萧阿姨家虽然也在台洲，不过离你外婆家很远，一个在江北，一个在江南。”又转头对那女人笑道，“是吧？小萧？”

女人笑道：“您家小果把我认成另外一个人了，真好玩。”

见她一本正经的样子，黄小果也有点疑惑了，难道自己真的认错人了吗？

在父亲即将结婚的前一天，黄小果终于想起了一件与那个女人有关的东西，他坐车直奔商业街。

满街逛悠了近四个多小时，他终于在一家精品店找到了那双在梦里出现了不知多少次的皮凉鞋。不过这双虽然乍一看上去与几年前那双很相似，都是细长的根，装饰着细皮编织的花瓣、枝蔓做的绊箍，瓔瓔珞珞，艳丽精致，其实却不是同一款式，而且颜色也有差异。

尽管如此，黄小果还是毫不犹豫地取光卡里所有的钱，将那双鞋买下。

回到家，他当着父亲的面把包装好的盒子递到女人面前，说：“这是送给你的结婚礼物。”

“真的？太谢谢你了。”

“打开吧。看看是不是对你的胃口。”

女人柔媚地望着他父亲直笑，却不肯动手。黄小果不耐烦了，亲手将礼物打开，然后目不转睛地看着女人的表情。

令他惊讶的是，女人先是惊叹地轻轻叫了一声，随即满脸遗憾地说：“太漂亮了！可惜我从不穿高跟鞋。这么细的根，穿上了腿都要扭断的。”然后抱歉地对黄小果笑笑，“还是送给你女朋友吧？”

“我没有女朋友。”黄小果说完，毫无表情地拂袖而去。

但他无法阻止父亲的婚期，第二天，婚礼如约进行。

这件突如其来的事打破了黄小果好容易才重新找回的安宁，他如坐针毡，情绪再次变得惶然无措。无奈之下，他只在家里待了不到半个月，就借口学校有事，匆匆离开了家返回远在南京的学校。

滞留在家的那几天里，他几乎夜夜失眠，一面竭力回忆那件他永远也不愿再想起的往事，一面拿记忆中那个开宝马、戴墨镜的女人与新来的后妈做比较，时而觉得很像，时而又觉得相差太远。

尽管事已至此，他还是决定调查这个凭空而降的后母的来历。

趁他们出门拜访亲友时，他悄悄溜进书房，在父亲的书桌上到处乱翻，试图找到一点蛛丝马迹。终于，他在一份推荐表里发现了后母的简历。只见那上面写的是：

萧韵，女，1967 年出生。籍贯／台洲，婚姻状况／ 离异。

1989 年毕业于台州师大中文系，进入台洲师专担任教师。

2005 年考入台州师大比较文学系研究生班。

一个普通大学老师，按理是没有可能开宝马的，也不可能摆出一副富婆气派。黄小果看着那资料，一面拼命回忆当时的情形，有点怀疑自己是不是弄错了？

可是，当随后他又在卧室的抽屉里找到了一本萧韵的影集，一页页翻看之后，却再也无法排除自己的疑虑。照片中这个女人的脸盘、鼻子、嘴唇都与那个给自己的过去甚至将来一生都带来梦魇的邪恶女人极为酷似！

这一切到底是怎么回事呢？

第二天，他借口到台洲看望外婆外公，千方百计四处打听萧韵的事。令黄小果既震惊又高兴的是，结果还真让他给打听到了一些关于这个女人的比较复杂的经历。

据说当地有一个丧妻的房地产老板曾经疯狂地追过萧韵，还送给她一辆车，这事学校里很多学生都知道。虽然萧韵最终拒绝了那个人，但这些事却被人传开了，而且说很悬乎。因为人长得漂亮，又是单身，有关她的很多此类小道消息像地上的灰尘，一有风吹草动就弄得漫天飞扬，认识不认识她的人都知道。

肯定是她！这个风流成性的女人，当年设计害了自己，现在又恬不知耻地跑来祸害父亲。他绝不能袖手旁观，一定得好好惩治这个作恶多端的女人。

可是，该怎么做呢？

一天半夜，在极度苦闷中，黄小果上网解闷，无意中看到自己常常去的网站链接上弹出一个“完全自杀手册”的玩意儿，上面提供了一个号称“亚洲首席恐怖网”的网址。

好奇心驱使他信手打开了那个网页，结果看到一个令人心惊肉跳的“特殊”的网站。

那是一个叫做“安乐自杀”的个人站点，斑竹名叫“自杀守望者”。在以阴森的蓝黑为主色调的网页上方，写着“完全自杀手册”几个大字，下面还有许多鲜血淋漓的模拟图片。

在目录上，设计者详细列举了三十多种耸人听闻的自杀方式，点击这些方式，可以看到每一种手段都有详尽的分析，包括具体实施的准备、进行过程，甚至一些细节的“注意事项”，目的都是为了确保一次成功的最佳“效果”。

此外，里面还介绍了详尽的自杀案例，还配有相关的图片和文字说明。滑稽的是，在主页的最上方，有一行不停闪动的血淋淋的大字：“好死不如赖活，想好了再做。”

黄小果觉得很兴奋，他觉得这种东西在客观上存在被人模仿的可能，尤其是对那些脆弱的人来说，看了之后一定会受刺激，一时冲动就难免会去照做。

想到这里，他脑袋里忽然灵光一闪，兴奋地叫道：“教唆自杀？这倒是一个实施报复的好方法！”

拿定主意之后，他坐火车回到了南京。一路上，他已经想好了一整套完美无缺的方案，只等实施操作。

回到学校的当天晚上，他一头扎进网吧，新建了一个邮箱，模仿一名追求者的语气，给后母萧韵发了一封邮件。

接下来那几天，黄小果闷在宿舍里，把萧韵的照片一一扫描下来，又从杂志报刊上剪下一些男女亲热的照片，运用图片合成技术，制造了一张张萧韵与不同男人的亲密照。

随后他又下载了一些情色文章，将里面的称谓改头换面，搞成一封封追求者写给萧韵的情书。

之后，他将这些照片和文字给父亲和萧韵的邮箱里各发了一份。

第二天，他装作什么都不知道地给父亲打了个电话。

父亲一反往常的平和，情绪非常低落。黄小果问他怎么了，父亲连连叹气，却不肯说。黄小果假意问道：“你和萧韵阿姨最近怎样呀？”

父亲恼火地说：“大人的事，小孩子不要过问。”

放下电话，黄小果得意地笑了。他连夜动手，从网上下载了一些成人激情图片，把女主角的脸换成萧韵的，再附上更富刺激性的情色文字。

为了增加资料的可信性，他还在后面附注了一句话：如有疑问，可向台洲××房地产公司老板×××查证，甚至还附上了那人的电话号码。

其实关于萧韵和那老板之间的具体细节，黄小果自己也不知道，他只是凭想像和常例编造了一些情节，然后再次给父亲和萧韵各发一份。

事情的结果显而易见。

一周后，父亲打电话给他，说自己准备和刚结婚不到半个月的萧韵协议离婚。黄小果装作很惊讶地问为什么。

父亲说："这你就别问了。总之我不能和一个浑身污点的女人生活在一起。"

虽然后来考虑到各自的名声以及萧韵的学业，他们并没有离婚，而是计划将关系维持到她毕业就结束。但父亲坚决与萧韵分居，平时在家也很少搭理她。

"她天天哭，看上去也挺可怜的。可这事我绝不能原谅。"父亲在电话里说。

黄小果决定乘胜追击，他更换了一个新邮件，不断地给萧韵发去"自杀网站"的图片和文字介绍，怂恿她一了百了。

有一天，萧韵第一次给他回了邮件，信中说："虽然我不知道你到底是谁，但你真的是个恶魔，你毁了我的幸福和前途。可我还要告诉你，我不会自杀的。"

黄小果被惹火了，他将那些激情照片贴在云城师大的网站上，并配上一分详尽的关于萧韵的身份、经历的说明。

大约一周后的一个凌晨，黄小果接到父亲的电话。他有气无力地说："你快回来吧。你萧阿姨出事了。"

萧韵死了，她在学校后山的一棵树上上吊身亡，生前还喝了大量安眠药。

听到这个消息，黄小果心情舒畅地笑出了声，苦闷数年的他第一次感受到了愉快的滋味。

这是他平时第一个最惊人的得意之作，可他还没来得及庆祝，却被噩梦般的现实完全粉碎了。

那天，在接受完警察的盘问之后，黄小果陪父亲一起去了殡仪馆，参加后母的遗体告别仪式。在萧家那群哭得一塌糊涂的亲友之中，黄小果看到一个令他几乎绝倒的人影。

那是一个女人，令他感到毛骨悚然的是，她的身形、发式都与已经死去的萧韵酷似。等到女人转过脸来，缓步走向父亲时，黄小果紧张得头皮都要炸了：难道萧韵又活过来了？！

他顿时惶恐不安起来，差点扭头逃掉。却听父亲指着那女人对他介绍说："这是你萧阿姨的姐姐，刚从国外探亲回来。"

女人虽然与萧韵很像，打扮得也很花哨，但看上去还是有点显老。

看到黄小果的第一眼，女人的脸色骤变，她和黄父敷衍几句，就匆匆告辞离开了殡仪馆。黄小果连忙追了出去，却见女人已经开着一辆白色宝马车绝尘而去。

黄小果差点没晕过去。他万万没有想到，当年残害自己的女人竟然是萧韵的姐姐！这么说自己居然白白地要了一个无辜女人的命？！

接下来的日子里，黄小果的全部心思都是如何惩治那个坏女人。最后，他决定再次实施"教唆自杀"计划，让她替萧韵偿命。

经过调查，他得知那女人的丈夫常年在国外做生意，很少回来，女人只是每年去国外探亲几次，剩下的日子基本都是在台洲守活寡。

他回到台洲暗中跟踪女人，发现她有很多男人，此外她还养了一个年轻力壮的小白脸。就这她仍不满足，还不时经常到一些主题酒吧厮混。

"这种人渣！让她活着还有什么意义呢？"

当他得知女人患有先天性心脏病时，他大喜：机会终于来了！

这一次，黄小果放弃了慢腾腾的"教唆自杀"计划，决定亲自上阵，了结这个外表华丽的女人卑污的一生。

一个深夜，他乔装打扮之后，悄悄潜入女人的家。

这天晚上，有一个中年情人如约前来与女人幽会。结束后，男人疲惫不堪地驾车离开，女人则躺下睡了。

这时，早就藏在暗处的黄小果悄悄溜进一楼的厨房，戴上手套，拿起杯子倒了两杯红酒，又在里面各加入三倍的催情药。

他将整幢房子的电闸关掉，蹑手蹑脚地上了楼，用早已配好的钥匙打开女人卧室的门。

尽管他一再小心，女人还是被惊醒，当她伸手去开灯时，这才发现停电了。不等她明白过来，黄小果扑上去，趁势抱住她喘着粗气骑到她身上，用力动作。

女人恍惚间还以为是自己的小白脸回来了，就不满地嘟囔了一句，推开他，嚷嚷自己累了，要睡觉。

黄小果强忍恶心，搂起女人，给她灌下了那杯酒，假意求欢。

在催情药的作用下，女人兴致勃发，不顾疲倦再次和他缠绵在一起。

黄小果坚决不肯脱衣服，他抓起床单包在女人的腰后，尽量不在她的身体上留下自己的痕迹，然后放心大胆地蹂躏这具曾经给自己带来无尽痛苦的肉体。

半小时后，趁女人心醉神迷之际，他再次给她灌下另一杯药酒。

十多分钟后，正在肆意狂欢的女人突然在他怀里剧烈地抖了两下，甚至都来不及喊一声，就浑身僵硬地倒在了床上。

黄小果一点也不害怕，他打开随身携带的小电筒，仔细摸摸了女人的心跳、脉搏，确认她已经死亡。

随后，他抓起女人的内衣，将她在其中一只酒杯上留下的唇印擦拭干净，又将安全套取下扔进马桶里，亲眼看着那团东西唰地冲进了下水道。

第二天晚上，在本埠新闻中，他看到一则消息：《春药诱发心脏病，富婆猝死床上》。他关掉网页，呵呵呵神经质地笑了好一会，感觉整个人都轻松了许多……

讲到这里，黄小果突然停住。

毛流冷得直打哆嗦，叹气道："即使她再可恶，你也不能杀人。"

"哼！"黄小果冷笑一声，"你知道我当时被害得有多惨吗？那个可恶的老女人，她竟然把我的下身弄破裂了。"

他半跪在地上，用拳头使劲捶打着地面，痛哭流涕地吼道，"从那时起，我就发誓要把这些坏人统统灭掉！

毛流虚弱地说："我很同情你，可是，其实你应该先报警。"

"哈哈哈，别傻了。那样我的名声就毁了。从此我就喜欢上了教唆人自杀的办法，还将它发扬光大，让更多的人知道并学会利用它。"

"你疯了。变态！魔鬼！"

"难道你就很正常吗？"他定定地看着浑身几乎覆满冰屑的毛流，慢悠悠地说，"我先来帮你分析分析。你虽然也可以算是个合格的摄影记者，可这个职业显然毁了你。你油腔滑调，对人缺乏最起码的真诚。你把人生当成一场戏，每个人都在台子上表演，你只等着抓住他们的隐私拿来换钱。可那些所谓的新闻图片则只是供大家在茶余饭后取乐的垃圾而已，连你自己也不会认真去看它。难道你就没有病态吗？”

毛流冷得已经讲不出话，只能僵硬地看着这个疯子在自言自语。

“现在我们说说你的事。”黄小果的神情宛如正义法官一般，不紧不慢地说，“你是个行为怪诞的小子，敏感多疑，好奇心过于旺盛，说话、做事冒冒失失，喜欢耍小聪明，可一遇到危险，你总是第一个逃跑。你天生就有怪癖，胆子那么小，却偏偏热衷于喝酒、冒险、探秘。你知道自己这么做是因为什么吗——”

他顿了一下，逼视着瑟瑟发抖的毛流，严肃地说：“越是害怕，你就越想知道真相，越喜欢往恐怖的地方钻。虽然你还已为自己是在探险过程中寻求对软暴力反抗的乐趣，可是在别人看来，难道这不是病态吗？”

毛流渐渐僵硬的脸上泛出一点难堪之色，被他呛得说不出话来。

黄小果仍然不肯罢手，而是紧逼一步，诅咒般地继续说道：“其实是你自己心里有鬼，虽然你没有做恶事，但你总喜欢把身边的人甚至是毫不相干的人所做的事与自己联系起来，你的内心总是被恐慌笼罩，这导致你对外界的一切都极度敏感，以致于让自己的神经处于经常性的恐怖之中。最可怕的是你一路上对ALINE从未停止过猜疑，表面上你对她客气有加，背地里却在秘密地调查她的底细，怀疑她是接踵而来的那些恐怖事件的幕后操纵者。你身上有我们人类最可恶的毛病，那是就热衷于无端的猜疑——这也是我决定要惩罚你的原因之一。可惜的是，我最终却失手了——不是不想杀你，而是下不了这个决心，你与我太像了，我们简直是一对亲兄弟，不仅都有过于阴柔的相貌，还有敏感复杂的内心，甚至连骨子里那些天生的‘恶’都惊人地雷同。所以我下不了手啦——杀了你就等于我在自杀，你明白吗？”

毛流脸色煞白，被他最后的这几话弄得张皇失措起来。

“别害怕，其实我不是你，你也不是我，我们永远不会是同一个人。这一点你应该感到幸运。”

黄小果的语调在瞬间变得温柔起来，悠悠地问毛流：“还记得你刚来那几天，你宾馆房间里的另外一张床上总有人睡过的痕迹吗？”

“鬼压床？”毛流顿时想了起来。

黄小果点头，得意地说："那是我干的。"

"你这个疯子，你想干什么？"

"我喜欢你呀！"他的话音带着浓烈的魅惑，如迷魂药般向毛流袭来，"我那么喜欢你，一会不见你我就难受。我一个人无法度过那么漫长的夜，只能溜进你的房间，和你睡在一起。"

"你！"毛流恶心欲吐，愤怒地叫嚷道，"真是个疯子！"

"谁让那个女人毁了我呢？从那以后，我对女人再也没有了兴趣。其实我对一般男人也没兴趣，可偏僻就是喜欢上了你。谁让你的所有都与我相似呢？"他喃喃地说，"想起我们曾经亲密厮守的那两个晚上，还真是叫人留恋。"

"纯粹是心理病态！你该下地狱的！"冷气混合着羞辱，像几万根针一齐站进身体里，毛流徒劳地挣扎着，一面愤怒地骂道。

"谁没有病呢？你敢说自己是健康的吗？"黄小果微微一笑，意味深长地看了他一眼，话锋凌厉地说："其实我们这几个所谓的探险家之所以来到这个地方，兴致勃勃地在洞里穿梭，既是在探询未知的秘密，其实也是在努力，试图改善自己内心日益严重的病态。对不对？"

讲到这里，黄小果突然停了下来，看看腕上的表说："现在是早上八点，如果我没记错的话，今天应该是我们进洞的第十天。"他的眼神虚渺地朝上看看，感叹道，"真好呀，新的一天果然开始了。"

毛流心里却哀哀地叹息：是的，死亡的确开始了。

他的神思有点恍惚，严寒彻底渗入肌肤，渐渐控制了他的神经。

黄小果毫不理会他的痛苦，眼睛空洞地望着远处的黑洞，嘿嘿一笑说："人心充满罪恶、病态，有良知的人奢望想法纠正，更多的人则是在放纵自己，甚至不惜毁灭别人。我的职责就是要让这种可恶的人从人间消失，以血腥对抗恶瘤。只能如此。与天斗与地斗，都不如与人斗，其乐无穷。这是游戏的最高境界。"

毛流挣扎着，断断续续地说："可你伤害的都是无辜的人，你不觉得自己太过残忍吗？"

"你又错了。死亡是人类永远的朋友。记得那位忧郁、悲观的奥地利哲学家维特根斯坦说过'自杀是肮脏的'，我可不这么认为。对那些无法战胜自身痛苦的人来说，自杀是最完美的结局，也是唯一出路。无论有没有我蛊惑，他们都会死的，我只不过加速了事情的进程而已。”

他无邪地对毛流笑了笑，又说：“其实，生活在大都市的人们内心深处潜伏着难以名状的恐怖感，这个探险无关，完全是个人内心脆弱，才引来了无尽的外在恐怖甚至是惊悚。如果每个真正喜欢探险的人都拥有坦诚的心灵和热烈的兴趣，心无杂念，那么探洞其实是很美的，绝不恐怖。你们说呢？”

毛流已经无法回答他了。他身上已经披了一层厚厚的冰衣，它们紧紧地箍住他，令他动弹不得，甚至连呼吸都困难起来。

黄小果似乎意识到了毛流已濒临死亡，他住了口，坐在井边，默默地看着已经不再挣扎的毛流。

“这个比冰还冷酷的家伙，当初我们怎么没发现他如此邪恶呢。”

毛流的脑海里闪过十天来的种种情形。

如果早知道自己的生命只有短短十二天，他说什么也不会在那个雨夜跑出去喝酒——假如那天夜里他没喝醉，也许就不会遇到一连串恐怖的怪事，也不会因为失眠而泡网，更不会看到那则不该看的蛊惑帖子……

说的更远一点，他甚至后悔不该去玩票搞什么城市探险，这个奢侈的好奇心最终给他带来了灭顶之灾。

假如一切都可以重来——可惜的是，时光无法倒流。

许多画面如闪电在渐渐麻痹的记忆中掠过，他开始感到窒息。再后来，他就完全不能思索了，渐渐失去了知觉。

“没想到我就这样葬身洞穴了！”

在内心深处发完这最后一句感慨，毛流分明感到死神已经牢牢地抓住了自己。它得意地发出一阵阵狰狞的狂笑，猛地将他拉进它那阴森可怖的怀里……

在他上方的井口，黄小果忽然爆出一阵疯狂的大笑，随着这不祥的声音在洞中远远荡开，只听哗啦一声，洞顶突然坍塌了，乱石纷飞，千斤重的石块雨点般当头砸了下来。

黄小果只来得及发出一声短促而尖利的惨叫，再也没有了声息。他没想到，他这个可悲可怜的灵魂也被埋葬在这个魔鬼般的地穴中。

乱石纷纷落下，掩盖了所有……

第十三章　潜入，继续潜入

探险爱好者毛流不幸葬身洞窟一年后。

这天晚上，他的朋友、正在休假中的记者夏至习惯性地打开电脑，突然发现他惯常使用的网页突然被一个奇特的网站自动覆盖。

他皱着一下眉头，不假思索地试图关闭它。

不料，随着他的点击，一个新的窗口突然跳出，上面有一片触目惊心的鲜红色，上面有几行黑色的大字：

黑暗之手，牵引我们潜入城市地穴深处那诡异的禁区。

城市探险协会急寻探秘者！

朋友，你算得上是一位足够疯狂的城市探险者吗？你想自己亲手拍摄一部耸人听闻、神秘刺激的地穴电影吗？

你知道容城地下盘根错节的防空洞吗？你想体验那难以言传的震撼吗？你想知道那荒废的、阴风惨惨的洞穴中曾经发生过什么吗？

这是一次连发尖都能体会到的颤栗之旅——由未知引领着我们一起出发！

一行行文字不断向上移动，旋即消失。

在帖子的后面，倡议人签名是这样写的：

“黑灯”城市探险协会力邀富于冒险精神的勇敢者一同前往，有兴趣者请于9月11日下午4点在牡丹宾馆聚会。

看到这里，夏至心里乐开了花，只觉得热血沸腾，他迫不及待地起身走到衣柜前，去寻找自己那套搁置已久的探险装备。

他一面翻箱倒柜地找东西，一面暗中盘算趁这个假期，钻入那神秘莫测的城市地穴，来一次颠峰之旅……